HET LICHAAM VAN CLARA

BOEKEN VAN JAN SIEBELINK

*Nachtschade* (verhalen, 1975)
*Een lust voor het oog* (roman, 1977)
*Weerloos* (verhalen, 1978)
*Oponthoud* (novelle, 1980)
*De herfst zal schitterend zijn* (roman, 1980)
*De reptielse geest* (essays, 1981)
*En joeg de vossen door het staande koren* (roman, 1982)
*Koning Cophetua en het bedelmeisje* (verhalen, 1983)
*De hof van onrust* (roman, 1984)
*De prins van nachtelijk Parijs* (portretten en gesprekken, 1985)
*Met afgewend hoofd* (novelle, 1986)
*Ereprijs* (novelle, 1986)
*Schaduwen in de middag* (roman, 1987)
*De overkant van de rivier* (roman, 1990)
*Sneller dan het hart* (portretten, 1990)
*Hartje zomer* (verhalen, 1991)
*Pijn is genot* (wielerverhalen, 1992)
*Met een half oog* (novelle, 1992)
*Verdwaald gezin* (roman, 1993)
*Laatste schooldag* (verhalen, 1994)
*Dorpsstraat Ons Dorp* (briefwisseling met J. Jansen van Galen, 1995)
*Vera* (roman, 1997)
*Daar gaat de zon nooit onder* (met Rein Bloem en
Johanna Speltie, 1998)
*Schuldige hond* (novelle, met Klaas Gubbels, 1998)
*De bloemen van Oscar Kristelijn* (verhalencyclus, 1998)
*Mijn leven met Tikker* (roman, 1999)
*Engelen van het duister* (roman, 2001)
*Margaretha* (roman, 2002)
*Eerlijke mannen op de fiets* (wielerverhalen, 2002)
*Knielen op een bed violen* (roman, 2005)
*De kwekerij* (verhalen, 2007)
*Het gat in de heg* (met litho's van Klaas Gubbels, 2008)
*Suezkade* (roman, 2008)
*Mijn eerste liefde* (verhalen, 2009)

Vertalingen
J.-K. Huysmans, *Tegen de keer*
J.-K. Huysmans, *De Bièvre*

Jan Siebelink

# *Het lichaam van Clara*

ROMAN

2010
DE BEZIGE BIJ
AMSTERDAM

Eerste druk (gebonden) september 2010
Tweede druk september 2010
Omslagontwerp Brigitte Slangen
Omslagillustratie Arcangel Images
Foto auteur Paul Levitton
Vormgeving binnenwerk Adriaan de Jonge
Druk Bariet, Ruinen
ISBN 978 90 234 5823 4
NUR 301

www.debezigebij.nl
www.jansiebelink.nl

Opgedragen aan Elise,
heldin van mijn volgende roman

Qui parlent de bonheur ont souvent
les yeux tristes.

LOUIS ARAGON

*Tweeënzestig jaar. Je zou ze haar niet geven. Een prachtige vrouw. Slank, donkere ogen, mooie lippen. De tijd heeft nauwelijks vat op haar gehad. Het komt nog steeds voor dat mannen in het voorbijgaan zich omdraaien, haar nakijken, dromen. Ze heeft een opvallende manier van lopen, traag, aarzelend, en ze maakt daarbij een heel fijne beweging met haar schouders, alsof een sjaal van haar dreigt af te glijden. Die donkere ogen in het bleke, smalle gezicht staan koortsig. Eerder bezeten.*

*Altijd modieus, verzorgd gekleed. Vandaag draag je je roodleren jack, op een zwarte rok, en panty met een fijn dessin, die de huid van je benen verhult.*

*Een aantrekkelijke vrouw. Maar misschien kan ik niet helder over je oordelen. Ik ken Clara al zo lang. Vanaf mijn vroegste jeugd. Die bewuste zondagavond zag ik je alleen aan tafel. Jij, net tien jaar. Je moeder lag boven op bed, je vader was het huis uit gevlucht. Het eten stond onaangeroerd. Je keek me met verdrietige ogen aan, wist vanzelfsprekend geen raad met de situatie. Ik had met je te doen. Ik heb je altijd bewonderd. Maar laten we niet op het verhaal vooruitlopen. De scène van de mislukte avondmaaltijd komt vanzelf aan de orde.*

*Van jongs af aan heb ik Clara geobserveerd, bespied. Vaak heb ik haar aangesproken. Ik denk dat ik veel, zo niet alles van haar weet en wat ze voor mij heeft verborgen gehouden, heb ik wel kunnen vermoeden.*

*Ik wil alleen maar zeggen: als er een is die iets over haar kan zeggen, ben ik het wel. Ik voel me dichter bij haar dan bij mijzelf.*

# Proloog

Toch zat er vrolijkheid in de lucht die vroege ochtend. De zon!

Ze was net vanachter de platte daken van de Edisonstraat tevoorschijn gekomen. De eerste stralen gingen rakelings langs een gevel van een huis aan de Buys Ballotstraat, verrafelden het witte ragfijne weefsel van de vitrage achter een raam en bereikten het trottoir. De voordeur van dat huis stond wijd open, weldadig licht stroomde de hal binnen, maakte de kapstok met een verschoten regenjas, een paraplubak en de glazen tochtdeur, versierd met ingeslepen guirlandes, bijna onzichtbaar.

Nog meer mensen waren blijven staan. Wat was er aan de hand? Hier woonde toch de straatveegster? Omstanders vormden een halve kring toen mannen in het helgele pak van de mortulancedienst een in macaber lichtblauw zeildoek gewikkeld lichaam naar buiten droegen. Het eerste licht van de dag hield de mannen met hun last een ondeelbaar moment gevangen voor deze de auto werd in geschoven. Een van hen trok de teakhouten voordeur van het huis achter zich dicht, waarvan het kleine, vierkante raam was beschermd door traliewerk.

Een vrouw schudde van verdriet haar hoofd, veegde tranen uit haar ogen. 'Och, wat had ze zich toegetakeld.' Een oude man, de handen gevouwen op zijn stok, zei:

'Een droevige aangelegenheid. Ik trof haar dagelijks in de straat. Ze hield een tijd lang de trottoirs schoon. Elke ongerechtigheid, een dor blad, een takje, verwelkte bloesem, was haar een gruwel. Het was onmogelijk een gesprek met haar aan te knopen.' Hij keek naar de veel jongere vrouw die haar tranen de vrije loop liet en snikkend uitbracht:

'Ik had met haar te doen. Ik woon daar, schuin tegenover.'

De mortulance gleed geruisloos de hoek om, richting Fahrenheitstraat. De weinigen in de straat keken het voertuig na.

'Weet u wie zij was?' vroeg de oude man.

De vrouw snoot haar neus, depte haar tranen.

'In de tijd dat haar hondje stierf, ben ik wel bij haar binnen geweest. Later ook nog wel, maar ze was nogal op zichzelf. Ik heb haar zo vaak gevraagd de laatste tijd: "Kan ik je ergens mee helpen?" Ze wilde niet geholpen worden. Ze had met niemand contact.'

'Het gerucht ging toch,' zei de oude man, die zijn ogen even dichtkneep tegen het licht, 'dat zij een rol zou spelen in een boek, in een bekende roman. Het fijne weet ik er niet van. In dat boek zou haar leven beschreven zijn.'

De buurvrouw van tegenover zei dat ze geen zin had om over de overledene te praten.

'Ik mocht haar graag. Ze was niet zomaar iemand. Niet dat ik weet wat in haar leven allemaal speelde. Ik wil geen dingen zeggen die haar aangaan. Ik had met haar te doen. Ze wees mij af, zoals ze ten slotte niemand meer in haar leven toeliet. Wat ik wel wil zeggen... ik heb haar 's nachts weleens voor het huis zien staan. Roerloos stond ze daar. Als een zoutpilaar, de handen voor de schoot gevouwen of om een kop koude thee heen, die ze leek te zijn vergeten, altijd in dezelfde regenjas, een donker hoofddoekje om, strak onder haar kin vastgeknoopt. Ook bij het smerigste weer. De regen leek haar niet te deren. Ze besefte de regen niet. Eén keer ging ik naar haar toe. De regendruppels stroomden langs haar gezicht. "Ga toch naar binnen," zei ik. "Zal ik wat warms voor je maken? Je vat kou zo." Ze reageerde niet eens. Ze verpieterde.'

De buurvrouw van tegenover zweeg. Wat viel er nog te zeggen? Genoeg, maar wat hadden de anderen daarmee te maken.

De zon had het hele trottoir, met twee gemeentelijke bloembakken waarin grillige slierten Oost-Indische kers bloeiden, in bezit genomen. De paar omstanders op dit vroege uur verspreidden zich. Dat groepje min of meer toevallige aanwezigen ademde de frisse ochtendlucht in en hun ogen, omhoogkijkend, zogen zich vol met het timide blauw van de hemel.

# Een

# I

De dierenarts onderzocht de hond van Clara Hofstede, legde de stethoscoop achter zich, op een tafel, onder een open muurkast met medicijnen, spreidde de oogleden van de kleine hazewind om naar de reflex van de pupil te kijken, zag de van angst uitpuilende ogen, streelde de smalle kop, liet zijn hand op de hals van het trillende dier rusten.

Als ik er nu in slaag, dacht Clara, zes lichte tikken in hetzelfde ritme op de rand van de behandeltafel te geven, blijft Jip in leven. Nee, ze ging het zich nog moeilijker maken: kwam ze aan die zes lichte tikken niet toe, dan zou ze dit vertrek niet mogen verlaten. Bij het vierde kleine tikje raakte ze de tafel niet aan. Fout. Clara begon opnieuw, gehaast. De arts gleed tastend over de diepe borst van de hond. Ze concentreerde zich op het tellen, liet haar blik van het dier naar de medicijnkast achter de arts gaan, tikte in een strak ritme zes keer, telde in de gauwigheid op de middelste schap zes kleine flesjes met een troebele vloeistof. Maar nu wist ze niet meer zeker of ze de zes tikjes op de rand van de behandeltafel wel had gegeven. Ze moest zich tot één ding bepalen.

Clara telde opnieuw, een hand op de hete kop van het dier, de andere tellend, uiterlijk rustig, maar zich verbazend dat deze tic zich op dit moment in deze nogal hevige vorm vertoonde. Ze stelde zichzelf onmiddellijk min of meer gerust. De situatie was er dan ook naar. Haar dochter zou vandaag achtendertig jaar geworden zijn en Jip was heel ernstig ziek. Waarschijnlijk zou ze afscheid van hem moeten nemen.

Ze wisselde, zonder dat de arts iets in de gaten had, het ritme van de tikken. Een, twee, drie – cesuur. Vier, vijf, zes. En dan terug, snel, zonder cesuur. Nu twee kort, vier lang. Dan terug. Twee lang, vier kort. De dierenarts zocht haar blik. Clara deed of ze iets van de tafel wegveegde.

Door die abrupte beweging schoot haar zijden sjaaltje iets opzij. Ze draaide zich van de dierenarts af, knoopte haar sjaal opnieuw, schikte hem zo dat haar hals verhuld was. Gewoonlijk droeg ze een hooggesloten jurk.

'Mevrouw,' zei de arts, 'dit ras is hard voor zichzelf. Hij moet hevige pijn hebben, maar laat het niet merken. De tumor drukt op zijn maagwand. Hij heeft een bijkomende virale aandoening en zoals we al eerder hadden vastgesteld: de hartruis is toegenomen.'

Hij toonde het bloedende tandvlees van het dier: 'Jip is bijna twaalf. U heeft veel plezier van hem gehad. Hij is nooit ziek geweest. Het is goed dat wij als redelijke mensen over zijn lot kunnen beslissen.' De arts stelde voor haar morgen eind van de middag terug te zien. Dan was het hier rustiger. De hond zou eerst een roesje krijgen. Van het eigenlijke spuitje zou hij niets merken.

De tafel waarop het dier stond trilde. Ze drukte de hond tegen zich aan.

'Hij krijgt een injectie tegen de pijn en van de assistente krijgt u extra pijnstillers mee.' De arts draaide zich om naar de medicijnkast, pakte een ampul en bereidde de injectie voor.

Drie keer zes korte tikjes in verschillende variaties. Tegen jezelf zeggen dat je de behandelkamer nu moet verlaten, dat je zo snel mogelijk met de doodzieke hond naar huis moet, dat er geen enkele reden is langer te blijven. De situatie was toch duidelijk.

Ze dacht dat die woorden effect hadden.

'Oud en ziek worden is niet leuk, mevrouw.' De dierenarts tilde de hond van tafel, zette hem voorzichtig op de grond. Het beest kwispelde kort met zijn staart alsof er niets aan de hand was.

Clara's hand lag zogenaamd achteloos op de behandeltafel en gaf nog snel met haar wijsvinger zes lichte, onhoorbare tikken. Kon nog niet wegkomen.

'Wilde u nog wat vragen?'

Aukje zou vandaag achtendertig zijn geworden. Die gedachte werkte. De blokkade werd opgeheven. Clara bedankte de arts, verliet het vertrek, vervoegde zich bij de balie in de wachtkamer. Morgen werd ze om vijf uur verwacht. De assistente deelde Clara ook mee, met een iets andere stem, dat er na het inslapen van Jip diverse mogelijkheden waren. Ze kon hem hier achterlaten. Dan zou hij gecremeerd worden. Men rekende daarvoor, hoe gek het ook klonk, een kiloprijs als tarief. Voor Jip, die slechts elf kilo woog, zou het nog geen vijfentwintig euro kosten. Voor een plekje op een hondenbegraafplaats was ze algauw tweehonderd euro kwijt.

Clara koos direct voor het laatste. Daar hoefde ze niet over na te denken.

Met een kurkdroge mond (maar ze durfde niet om een slokje water te vragen) verliet ze de praktijk aan de Surinamestraat, opende van afstand haar auto die tegen de middenberm onder de kale kastanjebomen geparkeerd stond. In de voorname, schemerige stilte was geen mens te zien. Je zag hier nooit kinderen op straat spelen.

## 2

De stilte. Enorm. Die dag in november. Clara drukte de riem van de hond tegen haar wang. Zou hij toch beter kunnen worden? Kon dat? Als door een wonder? Als bijna opgestaan uit de doden?

De hemel was vreemd helblauw, met een zon die geen warmte gaf. Ik kijk altijd omhoog als ik verdrietig ben, dacht Clara. Of doet iedereen dat? Haar vingers speelden met het leer van de handtas. Ze draaide de binnenspiegel naar zich toe, knoopte het sjaaltje los, zag het slecht geheelde litteken, uitgehold in smalle wallen van wild vlees, keek de sluimerende, verstilde straat af. De wereld leek hier heel ver weg. Clara haalde haar mobieltje uit het handschoenenvak, durfde niet te kijken. Maar wie zou haar bellen over de dochter die vandaag jarig zou zijn geweest?

De kille oostenwind die in die verstarde roerloosheid door de straat trok, werd langs de autoramen een heimelijk ruisen. Ze drapeerde de sjaal wat losser om haar hals, kon zich niet langer beheersen en keek op het scherm. Geen bericht. Ze deed opnieuw een uiterste poging de gedachte aan Aukje te verdringen door in een liefdevol gebaar de arm naar achteren te steken. Haar hand kon de in een deken gewikkelde net niet bereiken, maar zou het gebaar gezien hebben.

De gevels van de huizen aan de overkant werden in het late novemberlicht purperblauw. In de verte, richting Javastraat, tekende zich, ook heel even flauw paars, het borstbeeld van Couperus af. Het mobieltje gloeide in haar kleine hand. Er wilde maar geen bericht komen. Maar van wie, Clara?

Ik ga nu naar huis, besloot Clara. Maar ik weet zeker dat als ik nu wegrijd, de dierenarts morgen een vergissing zal maken en Jip een afschuwelijke dood zal sterven.

Jip kermde zacht en opnieuw ging haar blik naar de hemel, die donkerder was geworden. Verstijfd zat Clara in haar auto, de handen om het stuur geklemd.

Ze vroeg zich af of de hond wel in de auto was. Natuurlijk was hij in de auto. Samen met de assistente had ze hem op de achterbank geïnstalleerd. Ze schrok van zichzelf. Dat dwangmatige gedrag was toch lang achterwege gebleven. Ze had gemeend het definitief onder controle te hebben.

Aan het einde van de straat, op het gazon van de middenberm, onder de als kandelaars gesnoeide bomen, liep een man. Waarschijnlijk een bewonderaar die Couperus' beeld had bekeken, de vergulde letters op de sokkel had gelezen, misschien zelfs een fijn boeket bloemen had neergelegd. Als ze gelijk had, zou hij nu de weg oversteken en op de Egyptische ambassade af lopen, waar de toen nog jonge schrijver, op de eerste verdieping van zijn ouderlijk huis, achter het hoge raam aan de straatzijde, zijn debuut *Eline Vere* had geschreven.

Ze kreeg gelijk.

De man liep die kant op.

Zij startte de motor, was er zeker van dat de juiste inschatting elke nu opkomende dwanghandeling zou tenietdoen. Ze vergiste zich. Die vijand, diep in haar verborgen, dat kwalijke, weke gedeelte van haar, was uit zijn hol tevoorschijn gekomen.

Snel achter elkaar raakte Clara, nu met haar middelvinger, het dashboard aan. Een voorbijganger zou denken dat ze het ritme tikte van een deuntje op de radio. Ze slaagde er niet in tijdens het tikken niet aan de verjaardag van haar dochter te denken. Ze mocht pas wegrijden als dat lukte. Nu met haar pink. De lichtere toets wilde soms helpen. Dan met de wijsvinger, krachtiger, hamerend, drie keer twee, vervolgens drie keer drie. Drie hard, zacht, om en om. Maar zo kwam ze nooit de straat uit. Waarom zou ze niet aan haar verloren dochter mogen denken? Het zou ongewoon zijn als je daar niet elk moment aan dacht. Wat ze vroeg van zichzelf was tegennatuurlijk. Dit geredeneer werkte soms. Nu niet. Ze moest de aandacht op iets anders vestigen.

De roerloze man in de verte, in het avondlicht, met geheven hoofd het voormalige woonhuis van Couperus beschouwend, herinnerde haar door de lange gestalte aan haar eerste vriendje op de middelbare school. Op hetzelfde moment hoorde ze de stem van haar moeder. 'Claartje, je weet heel goed waarom ik boos ben.' 'Nee, mama, dat weet ik niet.' 'Omdat ik niet wil dat je met die Jonathan Smeets omgaat. Ik wil het niet. Ik wil het niet.' Mama schudde wild haar zware hoofd. Clara hoorde mama schreeuwen en op de vloer van de huiskamer stampen. Daarna liet mama zich met een lege blik in de schommelstoel vallen, leek Clara's aanwezigheid vergeten. Ze riep zonder haar dochter aan te kijken door het huis: 'Ik wil het niet. Die jongen is ziek.'

Mama's stem versteende haar. Ze schaamde zich voor die stem en ze was dankbaar dat niemand die kon horen. Het was een stem die ze wenste te haten. Ze schaamde zich nog steeds dat ze op één heel precies moment in haar leven aan die stem geen weerstand had kunnen bieden. Maar de herinnering leek te kalmeren. De list lukte, de teldwang zakte weg.

Clara gaf gas, trok langzaam op, maar nu dook weer de vraag op of Jip wel werkelijk op de achterbank in de auto lag. In de spiegel zag ze het slapende dier, dat rustig ademhaalde, niets besefte van Clara's worsteling. Vanzelfsprekend was Jip in de auto. Ze was toch niet gek. Niets zekerder dan die zekerheid. Toch had ze zojuist een fractie aan de werkelijkheid van de hond getwijfeld. Ze liet nadenkend haar blik op het dier rusten, zette ten slotte de spiegel in een beheerst, rustig gebaar terug in de goede stand.

De man in de verte stond nog steeds voor het geboortehuis van *Eline Vere*, stelde zich de schrijver aan zijn werktafel voor, schrijvend aan zijn vroege meesterwerk.

De straatlantaarns gingen aan, de grillige takken van de kastanjes werden spookgestalten. Clara wierp een laatste blik op de verlichte ramen van de dierenartsenpraktijk alsof ze daar hulp van verwachtte, daarna weer op de weg voor haar.

De hond lag op de achterbank. Zojuist had ze hem gezien en bekeken en tranen waren zomaar uit haar ogen gevallen. Maar had ze hem wel gezien? Je kunt jezelf wel van alles wijsmaken.

De assistente had Jip om het portier te openen even op straat gezet. Was ze hem toen niet vergeten? Het arme dier zat nu in de snijdende kou op straat. Onmogelijk om niet toe te geven aan die gedachte. Onmogelijk. Arme Clara. Je hebt je hondje net gezien, rustig ademend, gewikkeld in het blauwe dekentje. Die dwang, een verscheurend beest, dat zijn hete adem in je nek blaast. Geen uitweg. De bomen voor haar waren vol armen die haar adem afsneden.

Clara stapte uit, keek door het raam van het achterportier, zag de hond en wilde weer gaan zitten, toen ze toch het portier opende. Jip schrok wakker, keek haar met een tegelijk intense en lodderige blik aan. Clara legde haar hand op zijn kop, streelde hem onder zijn kin, zoende hem op de ogen, frutselde met haar vingertoppen aan zijn kop, zoende, zoende, zes keer. Nog eens zes keer. Ze werd iets rustiger.

'Sorry, lieverd. Ik ben helemaal in de war. Ik hou zo veel van je. Jij ook van mij?'

Ze boog zich dieper voorover, dekte hem beter toe, zoende hem op beide ogen, sloot haastig het portier, was er vast van overtuigd dat ze in zou stappen, weg zou rijden, deze zo stille straat uit. In plaats daarvan liep ze op de praktijk af, ging de lege wachtkamer binnen, telde snel de rij stoelen tegen de wand. De assistente, die binnenkwam, vroeg of ze iets kwijt was.

'Mijn tas... Het kan ook zijn dat ik in de auto niet goed gekeken heb.'

'Ik loop met u mee.'

Clara, snel voor haar uit lopend, zei, vlak bij de auto: 'O, ik zie hem al. Laat u mij maar.'

'Ik begrijp het. Ik zou ook van streek zijn. Kunt u wel alleen naar huis?'

'Ja, het gaat wel. Dank u. Ik zie u morgen.'

# 3

Clara reed stapvoets, lieve woordjes mompelend tegen de hond, onder de schuin omhoog priemende vlaggenstokken van de Haagse herenhuizen door, in deze eeuwig doodse straat.

Nee, niet helemaal verlaten. Waar ze versmalde – ter hoogte van het borstbeeld –, leek de late, literaire toerist op haar te wachten. Een superbe fantoom, in een lange jas van lichtbruin leer, ineens opduikend. Hij stond midden op de straat en hief in een voorzichtig, bijna excuserend gebaar zijn arm.

Tegen de achtergrond van een perk rododendrons, met die geheven arm, in die stilte, stond hij daar als op een toneel, in een scène die op het punt stond gespeeld te worden.

Dat leidde Clara af van haar verdriet. Ze was alleen nog nieuwsgierig. De jas mocht gevaar oproepen, de beigeachtige tint, bijna oranje in het licht van de straatlantaarn, verzwakte het angstaanjagende. Hoe dan ook, de dubbelzinnigheid van de jas trof haar.

Ze stopte, opende het raampje. Hij kwam op haar toe. Een man van midden veertig, misschien iets ouder, van wie het gezicht haar min of meer bekend voorkwam. Ze kon hem met geen mogelijkheid thuisbrengen.

'Excuses mevrouw.' Hij wees op de rijk gedecoreerde deur van Couperus' voormalige woning. In zijn hand had hij een fototoestel. 'Wilt u een foto van mij bij die deur maken?'

'Natuurlijk. Het huis van Couperus.'

'O, gelukkig, dat weet u.'

Ze parkeerde de auto tegen de middenberm. Hij zag de hond. Hij begreep dat ze naar de dierenarts was geweest.

'Ik zag u in de verte en heb op u gewacht. Je ziet geen mens in deze straat. Dat was in Couperus' tijd al zo. Niets is hier veranderd. Zelfs die ritsen vlaggenstokken aan weerszijden heeft hij in zijn romans minutieus beschreven.'

Hij zag het slapende hondje. 'Hij is erg ziek,' zei Clara.

'En ik val u abrupt lastig. U wilt liever naar huis.'

'Er is wel even tijd om een foto te maken.'

Hij stelde zich voor.

'Ik ben Oscar Sprenger.' Hij stak een hand naar haar uit.

'Dan bent u de schrijver. Ik meende u al te herkennen.' Ze zocht in haar herinnering naar een boektitel van hem, kon niet zo gauw iets vinden. 'Ik ben Clara. Clara Hofstede.'

'Clara? Hoor ik het goed?'

'Ja, Clara.' Zij had zijn verbazing opgemerkt. 'U lijkt verbaasd?'

'Nee, nee. Clara is een mooie naam,' en hij zei haar naam hardop, leek die te savoureren, op zijn tong te proeven. 'Een heilige geliefde in de middeleeuwen.'

Ze maakte enkele foto's. Teruglopend naar de auto vertelde Oscar Sprenger dat hij gisteravond laat zijn nieuwe roman, spelend in Den Haag, voltooid had. Hij had er lang aan gewerkt en permitteerde zich een dagje uit, bezocht plaatsen gelieerd aan Couperus, die hij sinds zijn middelbare school bewonderde. Zelf woonde hij in het midden van het land.

Bij de auto wierp ze een blik op de achterbank.

De hond sliep. De schrijver keek ook door het raam naar binnen. Beiden zwegen nu.

Ze stonden een moment op het gazon van de middenberm tegenover elkaar.

Hij bedankte haar. Uit een vreemde behoefte haar aanwezigheid in de straat alsnog te rechtvaardigen, zei ze met een blik op de achterbank:

'Jip kan niet meer beter worden. Ik laat hem morgen inslapen.'

Hij boog zich weer en keek.

'Er zit zo'n mooi kopje op. Een dier verliezen. En dan vraag ik zoiets frivools als een foto.'

Die woorden ontroerden haar. Hij was een gevoelig man. Ze keken beiden een moment naar het dier.

'Ik neem aan dat u in deze buurt woont. Als ik u ergens mee kan helpen.'

'Hier vlakbij om de hoek heb ik gewoond, in de Javastraat. Na mijn verhuizing heb ik deze dierenarts aangehouden. Nee, dank u.'

Een helder gesprek. Ook een gesprek, dacht ze, vol aftastingen, stiltes. Met de stilte van de straat als een allesomvattende stilte daaromheen. En Oscar Sprenger? Je kon niet zeggen dat het in klassieke zin een knappe man was. Je kon toch ook niet naar hem kijken zonder je af te vragen: wie is hij? Wat denkt hij? Zijn gezicht kon ze moeilijk beschrijven. Ze zag het al niet eens meer helemaal helder voor zich. Ze zag wel duidelijk zijn handen. Fijne, slanke handen die hij toen ze nog even naspraken op de motorkap had neergelegd als om een compliment daarover te ontvangen. Er lag in al zijn gebaren wel enige koketterie. Niet zo veel dat het ergerde. Het viel alleen op. Ze herinnerde zich nu ook de bizarre verwondering die van zijn gezicht viel af te lezen toen ze zich had voorgesteld.

Verstrooid sorteerde ze bij het kruispunt Laan van Meerdervoort-Fahrenheitstraat voor zonder richting aan te geven. Achter haar werd woest geclaxonneerd. Clara maakte een vaag excuusgebaar, sloeg direct weer links af en parkeerde haar auto voor haar huis in de Buys Ballotstraat.

Ze stapte niet onmiddellijk uit, haalde zich de ontmoeting voor de geest. De schrijver was zonder meer een voorkomend man, hoffelijk, belangstellend voor zo'n korte toevallige ontmoeting. Er was wel dat vreemde kraken van die leren jas geweest, maar bij die beheerste koketterie ook een bijna jongensachtige verlegenheid. Of schatte ze hem nu helemaal verkeerd in? Ze wist het niet meer. Wat deed het ertoe? Je kijkt naar iemand, je hoort zijn stem en iets van je radeloosheid verdwijnt.

Ze kwam uit de auto. De jonge vrouw die schuin tegenover haar woonde, kwam op Clara toe, vroeg direct naar het hondje. Clara informeerde Jeanne met een enkel zinnetje en begon te huilen.

'Och meid, wat erg.' Clara droeg het hondje naar binnen; legde hem in de voorkamer in de mand. Ze dronken samen koffie en Clara vertelde haar van de ontmoeting in de Surinamestraat. Jeanne las eigenlijk nooit boeken. Van deze schrijver had ze ook nog nooit gehoord, voorzover ze zich herinneren kon. Maar als hij zo op de zieke Jip reageerde, moest het wel een aardige man zijn.

# 4

Vanuit de voorkamer keek Clara op de twee ronde stenen bloembakken die de gemeente ooit op het trottoir voor haar huis had geplaatst. Ze beletten de automobilisten op de stoep te parkeren. Aan de beplanting van die bloembakken deed de gemeente niets. Clara plantte er in het najaar krokusbollen in, zaaide in het voorjaar Oost-Indische kers.

Ze trok de gordijnen dicht, dronk een slok van de witte wijn die ze voor zichzelf had ingeschonken, liet haar blik door de kamers *en suite* gaan die uitliepen op een smalle serre.

In de huiskamer stond papa's piano, een originele Bösendorfer. Van haar moeder bezat ze, behalve enkele sieraden die ze nooit droeg, het wandkleed dat mama ooit voor haar eigen kinderkamer gemaakt had. Meer had ze uit de nalatenschap van haar ouders niet willen bewaren. Wat ze bezat, was betekenisvol genoeg.

Het wandkleed hing op Aukjes kamer, op de eerste verdieping, ingericht na haar spoorloze verdwijning in Venezuela. Het meisje was toen zeven jaar geweest. Sindsdien was nooit meer iets van haar vernomen.

Ze nam een slokje wijn. In eten had ze vandaag geen trek. In eten had ze zelden trek. Na al die jaren wende je er min of meer aan om alleen te zijn, maar kennelijk niet om alleen de maaltijd te gebruiken.

Ze schonk wat wijn bij.

Clara's gezicht gloeide.

In de achtertuin brandden in de borders en het middenperk, afgezet met buxusstruiken, enkele bescheiden lampen.

Het gaf in het donker de door rietmatten omheinde stadstuin iets beslotens, iets kloosterachtigs. Rechts was een witgeverfd tuinschuurtje voor gereedschap. Tegen het latwerk van de schuur had, zolang ze hier woonde, een roos gestaan. Vorig jaar, tijdens een flinke vorst, was hij doodgevroren. In het voorjaar had ze de takken en dode wortels verwijderd. Van de zomer was er op die plek een blauwe papaver opgeschoten. Clara had nog nooit zo'n mooie tint blauw gezien. Hij had slechts een dag gebloeid. De plant had ook maar één bloem gegeven. Ze hoopte dat hij weer terug zou komen. Bij navraag bleek het een papaver uit de Himalaya te zijn. Hij kwam hier uiterst zelden voor en kon zich hier ook moeilijk handhaven.

De witte wijn smaakte wel.

Clara betrapte zich erop dat ze het betreurde niet wat langer met hem gesproken te hebben of adressen te hebben uitgewisseld. Of hem had meegenomen naar haar huis. Hij had haar zijn hulp aangeboden. Wat betekende die spijt? Was dat al verlangen? Maar verlangen is zo'n vaag woord. Het geeft niets weer van het alarm in haar, een donker, niet helder te definiëren gevoel (ontmoedigend? vrolijk makend? beide?) dat langzaam wegebt. Zo'n woord als 'verlangen' dreigt algauw meer te zeggen dan je bedoelt. Wat bedoelde ze dan?

Er is een moment geweest, een heel precies moment op de terugweg naar huis, toen ze bij het Vredespaleis de Groot Hertoginnelaan insloeg, dat ze ineens gedacht heeft – maar dat denken is een te sterk woord voor die sensatie –, eerder een aanzet tot een gedachte, een eerste opflikkering: de mogelijkheid van wat men doorgaans een 'avontuur' noemt.

Oscar en zij hadden tegelijk die zo verlaten, lege Surinamestraat af gekeken, naast elkaar staande, elkaar per ongeluk zelfs even aanrakend. Hij had, na iets liefs over Jip te hebben gezegd, met een gebaar op de imponerende huizen gewezen, de kale vlaggenmasten, de grillige takken van de bomen die ondanks die grilligheid toch aan elke boom de vorm van een kandelaar gaven. Dubbelzinnige bomen. Een avontuur, of avontuurtje. Ook een dubbelzinnig woord. Net als die leren jas van hem. En waar denk je dan aan? Aan een paar zinnelijke momenten, een strelend, teder gebaar, of aan een dolle verliefdheid, een vlaag van verstandsverbijstering. Dat alles voorbijgaand. Of aan een echte liefdesgeschiedenis, met gedroom, verwachting en het lijden.

Was het zo'n moment? Zij en Oscar Sprenger, net buiten het licht van de straatlantaarn, de nevelige schemer, zij met de hand bij het portier, aanstalten makend om te vertrekken. Onder die immense kandelaars waarvan de kaarsen in een laatste lichtschittering op de takken uiteenspattend een moment tegelijk leken aan te gaan. Zo'n moment? Subliem, wonderbaarlijk. Waarop een hart onregelmatiger gaat slaan, waarop wordt gezwegen, zo'n volstrekt onhelder moment waarin alles mogelijk is en men niet weet welke woorden te gebruiken.

Of vroeg Clara nu te veel van dat moment? Had zij een fractie van een seconde haar blik al aan hem uitgeleverd, had ze zich al prijsgegeven aan dat krachtige profiel, die slanke geheven hand, die sonore, ietwat hese stem? Had ze ook gedacht aan haar leeftijd? In de zestig. Een leeftijd waarop het leven voor ieder mens, geslaagd of niet, toch een min of meer aanvaarde nederlaag is?

Ze nam een flinke slok, schonk direct bij, keek naar de wijn in het glas, zou zichzelf moeten straffen voor zo veel dwaasheid.

De chardonnay die ze gekocht had, smaakte naar hars en wit fruit. Witte aalbessen. In de achtertuin van haar ouders hadden ze gestaan, zoeter dan de rode.

Clara dacht: ik hoop. Wat hoop ik dan? Wat haal ik me in het hoofd? Ze staarde met een blos naar Jip, die in diepe slaap was. Ze hurkte bij hem neer, streelde met haar wijsvinger over zijn kop, raakte hem nauwelijks aan. Tederder kan het strelen niet zijn.

Clara kwam overeind, luisterde naar het ademen van de hond. Zou ze hem even alleen kunnen laten? Een halfuurtje? Of was dat onverantwoordelijk? Iets langer dan een halfuur. In minder dan tien minuten kon ze in de Surinamestraat zijn. Of zou ze de buurvrouw vragen even op te passen? Maar dan moest ze ook vertellen waarom ze zo nodig weg moest.

De hond werd wakker, stak zijn kop uit het dekentje. Ze drukte zijn kop tegen haar wang. Ze ging op haar knieën bij hem zitten, boog zich diep naar hem, tastte heel licht de omtrekken van zijn spitse snuit, zijn lange, smalle schedel af.

'Dag lief hondje. Ik ben zo weer terug.' Clara trok de deur zacht achter zich dicht, reed bij de Fahrenheitstraat door rood en op de Laan van Meerdervoort ook twee keer. Oscar zou er nog zijn. Hij was teruggekomen. Wachtte. En ze voelde zich niet schuldig, maar een beetje vreemd. Om de vage mogelijkheden die ze zich aan het scheppen was.

# 5

Op het moment dat de dood van haar hondje intrad, begon Clara te gillen. Het was een lange hoge kreet die ophield toen hij op z'n luidst was.

Zo heb ik gegild toen mijn man zonder onze dochter thuiskwam, dacht Clara. Zo heb ik, dacht ze, ja, op die manier heb ik waarschijnlijk ook gegild toen ik mijn kind ter wereld heb gebracht.

Ze legde riem en halsband met de groen metallic hondenpenning naast zich in de auto. De Surinamestraat was verlaten als de dag ervoor. Je vroeg je af of er wel mensen woonden in die elegante huizen. Zo zou het er ook ten tijde van Couperus hebben uitgezien: een plek onberoerd door de ogenschijnlijk stilstaande tijd. De tijd ging wél door. Jip was er niet meer. Ze trok met haar lippen. Een korte opwelling van woede. Jip was van haar afgenomen. Hij zou worden begraven op de dierenbegraafplaats van Ockenburg. Clara mocht, als ze erop stond, bij de begrafenis aanwezig zijn. Ze zou het niet aankunnen. Van de plechtigheid kreeg ze een officieel bericht. Daarin zou ook vermeld staan met welke andere dieren hij in het graf geplaatst was. Een graf voor één dier kopen was onmogelijk. Voor haar dochter was zelfs geen begrafenis mogelijk geweest. Je hebt een droom nodig om de realiteit te verdragen. Was in dit geval Oscar Sprenger die droom?

Clara's fijne handen lagen over elkaar op het stuur. Ze kon zich er nog niet toe zetten de straat uit te rijden. De bomen hadden nog steeds hun nachtmerrieachtige vormen.

Een kort spottend lachje verscheen om haar mond. Ze moest het zichzelf toegeven. Een moment had ze gedacht dat hij haar bij de uitgang van de praktijk zou opwachten om haar te troosten. Zoals ze gisteravond een paar minuten bij de Egyptische ambassade had gewacht en zelfs de auto was uit gekomen en naar de deur was gelopen om het lot te dwingen. Ze had omhooggekeken en geprobeerd voortekenen af te lezen aan de vorm van de voortjagende wolken, die in haar optiek lang, uitgerekt en krijtwit dienden te zijn. De voortekenen waren ongunstig. Er waren geen wolken. Het kostte haar ook nauwelijks moeite haar bijgeloof als hoogst kinderlijk te zien.

Nee, Oscar was er niet geweest, had niet dezelfde gedachte als zij gehad.

Clara toch. Ja, ze had werkelijk gedacht dat ze hem vandaag terug zou zien. Die vreemde zekerheid had haar ook kracht gegeven toen ze Jip had moeten loslaten. De verbeelde aanwezigheid van Oscar was troostvol geweest en had haar, op dit moment, in aanwezigheid van de arts en zijn assistente, niet behoed voor een kort gillen, wel voor een huilbui.

Clara keek opzij naar de riem, de halsband, toen achterom naar het keurig opgevouwen dekentje op de achterbank. De hond had een roesje gekregen en ze had gevoeld hoe zijn voorpoten langzaam onder hem waren weggegleden. Na de tweede injectie had ze vrijwel direct het leven uit hem voelen wegtrekken. Die ooit zo krachtige spieren waren slap geworden. Op het strand bij Kijkduin hadden ze dagelijks gerend. 's Nachts sliep hij aan haar voeteneind. Clara hoorde opnieuw haar eigen gillen.

Clara keek de straat af. Ze zou hem vandaag nog zien. Vandaag nog. O, die taaie gedachte. Ze keek weer naar de wolken, verfoeide zich.

Zelfs als kind vocht ze er al tegen. Die hardnekkige gedachten.

Mama is in de keuken met het avondeten bezig. Zij stapt met haar fietsje aan de hand naar binnen. Ze moet zeven, acht jaar geweest zijn.

'Mijn fiets, mama?'

Mama hoort haar niet of doet alsof. 'Mam, dit is toch mijn fiets?'

'Het eten is klaar. Roep papa. Zet je fiets alsjeblieft in de schuur.'

'Mam!'

Mama roert in een pan. Het aanrecht staat vol vuile borden en pannen van vorige dagen. Mama ruimt nooit iets op.

Clara zet de fiets in de schuur achter het huis tegen het oude kolenhok, waaruit een schoffel en een hark steken, doet de deur achter zich dicht, loopt het plaatsje over naar de keuken. Heeft ze haar fiets wel in de schuur gezet? Clara holt terug, is te klein om door het raam te kijken, opent de deur. Daar staat de fiets. Voor alle zekerheid raakt ze het zadel en het stuur aan. Hij is het werkelijk. Raakt stuur en zadel voor een tweede keer aan, laat haar hand even op de voorband rusten. Geen twijfel mogelijk. Haar kleine, rode fiets, die papa pas nog heeft laten opspuiten. Haastig verlaat ze de schuur, sluit de deur, opent de deur opnieuw, werpt een blik op de fiets, stoot per ongeluk keihard haar grote teen tegen de drempel. Ze is verrast over het aangename gevoel, hoewel de tranen haar in de ogen springen. Maar nu kan ze de fiets loslaten, de deur definitief sluiten. Even is er rust in haar hoofd. Er is even helemaal niets. In die paar seconden lichte roes kan ze de keuken bereiken en de hal, vanwaar ze papa roept voor het avondeten.

# 6

Tegen zessen had ze het eten klaargemaakt en een smal hoekje van de huiskamertafel voor zichzelf gedekt. Ze zat met de rug naar de piano en de koperen standaard met bladmuziek. Alles van Liszt en Schumann stamde uit de tijd van haar vader.

Clara probeerde iets te eten, maar bracht haar bord na een paar hapjes terug naar de keuken. Daar bedacht ze zich. Dagelijks maakte ze het eten voor zichzelf klaar, gebruikte daarbij altijd verse groente. Je behoorde je lichaam goed te onderhouden.

Alleen aan tafel begon ze opnieuw aan de maaltijd, slaagde er nauwelijks in iets door de keel te krijgen. Dit alleen-zijn was anders, ontmoedigender, door de hoop die zich in haar genesteld had. Ze kon wel tegen zichzelf zeggen dat ze buiten bepaalde dingen wilde blijven. Er waren nu eenmaal dingen die je vastpakten zonder dat je er invloed op had. De onbekende had haar gevraagd een foto te maken. Charmant had hij Clara bij het afscheid een handkus gegeven, had haar heel hartelijk bedankt en sterkte met het hondje gewenst. Geen wonder dat hij ingenomen was geweest met die enige levende ziel in de Surinamestraat. Thuis zou hij die foto wel direct aan zijn vrouw hebben laten zien. Natuurlijk, hij zou getrouwd zijn en kinderen hebben. Weer verscheen op Clara's gezicht dat kleine, spottende lachje. Wat haalde ze zich in het hoofd? Was ze in staat zichzelf zo te misleiden? Ja, dat was ze en ze knikte zichzelf toe.

Morgen ging ze naar de boekhandel aan het Noordeinde om een roman van Oscar Sprenger aan te schaffen. Dan zou ze zich een helderder idee over hem kunnen vormen. Ze was er zeker van dat ze ooit iets van hem gelezen had. Toen ze in Venezuela in haar eentje de Hollandse Club runde, had ze uit Nederland de recentste literatuur laten overkomen. Pakken met boeken kwamen uit het vaderland. Daar had hij vast bij gezeten.

Clara probeerde nog een klein hapje, legde mes en vork neer, schoof het bord iets van haar af, draaide zich half om naar de piano. Ze zou de stilte tot zwijgen willen brengen door een waterval van strelende klanken. De stilte tenietdoen in dit huis. Ze had absoluut geen zin om te spelen. Daarna stond ze op om bord en bestek naar de keuken te brengen, spoelde ze schoon en ruimde alles op.

Clara liep de huiskamer in, vouwde het tafellaken op, dat ze wegborg.

De stilte stukmaken. Iemand om hulp roepen. Doet er niet toe wie. Iets schreeuwen. Doet er niet toe wat. Je stem door de kamer horen. Die verdachte rust verstoren. De storm in haar, met al zijn lawaai, een uitweg geven.

Ze keek de kamer rond en wist niets anders te doen dan op dezelfde plek aan tafel te gaan zitten. Ze besefte opnieuw dat het alleen-zijn een heel ander karakter had gekregen.

Ook het medeleven dat de buurvrouw had betoond kon daar niets aan veranderen. Jeanne had vanavond met haar naar de Indische markt in de Fahrenheitstraat willen gaan. Van dankbaarheid had Clara even haar hand vastgepakt. Ze zou erover nadenken, maar ze wist al dat ze thuis zou blijven. Ze kon niet tegen grote massa's mensen. Het was allemaal heel lief bedoeld, maar Clara wist nooit zo goed wat ze tegen haar moest zeggen.

Het regende. Een zachte, kalme regen. De straat was leeg. Een lege straat in de regen. Het leek haar dat ze dit huis en deze buurt weldra niet meer zou kunnen verdragen. Was het mogelijk dat niets zou gaan gebeuren? Ze haakte haar vingers in elkaar alsof ze wilde gaan bidden. Haar ogen stonden onrustig. Wat een stilte. Je had een muis kunnen horen trippelen. Ze scheen de omgeving niet meer op te merken. Een kleine schok ging door haar heen.

# 7

Dat kleine meisje, in een geel jurkje met gesmokt bovenlijfje, het haar in twee staartjes met grote strikken, zat helemaal alleen aan tafel. Mama had als altijd veel werk van het eten gemaakt. Ze was, als ze niet in een Engelse roman las of door de stad zwierf op zoek naar kleurige lapjes, altijd met koken bezig. Papa had die hele zondagmiddag boven gezeten.

Hij had veel correctiewerk. Tussendoor, als afleiding, hield hij zich met zijn postzegelverzameling bezig of trok op de overloop het luik naar de vliering open en liet de vlizotrap eruit zakken. Die middag was hij een hele tijd op de vliering geweest. Daar lagen stapels Engelse kranten. Hij zocht er teksten voor zijn leerlingen. Zondags speelde hij ook altijd een uur of nog langer piano in de kleine voorkamer. Die zondag niet.

Mama had het die nacht bij papa in bed niet kunnen uithouden en was halverwege de nacht op de uittrekbare bank in de huiskamer gaan slapen. Om vijf uur die ochtend was ze opgestaan om met het eten voor die dag te beginnen. Het aanrecht had zo vol aangekoekte pannen gestaan dat er geen plaats meer over was. Ze had ze op de grond gezet. Ze kon er niet toe komen iets af te wassen. Papa ergerde zich daar vreselijk aan. Clara, om die ergernis voor te zijn, had in de loop van de ochtend de hele vaat gedaan.

De middag was voorbijgegaan en ten slotte was het etenstijd geworden. Clara had de tafel gedekt. Ieder had zijn eigen zilveren ring met ingegraveerde naam en servet. Vlak voor het aan tafel gaan had Clara de couverts extra recht gelegd. Papa had aandacht voor orde. Die zag je ook op zijn bureau boven en in de wijze waarop hij met een pincet losgeweekte zegels op een vloei legde.

Mama riep onder aan de trap: 'Kom je?'

Er kwam geen antwoord. Papa deed of hij niets hoorde. Tot driemaal toe liet hij mama die keer vergeefs roepen. In het gunstigste geval kwam hij al vrij snel zijn studeerkamer uit, riep vanaf de overloop:

'Riep iemand?'

Vandaag kwam helemaal geen reactie van boven en mama, boos het hoofd schuddend, ging terug naar de keuken.

Clara was toen snel naar boven gegaan. Naast de deur van zijn studeerkamer, die op een kier stond – het was dus zeker dat hij haar gehoord had –, hing aan een spijker de stok met de ijzeren haak waarmee hij het luik van de vliering kon opentrekken. Ze deed de deur verder open, ging vlak achter hem staan, keek naar de plastic correctiehoezen om zijn ellebogen, zei zacht met een lief stemmetje:

'Papa, kom nou. Het eten is klaar. Mama heeft iets heel lekkers gemaakt.'

Hij draaide zich niet naar haar toe, maar zei wel: 'Kindje, ik kom eraan. Ik heb zeker trek.'

Het proefwerk dat hij aan het nakijken was, wilde hij nog afmaken. De bureaulamp bescheen het tafelblad. De wanden van de kleine studeerkamer lagen in het donker. Voor het raam van dit vertrek stond een hoge ceder die alle licht wegnam. Clara keek naar zijn ellebogen met de plastic beschermers, die bewogen en licht kraakten als hij een fout aanstreepte. Ze ging naast hem staan opdat hij haar niet zou vergeten.

Clara keek om zich heen. Tegen de achterkant van de deur had hij mopjes uit een Engels tijdschrift geprikt. Een enkele keer had ze hem staande bij de deur aangetroffen, een mop hardop lezend en zacht grinnikend.

Hij wilde een nieuw proefwerk van de stapel nemen.

'Alsjeblieft, pap, mama wacht.' Hij stond op, schoof de mouwbeschermers van zijn armen. Ze liepen samen naar beneden en gingen aan tafel. Papa zei dat hij wel zin in het eten had en zeker in een ijselijke lekkernij.

Mama had de tomatensoep al opgeschept in wijde kommen. In het midden lag wat zure room met fijngehakte peterselie.

Na de soep bracht ze de Normandische stoofkip binnen, op een groot gebloemd bord, en zette die midden op tafel. Het was een van de laatste stukken van hun huwelijksservies. De andere delen waren successievelijk bij het snel en nerveus afruimen of ondoordacht in de kast wegzetten gesneuveld. Papa trok het grote bord met de kip naar zich toe. Om de poten van het beest zaten witte manchetten. Papa sneed de kip met een plechtig, haast ritueel gebaar aan met een trancheermes. Aan ieder een portie geven nam altijd veel tijd in beslag, maar vandaag leek het of papa preciezer dan ooit te werk ging. Zelfs de allerkleinste botjes ontdeed hij van de geringste fliedertjes vlees en uit dat vlees sorteerde hij weer de zeentjes. Het hoopte zich op aan één zijde van het karkas. Dit voorsnijden duurde onverdraaglijk lang. Er kwam maar geen eind aan. Niemand had nog kip op zijn bord.

Clara hield de beide zwijgende volwassenen nauwlettend in de gaten. Papa leek hen vergeten en op te gaan in zijn werk. Mama had haar handen over elkaar in de schoot gelegd, bewoog haar duimen. Het volle gezicht begon bleek weg te trekken. Haar blik hield ze onafgebroken op de handen van haar man gericht. Clara geloofde al niet meer dat ze nog aan het ijstoetje toe zouden komen. De klok tikte. Een auto reed door de Kruisbessenstraat. De onderste tak van de ceder in de voortuin streek piepend langs het raam. Misschien was dat piepen wel de druppel geweest. Mama stond met een ruk van tafel op, bewoog woest hoofd en schouders, trok de deur naar de gang hard achter zich dicht en liep zo snel als haar zware lichaam dat toeliet de trap op. Ze konden haar tree voor tree volgen. Daarna hoorden Clara en haar vader het bed door het plafond heen boven hen kraken. Papa trok zijn lippen vreemd opzij en zijn tanden kwamen een moment bloot te liggen. Na enige aarzeling ging hij door met de kip.

Clara vroeg of ze kort van tafel mocht en ging direct naar boven, op haar tenen zodat hij zijn dochter niet zou horen. Ze ging bij mama op bed zitten, legde een arm om haar heen:

'Waarom doet papa zo?'

Mama's adem ging snel. Ze gaf geen antwoord. Na een korte tijd hoorden ze dat papa omzichtig de voordeur opendeed en zo zacht mogelijk in het slot liet vallen. Hij liep het paadje naar de straat af, opende het hekje. Nu zou hij op de wybertjestegels lopen die tegen de trottoirband aan lagen. Clara reed vroeger op haar driewieler alleen op de wybertjestegels. De andere mocht ze niet aanraken.

Clara zei tegen haar moeder dat ze zo weer terugkwam.

Ze liep om het huis heen, keek de straat af naar beide zijden. Hij was in geen velden of wegen te bekennen. Hij zou wel een eindje aan het wandelen zijn om bij te komen. Misschien bracht hij het ruilmapje van postzegelclub Globe naar Wim Zeewüster, een vriend van papa en mama en Clara's pianoleraar, die vlakbij aan het Pomonaplein woonde.

Clara wist niet wat ze moest doen, had geen zin om naar boven te gaan. Ze had nergens zin meer in. Ze ging op haar plaats aan de lege tafel zitten. Als het ware tussen haar ouders in. Mama boven, papa op straat. De stapeltjes botten, blauw zeen en slap vlees staarden haar aan. Ze zag het mes dat haar vader, eerder die middag, buiten op een steen, naast de keukendeur, had scherp geslepen.

Tot hoelang zou ze zo moeten blijven zitten? Het was zeker dat mama vanavond niet meer beneden kwam. Clara kneep haar handen samen. Zo hard mogelijk. Ze wilde haar handen kapotknijpen. Dat hielp een beetje. Ze werd, dacht ze, iets rustiger in haar hoofd. Ze keek naar het mes dat papa voor het fileren had gebruikt. Ze boog zich over de tafel, pakte het mes. Clara keek om zich heen alsof iemand haar kon zien. Ze wist wat ze wilde gaan doen en wist ook dat ze geen weerstand zou kunnen bieden en schaamde zich.

Ze nam het mes in de linkerhand en drukte hem met de rechter zo hard mogelijk dicht. Ze bleef maar drukken, voelde geen pijn. Ten slotte stroomde een straaltje bloed tussen haar vingers door. Absoluut geen pijn. Evenmin gevoelens, maar de paniek was weg.

# 8

Dagelijks nam Clara tegen vier uur de tram naar de stad, stapte uit op het Buitenhof en liep naar restaurant 't Goude Hooft aan de Groenmarkt. Ze had daar haar vaste plaats rechts van de draaideur, in een nis waar slechts één tafel stond met vier stoelen. De eerste gedachte van een bezoeker moest wel zijn dat die tafel voor speciale gasten was gereserveerd. Die bezoeker liep door en zocht een plaats in de zaal. Was de plaats toch bezet, dan wachtte Clara aan de leestafel. Door de dood van het hondje was ze enkele dagen niet in het restaurant geweest. Eenmaal op haar vaste plaats, bracht de ober haar een kopje verse muntthee. Ze roerde erin, haalde een eenvoudig schoolschrift uit haar tas, concentreerde zich en begon te schrijven. Er was zo veel te vertellen: mama's voorlezen over de heks Baba Jaga, het huwelijk van haar ouders, de vrienden van haar ouders, haar eigen huwelijk, het verblijf op de olievelden in de wereld, het verliezen van haar kind.

Ze schreef. De minieme aanzet tot een glimlach verscheen ondanks de intrieste gebeurtenissen die alle beschreven moesten worden. Een enkele maal was er een moment dat ze zich een beroemde schrijfster waande, dat bezoekers van het restaurant van ver op haar wezen of haar aanspraken en om een handtekening vroegen. Ze kon zich dat zo verbeelden dat ze werkelijk iemand hoorde zeggen: 'O, dat ik u hier in levenden lijve mag aantreffen. Wat zal mijn man jaloers zijn. Hij houdt zo van uw werk.' Dan speelde Clara bescheidenheid, deed alsof ze snel weer aan het werk wilde. De tijd drong en moest goed benut worden. Het kwam soms voor dat ze, opkijkend, verbaasd was dat er geen bewonderaars bij haar tafel stonden. Ze geneerde zich wel een beetje voor dit kinderlijke gedrag. Ze was nu eenmaal zo, deed er niemand kwaad mee en ontleende er, weliswaar heel korte, plezierige momenten aan. Van alle verbeelding kon een lichte duizeling haar overvallen. Het was Clara ook al eens overkomen dat in een hoek van het restaurant waar aan een lange tafel na een speech geapplaudisseerd werd, het applaus haar gold.

Ze schreef, gebogen over haar schrift. Op tafel lagen losse papiertjes met invallen. Binnen handbereik een kopje thee. Ze herlas de zinnen die ze had geschreven en die zo slecht weergaven wat ze bedoelde. De scène dat mama met haar zware lichaam boven op bed lag te zuchten, papa het huis was uit gevlucht en zij met bebloede handen aan tafel zat, zag ze weer helder voor zich. Aan de voordeur was gebeld. Ze had een servet om haar hand gebonden en toen er voor de tweede keer gebeld werd, was ze de kleine hal in gelopen en had opengedaan. Het waren Arie en Annet Hooykaas, vrienden van papa en mama en beiden ook collega's op papa's school. Oom Arie en tante Annet zeiden direct: 'Maar wat is er met jou aan de hand?' Ze had gezegd dat ze zich per ongeluk gestoken had, dat mama zich niet goed had gevoeld en boven op bed was gaan liggen en papa even de deur uit was om het postzegelruilmapje naar iemand in de buurt te brengen. Tante Annet had haar verwonde hand ontsmet met jodium. 'Wat een lelijke jaap. Hoe heb je dat voor elkaar gekregen?' Ze had de hand verbonden. Tante Annet was toen naar boven gegaan en had later de tafel afgeruimd en afgewassen. Clara was buiten gaan kijken waar papa bleef, was tot aan de hoek met de Perziklaan gelopen. Ze was weer naar huis gerend. Mama was toen al weer beneden, was bezig een cadeautje open te maken dat Annet, haar beste en enige vriendin, voor haar had meegebracht. In de knoop van het gouden lintje was een vers boeketje viooltjes, geplukt uit eigen tuin, gestoken. Die had mama er al voorzichtig uit gehaald en op tafel gelegd. Ze zou ze zo in een vaasje zetten. Mama was geroerd omdat het presentje met zo veel liefde was ingepakt. Diezelfde aandacht betoonde zij bij cadeautjes aan anderen. In het doosje zaten oorknopjes van donker oranje geslepen glas. Het was een verlaat verjaarscadeau. Toen had mama Clara's verbonden hand gezien en was erg geschrokken. 'Kind, wat is er met jou gebeurd?' Tegelijk was papa om het huis gelopen en via de keuken binnengekomen. Hij begroette zijn vrienden hartelijk, vertelde dat hij net bij Wim Zeewüster aan de deur was geweest. Die had ook nog het plan even langs te komen. 'Kijk eens,' zei mama tegen papa, 'wat ik van Annet gekregen heb. Ik ben er zo blij mee.' Ze keek heel lief naar papa. Mama ging in de keuken koffiezetten. Oom Arie sprak als altijd over een pijnlijke kies die een zenuwkanaalbehandeling moest ondergaan. Hij had van nature zwakke tand- en kieswanden. Oom Arie was een grote, massieve man met een vlezige mond. Hij paste nauwelijks in de stoel. Annet was heel frêle, met kort krullend, rossig haar. Het verband raakte al snel doorbloed en Annet had er nieuw verband om gedaan. Als tante Annet er niet was geweest, zou mama hysterisch van angst geworden zijn. Nu bleef ze heel kalm. Pappa's ogen glommen van voorpret. Papa begon een Engels mopje waar hij heel lang over deed. Ieder lachte smakelijk. Mama legde zelfs even haar hand op papa's knie die haar hand als die van een vreemde moest ervaren. Mama lachte onbedaarlijk.

Onder de koffie belde Wim Zeewüster aan, een vroegere, ongetrouwde buurman die niet alleen pianoles gaf, maar ook piano's stemde. Hij had te lange armen en een veelvoud aan kruinen waaruit bruin haar spoot. Clara had vooral een afkeer van zijn wijde neusgaten.

Mama presenteerde bonbons die ze op een schattig, gebloemd schaaltje had gearrangeerd. Mama zag er mooi uit als ze zo bezig was. Ze had gevoel voor smaak, voor fijne, kleine details.

Op een bepaald moment zei papa tegen Wim Zeewüster:

'Breng je morgen het ruilmapje terug?' En deze antwoordde:

'It's in the top of my mind.' Clara's ouders, maar ook oom Arie en tante Annet, hadden Engels gestudeerd. Die uitdrukking liet Zeewüster te pas en te onpas vallen. Als hobby had de pianoleraar het verzamelen van blokfluitmuziek. Hij vertelde dat hij op een rommelmarkt een fragment van een achttiende-eeuws stuk op de kop had getikt. Iedereen luisterde. Ten slotte vroeg mama als zo vaak:

'Is er voor dat instrument dan zo veel muziek geschreven?'

Het antwoord dat Zeewüster dan altijd gaf:

'De wereld van de bladmuziek, ook die voor blokfluit, is heel gecompliceerd. Zo gecompliceerd dat een kat er zijn jongen niet meer zou terugvinden.' Als hij zoiets zei, ging mama snel op een ander onderwerp over.

Het was die dag ook dat mama over de keuze van de middelbare school begon, een onderwerp dat haar dag en nacht bezighield, hoewel haar dochter pas in de vierde klas van de lagere school zat. Ze wilde per se niet dat haar dochter op de school van haar man kwam.

Oom Arie Hooykaas zei toen:

'Een school kan toch makkelijk regelen dat Clara niet in de klas van haar vader zit?'

Papa knikte met zijn hoofd. Annet was het met haar man eens. Maar mama, midden in de kamer staand, zei dat het voor haar onbespreekbaar was.

'Nee, ik wil het niet. Ik wil het niet.'

Clara wist dat ze niet schrijven kon. Ze herlas de eerste bladzijde. Ze had nu alle namen al laten vallen en er te veel informatie in gestopt. Ze voelde zelf ook wel dat het met de eerste zinnen onmiddellijk misging. Clara heeft zo veel bladzijden van haar schoolschrift verscheurd. Zo veel verspilde tijd. Direct ging ze op een schone bladzij opnieuw beginnen.

Er kwam altijd een moment dat ze de laatste bladzij uit het schrift scheurde en zich dan voornam geen nieuw schrift meer aan te schaffen. Maar het verlangen haar leven op papier te zetten was diep en intens. Ze schafte zich altijd weer een nieuw aan. Je zou ook kunnen zeggen dat Clara Hofstede naar een nieuw leven verlangde.

# 9

Bij de post zat een zwart omrand bericht van de dierenbegraafplaats Ockenburg. Op een donkergeel vlak stond in blauwe letters vermeld dat Jip samen met een papegaai en een poes begraven was.

Clara, met het bericht op schoot, zat roerloos op de bank in de voorkamer, zag in gedachten het kleine graf dat voor de drie dieren gedolven was.

Ze herlas het bericht, bekeek de plattegrond waarop de plaats van het graf was aangegeven. Jip, de papegaai, de poes. Metgezellen in de dood. De papegaai stelde ze zich als een blauwe ara voor, de poes was oranjegestreept in haar verbeelding. Drie kleine, verstijfde lichamen. Lag Jip tussen hen in? Lagen ze op elkaar?

Clara moest bewegen om haar gedachten te verjagen, ging staan, schudde licht haar hoofd, besefte dat haar moeder zo ook het hoofd kon schudden. Jip was, in tegenstelling tot veel andere honden, bang voor poezen, liep met een grote boog om ze heen. Tranen kwamen in haar ogen. Ze veegde ze weg, ze bleven komen. Die drie zo verschillende beesten in een klein graf. Het was zo vreemd, zo aandoenlijk. Ze streek een paar keer met een gespreide hand door haar haar, legde het bericht op de glazen salontafel, naast de roman die ze op Noordeinde had gekocht. De herdruk van een roman die Oscar Sprenger jaren geleden had geschreven.

Ze nam zich voor een pot thee te zetten, het mos tussen de stoeptegels weg te halen, maar kon zich nog niet bewegen. Clara zag het grijze licht buiten, een vogel die in een rotte appel pikte. Eventuele resten zou ze straks wel wegvegen.

Vanavond had ze een abonnementsconcert in Diligentia. Ze liet die concerten niet gauw schieten. Maar zoals ze zich nu voelde... Het was onder gewone omstandigheden al moeilijk om zich onder mensen te mengen. Zoals ze zich nu voelde... Ze was te veel van slag.

Op dat moment ging de bel. Het had nogal timide geklonken en ze had geen weghollende kinderen gehoord. De overbuurvrouw, altijd bezorgd als ze haar een paar dagen niet had gezien? Ze zou Jeanne de kaart van de begraafplaats kunnen laten zien. Ze droogde haar tranen, keek door de vitrage van het smalle zijraam en zag Oscar Sprenger, met schoudertas.

Ze ging hem voor.

'Ik overval u, maar ik moest in Den Haag zijn.'

'U bent welkom.' Ze bloosde.

'Schikt het u echt?'

'Ja, u bent welkom.' Haar handen beefden, ze had haar adem niet in bedwang. Nu was het wel zaak zich te beheersen. Had ze van dit bezoek niet gedroomd?

Hij zag zijn roman op tafel, nam hem in zijn handen.

'Ik heb hem net gekocht. Ik moet er nog in beginnen.'

Ze hernam zich, gaf hem het bericht, zei dat ze wel wat afleiding kon gebruiken.

Oscar las de kaart van Jips begrafenis. Hij begreep dat ze overstuur was.

'Clara, ik kom dus toch ongelegen?' Hij wist haar naam nog.

'Maar hoe ben je achter mijn adres gekomen?' Ze besefte dat ze hem was gaan tutoyeren.

Oscar vertelde dat hij vanmiddag opnieuw de Surinamestraat was in gereden en zijn auto als toen tegen de middenberm had geparkeerd. Hij was er nu niet speciaal om het huis van Couperus te bekijken, maar hij had niets omhanden gehad. Zijn nieuwe roman was bij de drukker. Hij kon er niets meer aan veranderen.

'Eerlijk gezegd, Clara, hoopte ik jou daar te zien. Onze tweede ontmoeting zou een gunstig teken zijn. Een gunstig teken voor mijn boek dat in het vroege voorjaar verschijnt en misschien ook anderszins. Ik ben zo iemand die op een trottoir loopt, over alle schaduwen heen springt en gevolgen verbindt aan het gelukken of niet-gelukken. Trap ik een schaduw op zijn staart, dan moet wel een ernstige teleurstelling volgen. Vanmorgen bij het opstaan verkeerde ik in een staat van lichtheid die het onmogelijk maakte om thuis te blijven. Ik was op een aangename manier onrustig. Ik ben vroeg op weg gegaan. Zonder enig redelijk overleg met mijzelf ben ik richting Den Haag gereden en eenmaal daar ben ik als vanzelf weer in de Surinamestraat terechtgekomen. Ik werd er naar binnen gezogen. Op dat moment dacht ik weer aan de ontmoeting met jou en heb ik als het ware de "hemel" of het "intrinsieke" erbij gehaald. Niet in strikt religieuze zin. Ik wilde een goedkeuring van het universum. Meer als een manier van spreken. Al doe ik de ernst van mijn gedachten nu weer tekort. Nogmaals, jou daar tegenkomen kon een teken van het lot zijn, kon deceptie bezweren.'

'En ik was er niet!' zei Clara lachend en dacht aan alle keren dat zij daar vergeefs had rondgereden.

Ze wist niet hoe dit gesprek zou verlopen, wist niet hoe de toekomst zou zijn. Ze zou wel kunnen denken dat zij zelf de toekomst was, maar hoe dan ook, ze was dankbaar (*danbaar* zoals ze als klein meisje zei).

'Nee,' zei Oscar, 'je was er niet. Maar Clara,' stelde hij haar gerust, 'het betekent niet dat het met mijn roman niet goed komt.'

'Oscar, wat je net zei, ik herken dat.'

Ze had voor het eerst zijn voornaam in de mond genomen, bloosde weer, maar ging snel door. Clara voelde dat ze in haar goede doen was, dat wat ze zei authentiek was, helemaal tot haar behoorde.

'Ik herken dat zo.' Bijna had ze eraan toegevoegd: lieverd, of iets dergelijks. Iets liefs in ieder geval. 'Ik herken dat zo goed. Het licht staat op groen. Toch wil ik eerst tot tien tellen voor ik verder mag rijden. Of ik wil eerst tot tien tellen in twee ritmes voor ik verder wil rijden. Of... intussen springt het licht weer op rood. En kan ik opnieuw beginnen. Het komt voor dat ik de weg oversteek, weer terugga en een andere weg neem, zonder verkeerslichten.'

Ze voelde dat ze dit beter voor zich had kunnen houden.

'Ja, dat gaat ver,' zei hij, geïnteresseerd. 'En het schiet niet echt op.'

Clara bleef, hoewel ze besefte dat ze te ver was gegaan, dankbaar om zijn komst, om wat zij voelde. Een vrouw, licht en warm. Zo onderging zij zichzelf.

Oscar sloeg zijn benen over elkaar, keek om zich heen, glimlachte naar Clara. Hij droeg een donkergrijs kostuum en een overhemd in lichtere tint. Het was of het gewoon was dat hij daar zat.

'En nu zit ik hier. Maar je hebt nog geen idee van wat ik nu ga zeggen.'

Ze had werkelijk geen idee, maar ze voelde zich op de een of andere manier bevrijd. Het klonk overdreven, maar een schrijver riep haar terug tot het echte leven, en wat voor leven.

Het was nu even helemaal stil, op het getik van de comtoiseklok na in de huiskamer. Ook van buiten kwamen geen geruchten.

'In de Surinamestraat,' zei Oscar, 'stelde ik me aan je voor. Daarna zei jij je naam en jij zag mijn verbazing.'

'Ja, ik heb nog gevraagd: "Is er iets met mijn naam?"'

Toen vertelde Oscar dat hij in zijn auto al het omslag van zijn nieuwe boek had liggen. Hij had het die dag van de uitgever ontvangen en op het punt gestaan het haar te laten zien, maar het waarschijnlijk nagelaten vanwege het zieke hondje.

Hij haalde het omslag van zijn nieuwe roman uit zijn tas en gaf het haar. De roman droeg als titel *Clara*. Het plaatje stelde een vrouw voor in een zacht oranjerood jack, op de rug gezien. Hij voegde aan deze woorden nog toe:

'De coïncidentie vind ik zo opvallend dat ik je wil uitnodigen voor de presentatie in februari. Voel je niet verplicht daarheen te gaan. Het zijn niet altijd de gezelligste bijeenkomsten.'

Zij keek naar de vrouw op het omslag.

'Oscar, ik had vroeger precies zo'n jack, in diezelfde tint. Ik kan je foto's laten zien. Het is een vrouw, schat ik, van ongeveer veertig. Zo, met een benen kam bijeengebracht, heb ik mijn haar ook gedragen. Je zou zeggen dat ik het ben, dat het een foto van mij is.'

'O, je hebt nog steeds iets van die vrouw,' gaf Oscar toe. 'Toch ben je het niet. Voor het omslag is een schilderij van een moderne Duitse schilder gebruikt. Gerhard Richter. Dit schilderij heet *Betty*, en jij heet Clara. Maar je hebt niet helemaal ongelijk. Je lijkt op haar.'

Maar nu moest hij vertrekken. Hij stond direct op, had nog veel te doen. In de hal zei hij nog:

'Clara, pas op met schrijvers. Je weet het nooit bij hen. Die zijn van nature nogal schizofreen. Uit alles kan een verhaal voortkomen. Vaak ben je zonder dat je het zelf beseft bezig je eigen biografie te scheppen. En hoe ik aan je adres gekomen ben? Ik ben naar de praktijk van de dierenarts gestapt. Het lot een handje helpen. Hoe dan ook moest ik oog in oog met je staan.'

Hij zag een kleine golf van onrust in haar ogen.

Hij corrigeerde:

'Die ogen van jou. Daarin is van alles te lezen. Vergeet wat ik allemaal gezegd heb. Ik ben hier omdat jij Clara bent.'

## 10

Clara's haar danste rond haar gezicht. Muziek van Mozart vulde het huis, bereikte de hoogste etages. In tijden had ze de piano niet aangeraakt. Ze speelde haar lievelingssonate, zonder te verslappen, het smalle, knappe gezicht bleek van inspanning, als gepoederd, gelijk een engel, opgenomen in een wonderlijke agitatie. Was het zo dat zij zichzelf wilde overtreffen in haar spel, boven zichzelf wilde uitstijgen? Nee, zij geloofde in een opdracht. Die opdracht was haar niet ingefluisterd, maar uit haarzelf voortgekomen.

Ze speelde. In lang had ze niet met zo veel plezier en passie gespeeld. Ze was er zeker van: ze gehoorzaamde aan een bevel dat nooit was gegeven, net als op een avond, lang geleden, in de Hollandse Club in Caracas. Ook daar was ze met haar spel boven zichzelf uitgestegen. Ook toen was het opgemerkt.

Het deed haar goed dat ze zich niet één keer vergiste, niet faalde, niet verzwakte. Ze had ook de zekerheid dat ze het stuk op dit niveau tot het einde toe zou uitspelen.

De aanraking van de toetsen stond los van het overdonderende spel van haar vader (bijna altijd de Etudes van Liszt), stond los van mama's stem die boven het lawaai in de kleine voorkamer aan de Kruisbessenstraat uit riep: 'Ik verdraag die herrie niet langer.'

Haar ouders waren op dit moment volkomen afwezig. De muziek die zich onder haar vingers ontrolde, bood troost, zachtheid, verwachting.

Clara speelde de laatste noten, de ogen vol tranen, applaus verwachtend, een hand op haar schouder, een lange zoen in haar hals, vingers die door het nog volle en nauwelijks grijze haar gingen.

Ze bleef nog even zitten, kwam overeind en moest zich aan de piano vasthouden.

'Ik ben hier omdat jij Clara bent.' Aan die woorden klampte zij zich vast. Die woorden had ze duidelijk uit zijn mond gehoord. Clara voelde zich uitverkoren, sensueel, raakte haar borsten aan, had zin om zacht van geluk te huilen. Zij had hem als eerste opgemerkt in de Surinamestraat. Of hij haar? Het was niet van belang.

Voor de zoveelste keer nam ze het omslag van de roman in haar hand. Van het gezicht van de vrouw was slechts het achterhoofd, een oor en een gedeelte van de wang te zien. Ze kon haar blik niet van het donkerblonde haar afhouden. Het was zo precies geschilderd dat je aan een foto dacht. Hoe meer ze naar het portret keek, hoe sterker de gelijkenis werd. Je zou werkelijk zeggen dat een foto van haar gebruikt was. Ze hoefde in dit huis niet naar foto's uit die tijd te zoeken. Nee, ze zou dat niet kunnen aantonen. Bij haar vertrek uit Venezuela had ze maar heel weinig mee kunnen nemen.

Clara staarde naar het schilderij. De schrijver met wie ze vandaag had gesproken was een tovenaar. Hij had haar hart in vuur en vlam gezet en uit zijn tovenaarshoed een portret van Clara Hofstede getoverd. Zelfs met haar meest neutrale blik moest ze toegeven dat zij die vrouw was.

Clara keek vanuit de huiskamer de voorkamer in, waar het licht altijd het helderst was. Iets was veranderd in haar bewustzijn, in de beleving van de werkelijkheid. Met een klik had zich een minieme verschuiving voorgedaan die de belichting van de vertrekken veranderde.

De voorkamer, de kamer met de piano, de kleine serre en die kleine met een schutting omheinde tuin, dat hele decor leek van zijn plaats geraakt als bij terugkeer na een lange vakantie.

Clara droomde die nacht dat ze op het strand bij Kijkduin liep. Het leek eerst een volkomen onschuldige droom. Jip was er ook. Hij speelde met een veel grotere hond in de vuile vlokken op de strandlijn. Verderop zag ze een vuurtje. Ze dacht aan een barbecue of kinderen die iets hadden aangestoken. Ze kwam dichterbij en zag dat het hele strand in brand stond. Algauw verhief zich een toren van vlammen en Clara was in die vuurzee. Het vuur was niet geel, maar helrood. Je zou zeggen dat de toren gehuld was in rood kerstpapier. Ze was niet bang, voelde geen hitte. Haar ogen zochten de hond, maar ze zag hem nergens. Om haar heen klonk gemompel van toegestroomd publiek. Ze meende er minachting in te horen. Men wees naar haar en ze zag dat ze naakt was. Het waren de stemmen die haar wakker maakten.

Clara was onbeweeglijk blijven liggen, had haar adem ingehouden. Er was slechts de stilte van de slaapkamer, het lege voeteneind. Toch hadden de stemmen zo echt, van zo dichtbij geklonken. Je zou zeggen dat ze vanuit het aangrenzende vertrek, vanuit Aukjes kamer kwamen. Die kamer zou ze 's nachts met de knuffelbeesten op het kussen, de poppen tegen de muur, het wandkleed met, in reliëf, de applicaties van kleurige lapjes, nooit binnen durven gaan. Ze moest er af en toe zijn om stof af te nemen.

Clara was op haar zij gaan liggen en weer ingeslapen. Direct was ze weer in de rode vuurzee, en opnieuw bang dat Jip de vlammen in zou rennen. Ze gilde om hem tegen te houden. Hij zou verbranden. Ze gilde. In de stilte die volgde was er weer dat verachtelijke gemompel. Om de toren onderscheidde ze een dichtere kring van badgasten die naar haar wezen. Clara keek naar zichzelf. Ze was naakt in die droom van vuur.

De droom is die nacht enkele malen teruggekomen. Ze was vroeg opgestaan en had zich aangekleed. In de tuin ademde ze diep de koude lucht in en twijfelde er niet aan of er was een heel nieuwe dag aangebroken, los van alle voorgaande.

Het hondje miste ze nog steeds heel erg. Gisteravond had ze zijn speeltjes op een rijtje naast elkaar in zijn mand gezet. Het gemis was gemakkelijker te dragen. Iets had zich voor dat gemis in de plaats gesteld. De liefde? Clara geloofde dat ze van Oscar Sprenger zou kunnen houden, dat ze al van hem hield. Ze waren elkaar tegengekomen. Nee, hij had haar uitverkoren. Nee, iets had hen bij elkaar gebracht.

Ze herinnerde zich het tafereel van gisteren. Hij zat op de bank en zij had tegenover hem gezeten. Op de lage tafel tussen hen zijn boek, het omslag, de begrafeniskaart. Je verbeelding moest wel op hol geslagen zijn om die drie voorwerpen bij elkaar te bedenken. Dit tafereel zo helder voor ogen zien, met het bijna gele avondlicht dat via de gebrandschilderde bovenramen – zwak in de nog te lichte schemer – over de tafel gleed, hield op zich al grote intimiteit tussen hen in.

Ze zat op de bank in de voorkamer. 's Morgens was het licht hier het mooist. Ze strekte zich uit op de bank. Het was lang geleden dat ze zichzelf gestreeld had. Ze streelde, met wijs- en middelvinger, in een fijn gebaar. Er was heel kort een moment van schaamte om de oude handeling en, nog korter, de indruk dat ze iets verstoorde wat ingeslapen was. Dan, toch nog snel tot haar verwondering, het genot, tegelijk met de lichte verwarring daarover. Een loom gevoel trok op in haar benen. Haar neukbenen, die ze zich herinnerde toen ze als studente aan een vriendje per dag niet genoeg had. Ze nam het omslag in haar hand en dacht hoe hij vertrouwelijk, vlak voor het afscheid, nog even op de armleuning van de bank was gaan zitten.

## 11

Een koeriersdienst bracht de nieuwe roman van Oscar Sprenger. Clara was juist de stoep aan het vegen, waarop veel dor blad, opgewaaid zand en een doorregende krant lag. Bij het vegen had ze ook een deel van het trottoir van de buren meegenomen.

Het was begin februari. De zon had al kracht. In de beide bloempotten bloeiden de eerste krokussen. Clara had zin in het voorjaar. Er was de bleekblauwe hemel, de gele en blauwe krokussen zonden ontelbare glimlachjes.

Verwachtingsvol tekende ze voor ontvangst, nam het pakje aan en legde het binnen op de lage tafel in de voorkamer. Ze was nieuwsgierig, maar maakte het nog niet open. Die verrassing ging ze zich straks gunnen. Pas wanneer ze zou knarsen van begeerte en zich echt niet langer kon beheersen, zou ze toegeven.

Eerst wilde ze het werk buiten gedaan hebben. Die twee gedeeltelijk schoongeveegde trottoirs van de buren aan weerszijden... Dat stond een beetje vreemd. Ze veegde hoopjes zand en blad op met stoffer en blik, deed alles in een plastic tas, maakte ook de goot schoon, had een vervelend gevoel van die vreemde scheidingslijn, ontstaan tussen wel en niet geveegd. Bij de buren maakte ze ook het hele trottoir schoon, maar er ontstond een nieuwe scheidingslijn. Als ze zo doorging, kon ze de hele straat wel gaan vegen.

Clara ging naar binnen, ruimde stoffer en blik en bezem op in het schuurtje in de achtertuin, dacht aan het pakket op tafel. Ze deed haar rode tuinhandschoenen uit, waste haar handen.

Het was al warm genoeg om de tuindeuren open te zetten naar de achtertuin. Ook hier bloeiden in kleine groepjes krokussen. Clara liep de achtertuin in, wandelde om het middenperk, over de smalle paadjes van rode steenslag, hurkte om aan de bloemen te ruiken, keek stiekem in de richting van de schuur of zich in de kale aarde al een sprietje van de blauwe papaver vertoonde. Ze wandelde nog een keer om het middenperk, afgezet met de lage buxusboompjes. Nog een keer. Nu drie rondjes de andere kant op. Zonder het meteen te beseffen had ze zich als stringente voorwaarde gesteld om pas naar binnen te gaan en het pakje open te maken als ze drie keer rond het perk was gelopen zonder aan het pakje te denken.

Waarom stel je je toch zo'n zware opgave, Clara? Je bent vol van dit cadeau. Wie of wat wordt hiermee gediend? Je maakt het leven zo zwaar. Je had juist zo'n aangenaam licht gevoel. Niets onnatuurlijkers dan niet denken aan dat aardige geschenk dat je toch zomaar bij toeval in de schoot geworpen wordt. Kom, ga naar binnen. Maak het open! Met die ander in je heb je even niets te maken. Met die ander heb je helemaal niets te maken. Je hebt een man ontmoet. Die geeft jou een leuk cadeau. Hij had het ook niet kunnen doen.

Nog drie rondjes. Dan vijf keer. Zeven keer. De andere kant op. Drie, vijf, zeven. In rustige stappen. Niet rennen. In kleine rustige stappen.

Ze begon zichzelf halfluid toe te spreken. Ze was het niet waard dit cadeau te ontvangen. Wie kan zeggen dat hij van de schrijver zelf zijn boek ontvangt? Wie weet heeft hij er iets in geschreven? Ga kijken. Het is een man die zijn woord heeft gehouden. Wie zou niet in jouw schoenen willen staan? Hoe gemakkelijk had hij zijn belofte kunnen breken?

Ze gaf zichzelf volkomen gelijk. Hoorde toch, ondanks de helderheid van het betoog, die op zich bemoedigend was, iets wat haar verontrustte. Ze was nog niet van zichzelf af.

'Goed, ik ga zo naar binnen. Ik ga het zo in mijn handen nemen. Zonet heb ik in de gauwigheid de naam van de uitgeverij gelezen en ook mijn naam en adres, die klopten.' Ook daarin was Oscar heel precies geweest.

Goed, een laatste serie. In zeven kleine, rustige stappen rond het perk zonder aan de roman te denken. Nee, dat was onmogelijk. Ze had ook geen zin om met zichzelf te schipperen. Geen compromissen. Ik wil Antigone zijn, in al haar absoluutheid. Het kwam erop aan haar geest zuiver te houden. Clara keek naar haar nagels, die ze langer wenste en minder rondlopend. Het waren de nagels van haar moeder. Zo probeerde ze zich om de tuin te leiden. Zette intussen zeven rustige stappen, de blik op de gespreide vingers gericht. Het leek gelukt, maar ze was er niet zeker van. Keek opnieuw naar de nagels aan de slanke vingers, dacht aan de sonate nummer 1 in c-dur die ze gespeeld had, aan de Oost-Indische kers die ze ging zaaien, aan de zeer zeldzame blauwe papaver die dit jaar misschien terugkwam. Het was gelukt.

Clara haastte zich naar het tweetreeds houten trapje, stapte de serre binnen, liep de huiskamer door, sloeg in het voorbijgaan speels een noot aan, nam in de voorkamer het pakje in haar hand, opende het.

Het zweet stond op haar voorhoofd. Ze had de roman in haar hand, zag het plaatje, hield het op afstand. Er was opnieuw de krachtige sensatie dat zij op het omslag was afgebeeld. Clara keek naar zichzelf. Ze legde het boek terug op tafel, durfde het nog niet te openen. Elk detail van deze ontdekkingsreis moest ten volle ondergaan worden. In de huiskamer, om het genot uit te stellen, sloeg ze een akkoord aan, nog een, staande, speelde de eerste noten van Mozarts sonate, draaide zich om naar het boek.

Nu stapte Clara Hofstede weer de drempel van de suitedeuren over, ging het boek openslaan. Ze sloeg het open en las op het titelblad: 'Clara voor Clara'.

Hij had daaronder zijn handtekening gezet en de opdracht 'Avec plaisir' erbij geschreven. In het boek lag een kort briefje:

*Lieve Clara,*
*De uitnodiging voor de presentatie stuur ik separaat. Ze zal plaatsvinden in de boekhandel Van Hoogstraten op het Noordeinde. Wie weet tot dan. Voel je nogmaals geenszins verplicht.*
*Oscar*

Hoeveel bladzijden telde het boek? Meer dan driehonderd, schatte ze. Ze zat er dichtbij. Bijna driehonderd.

Het kleinood lag op tafel. Een zonnestraal speelde op het omslag. Clara keek toe, verliefd, liefkozend. Kon zich niet langer bedwingen, las de eerste zinnen van de proloog. 'Een mooie, jonge vrouw liep het terras van restaurant Klein Seinpost op, aan de boulevard van Kijkduin. Ze trok alle aandacht.'

Ze sloeg het boek dicht. Meer wilde ze nog niet weten. Hoe vaak hadden haar ouders haar niet meegenomen naar Klein Seinpost? In die tijd was de boulevard nog niet bestraat geweest en kon je over losse planken zo het strand op lopen.

Ze verliet het huis om boodschappen te doen in de Fahrenheitstraat. Net toen ze de hoek om was en al bijna bij het kruispunt met de Laan van Meerdervoort, keerde ze terug, keek door de vitrage van het voorkamerraam, onderscheidde, hoewel met enige moeite, de roman. Ze beheerste zichzelf, met weinig moeite, en hoefde niet terug het huis in om zich van de aanwezigheid van het boek te vergewissen.

In de bakkerswinkel kwam ze een bekende tegen uit de buurt en had op het punt gestaan te vertellen wat haar was overkomen. Een moment later had ze een volstrekt onbekende vriendelijk toegeknikt. Bij de geldautomaat had ze iemand met kennelijke haast direct voor laten gaan. Het voelde alsof iets bedwelmends over haar was uitgestort. Met een overrompelend gevoel passeerde ze de pizzeria waar ze eens in de week de maaltijd gebruikte. Het was eigenlijk een donker hol met slingers verschoten chiantiflessen aan het plafond. Het was nu een diepe witte grot met slingers. Ze glimlachte om het overdrevene waarmee ze naar de wereld keek. In een bloemenzaak kocht ze een pakje zaad van de Oost-Indische kers. Ze voelde door het pakje heen het zo vreemd hoekige zaad van deze plant, een hoekigheid die bevorderlijk moest zijn voor een snellere ontkieming.

# 12

Clara las. Het laken van haar bed had ze van haar voeten tot haar kin over zich heen getrokken. In het midden boog het door en raakte nauwelijks haar buik, door striae van de bevalling aangetast. Clara las en de daarbij behorende kleine gebaren als het bewegen van haar hoofd, haar voeten, gingen buiten haar om.

Na de eerste hoofdstukken legde ze het boek naast zich neer. Ze wreef zacht over haar buik, klemde haar handen tussen de dijen. De zinnen die ze had gelezen beroerden haar heftig. Ze waren mooi en ze waren waar. Haar handen trilden. Het leek wel koorts.

Clara las door, herlas een alinea, een hoofdstuk, voor ze verder durfde te gaan. De lucht – als in een hete zomernacht – werd zo onbeweeglijk zwaar dat ze geen adem meer kon halen. Ze stikte. Ze slikte speeksel door alsof ze zich die pagina's fysiek wilde toe-eigenen. Dit was niet zomaar een boek. Dit boek, met zijn volzinnen, was een leegte die alles van Clara tot zich trok, die haar de roman binnen zoog. De roman bezat een kalme vraatzucht die haar verslond, maar was ook een onverwacht alarm dat vanuit de verte naar haar toe sloop. Elk woord in dit boek riep een herinnering uit haar eigen leven op. Hoe bestond het dat zij, juist zij, nog voor het boek in de winkel lag, kennis van de inhoud kon nemen? Welke toevalligheden hadden ervoor gezorgd dat zij dit boek nu in handen had en het midden in de nacht aan het lezen was? Wat zij las, drong binnen in de meest ondoordringbare van alle werelden: die van het ondraaglijke verdriet.

Het laken bewoog, maakte kleine, onregelmatige sprongetjes. Haar vingers bewogen machinaal over haar schaamlippen. Hoe wist de schrijver al deze details uit haar leven? Deze roman vertelde haar leven. Wat overkwam haar?

Het zou goed zijn om iets te eten of te drinken, even uit bed te gaan.

Ze las door, maande zichzelf kalm te blijven. Haar ouders, haar middelbareschooltijd, het begin van haar studententijd, de diepe stoornis die haar had overvallen. Later het huwelijk, het verblijf in Caracas, het verlies van haar kind, de korte, onmogelijke liefde die ze daarginds gekend had. Je zou zeggen dat de auteur de party's in de Hollandse Club zelf had meegemaakt.

Rustig blijven. Ga beneden een glas van die droge chardonnay drinken. Denk na. Dit is een roman. Oscar heeft toch zijn verbeelding, zijn fantasieën. Ze kunnen heel gemakkelijk overeenstemmen, gedeeltelijk, met wat jou is overkomen. In zekere zin lijken alle levens op elkaar, ook alle mogelijke levens. Doe geen overhaaste dingen. Trek niet te snel conclusies. Ze kunnen veel bederven, een verkeerde uitwerking hebben.

Het is waar dat toen je een klein meisje was, de mensen om je heen – tenminste als ze in hun goede doen waren – hun best deden een fictieve wereld te scheppen waarvan jij zonder dat precies te beseffen de heldin was. Je herinnert je vast nog wel de hartstochtelijke wijze waarop je moeder je voorlas. Zij maakte door de verbeten, haast hysterische toon – waar je vaak bang voor was – jou tot heldin van het kinderboek.

'Het was een woeste, kleine tuin die om de hut van de heks Baba Jaga lag en om die tuin stond een omheining. Een verschrikkelijke omheining. Ze was gemaakt van droge mensenbotten en als het woei klepperden ze tegen elkaar en op die palen staken doodskoppen die gemeen keken, want ze waren er helemaal niet over te spreken dat ze hier op palen staken.' Als mama dat voorlas, knarsetandde ze om het klepperen te verbeelden.

Nu beleefde ze een vrijwel identieke gewaarwording. Zij was de hoofdfiguur van deze roman. Clara zelf had de schrijver kunnen zijn als ze het talent had bezeten van Oscar Sprenger. Die liet nauwelijks namen vallen in de eerste hoofdstukken, die gaf in de beginalinea's niet alle grote geheimen prijs van het verhaal dat hij wilde vertellen. Het boek dat ze zo graag had willen schrijven, was al geschreven. Het lag open op haar buik.

Clara Hofstede was een redelijke vrouw, overlegde ondanks alle opwinding met zichzelf. Wat betreft de afbeelding op het omslag kon de gelijkenis wel heel toevallig zijn, ze bleef het gevoel houden dat een foto van haar hiervoor was gebruikt. Maar *de* hoofdfiguur van de roman, Clara, dat was zij. Hoe had Oscar zo'n grondige inzage in haar leven kunnen krijgen? Ze zou naar Jeanne willen lopen en haar willen vertellen: de roman gaat over mij. Clara, dat ben ik.

Ze bloosde diep. Een hete blos verbreidde zich tot in haar hals, bereikte haar borsten. Ze werd van vuur, werd een lichaam, opgetrokken uit vlammen. Clara werd niets minder dan een onstuimige aanval van vurigheden.

Steeds vaker, de laatste tijd, had ze last van opvliegers, kon ze in de Passage of in Diligentia zomaar een kop als vuur krijgen. Toch was dit blozen van een andere aard. Een schrijver, en niet de eerste de beste, had het waard geacht haar leven op te tekenen en had in de afgrond van haar ziel gekeken. Het was een hard en beklemmend boek, maar je voelde dat de schrijver zijn heldin koesterde, haar ondergang met compassie beschreef.

# 13

'Waarom niet?' vroeg ze zich hardop af en stond met het boek in haar handen. 'Wie kan mij ervan weerhouden?'

De blos die aanhield, werd zo mogelijk nog dieper. Ja, wat was erop tegen? Ze overlegde alweer met zichzelf, maar wist nu al dat niets haar van dit plan kon afbrengen.

Clara's brandend hete handen sloegen de roman weer open.

Ze herlas de opdracht, in turquoise inkt geschreven. Met haar vingers wilde ze over de woorden gaan, bedacht zich bijtijds. Haar vingertoppen waren vochtig en zouden vlekken maken.

In de loop van de nacht was het plan dat ze ten uitvoer ging brengen onder het lezen opgekomen en had geleidelijk aan, met de uren, meer vorm gekregen. Wat ze had bedacht, was niet zonder risico. Daarmee zou ze Oscar van zich kunnen afstoten. In dat laatste kon ze niet echt geloven. Een en ander kon ze toch op luchtige wijze formuleren? Dan zou hij er zeker geen aanstoot aan nemen. En opnieuw overdenkend wat haar was overkomen, bedacht ze: ze bestaan dus echt, magiërs die door alles heen kijken, voor wie dichte muren en afstand geen belemmering vormen.

De afgelopen nacht, rechtop in bed, herlezend, had ze op het moment dat het donker van de muur in bleek licht overging, de definitieve beslissing genomen. Om het besluit te onderstrepen had ze met een soepele beweging het toch hier en daar uitdunnende haar naar achteren gegooid, met de sterke sensatie dat ze een volle bos naar achteren wierp. Vanaf de straat had ze die vroege ochtend een luidruchtig vrolijk lachen gehoord en die vrolijkheid had haar meegesleept. Met het moment werd het licht buiten en binnen anders.

Clara nam een lange, verfrissende douche en terwijl het water uit een extra grote, pas vernieuwde douchekop als een warme regenbui op haar warme lichaam, op de met littekens bezaaide binnenkant van haar armen neerstortte, sprak ze in korte, gehaaste zinnen, met een gevoileerde, struikelende stem, op zoek naar de juiste woorden, die onophoudelijk op haar denken leken vooruit te lopen: 'Ik doe het. Niets of niemand kan me tegenhouden. Zal ik ook bloemen voor hem kopen?' Ze had hele mooie gezien in een chique bloemenzaak bij het Lange Voorhout. Kelken van de rode pioen waarin kleine, doorzichtige druppels vocht lagen. In een soepele beweging gooide ze weer het haar naar achteren, het beendergestel en daarmee de kern van dat mooie gezicht vrijmakend.

In de loop van de dag reed ze naar Kijkduin, liep het terras op van Klein Seinpost, voelde zich de vrouw van de beginregels van de roman en vond een plaats achter de groen beschilderde glazen windschermen.

Ze bestelde een cappuccino. Ze wás de heldin uit de roman. Onmiddellijk was een ober op haar afgekomen; ze had geen moment hoeven wachten. Net als in de roman.

Terug in de Buys Ballotstraat had Jeanne vanaf de overkant naar haar gezwaaid. Clara was op haar toegelopen en had haar verteld dat ze van de schrijver zijn nieuwe roman gekregen had, met een uitnodiging voor de presentatie.

'Maar wat heerlijk. Dat zal je goeddoen.'

'In een boekwinkel op het Noordeinde.'

'Die zaak ken ik wel. Een oude zaak, die boeken levert aan het ernaast gelegen paleis Noordeinde.'

## 14

Clara moest iets omhanden hebben, veegde gehurkt zand weg van het rode pad rond het middenperk, dacht na over het besluit dat ze genomen had.

Zou ze Oscar tevoren in kennis stellen? Maar dan was het effect van de verrassing verdwenen. Hoe zou ze hem moeten bereiken? Ze had geen adres. De kans bestond dat hij het haar afraadde. Met beide handen, gehurkt, gleed ze over de geklopte steenslag, streek alle ongerechtigheden weg.

Ze ging zich kwetsbaar opstellen. Dat was een ding dat zeker was. Moed was er ook voor nodig en moedig zijn werd gewaardeerd. Haar optreden tijdens de presentatie zou bij het publiek ook wrevel kunnen wekken. Alles hing af van de toon waarop ze sprak. Angst om te spreken had ze niet. Als presidente van de Hollandse Club, niet alleen in Caracas, ook op andere olievelden in de wereld, had ze voor hetere vuren gestaan.

Hing alles af van de toon? Alles? Was het werkelijk de toon die de muziek maakte? Daar geloofde ze niets van. Uit ervaring wist ze dat zich altijd een onberekenbare factor kon aandienen. 'En,' zei ze halfluid, 'dan denk ik aan mezelf,' overeind komend omdat ze kramp in haar kuiten kreeg. Zijzelf was de meest onberekenbare factor.

Weer op haar hurken gleed ze opnieuw met haar handen over het zacht aanvoelende rode krijt. Er viel niets meer weg te vegen. Ze veegde. Binnen zou ze haar bloedrode handen afspoelen. Ze keek naar de diepe strakke lijn, door het krijtstof heen, die in de linkerhand zonder aarzeling van de pols dwars door de palm richting de wijsvinger liep en in tweeën gesneden werd door de diepe met wild vlees omwalde littekens.

In de Surinamestraat was iets op gang gebracht. Ze had het vrijwel onmiddellijk geweten. Ze had die gedachte alleen niet ten volle willen toelaten. Bang voor teleurstelling. En alle aandacht was toen naar haar zieke hond gegaan. Wat ook speelde, was de angst en bijna-zekerheid dat dit denken uit de overspannen verbeelding van een al jaren alleenstaande vrouw moest voortkomen.

Nu kwam ook het moment in haar herinnering terug dat ze de dag na de ontmoeting 's morgens nog met Jip op het Stille Strand had gewandeld. Hij was er niet eens zo slecht aan toe geweest. Boven de duinen had een zwerm witte vogels hen gevolgd. Het waren geen meeuwen geweest. Ze hadden ook niet gekrijst. Alleen een helder elkaar toeroepen zoals ganzen tijdens de trek doen. Ze had geen idee gehad wat voor vogels dat waren. 's Middags tegen vijven in de stille Surinamestraat had ze boven zich dezelfde zwerm vogels gezien. Het was haar slechts opgevallen, ze had er geen betekenis aan toegekend.

Allang had ze de begeerte uitgebannen, droomde niet meer. Clara had zich verzoend met het kalme bestaan dat ze leidde. Maar nu verkeerde ze in één klap in een staat van roezig welzijn, in een zachte dronkenschap.

Het onvoorstelbare was gebeurd. Clara's leven was ingrijpend veranderd en ze kende het niet meer te onderdrukken gevoel dat zij zich een laatste verstrekkend doel diende op te leggen. Dit contact met Oscar begon in haar gedachten een middel tot strijd te worden, tot een betere, een hogere vorm van overleven dan ze tot nu toe had voorzien. Plotseling was er de urgentie haar toekomst zo optimaal mogelijk te gebruiken. Die niet te bedwingen behoefte richtte zich op dit ultieme doel: beminnen en bemind worden. Daarop, besefte ze, had ze tot nu toe alle tijd zitten wachten, en hoe lang al niet? Al voor ze haar kind was kwijtgeraakt, al voor ze haar man was ontvlucht. Als je begeerd wordt, als je liefhebt, verandert alles. De liefde zou de pijn verzachten van de verdwenen dochter.

Ze droomde. Hij sprak in gedachten verzonken tot haar en zij luisterde niet eens meer. Haar ideeën raakten verward, verloren hun betekenis en zakten weg in een mistige verte.

Ze waste haar handen, ging met het boek in de voorkamer zitten. Intens keek ze naar een straaltje zon dat zich tussen de kieren van de vitrage wrong en door een lichte, haast onmerkbare tochtstroom aan haar voeten op het karpet stierf. Nu viel dat licht op de karaf van geslepen glas die ze gisteren in een feestelijk gevoel verplaatst had van de donkere huiskamer naar de schoorsteenmantel in de voorkamer.

Zo veel licht viel op de karaf dat ze eerst heel bleek, toen bijna onzichtbaar werd. In de ovale spiegeling was de wereld van dit vertrek vervormd, vreemd uitgerekt, onsamenhangend als in de donkere erotische droom die ze vannacht had gekend. Clara trok haar lippen samen, bedwong een herinnering die een moment later toch opdook. Ze wilde die herinnering niet. Hoe oud was ze geweest? Zestien, misschien zeventien. Ze ging toen al om met Jonathan Smeets. Thuis wisten ze daar niets van. Door een verandering in haar vakkenpakket was ze in een andere groep gekomen en had kennisgemaakt met een iets oudere jongen. Ze moet toen in de vijfde gezeten hebben. Clara was met hoge koorts ziek thuisgebleven. Mama had de dokter laten komen. Die had blaasontsteking vastgesteld. Mama was totaal overstuur geweest. Hoe kon dat, blaasontsteking! Hoe kwam haar dochter aan zoiets? Betekende het dat Clara kinderloos zou blijven? Waar had Clara, maar vooral, waar had zíj dat aan verdiend? Was er soms een jongen in het spel? Had ze omgang met een jongen?

Was haar dochter met dat vriendje te ver gegaan? Mama ging zo vreselijk tekeer. Ze was niet om aan te zien en Clara had haar hoofd afgewend, had zich geschaamd voor de dokter. Clara wenste zich een andere moeder. Papa was tijdens dat doktersbezoek vrij van school geweest en had op zijn kamer gezeten. Hij had zich die ochtend niet vertoond en zijn studeerkamer zorgvuldig afgesloten. Aan die scène wilde hij geen deel hebben. Later op de ochtend was mama naar de apotheek gegaan. Op het moment dat zij de voordeur achter zich had dichtgetrokken, was papa op Clara's kamer gekomen en had gezegd: 'Je weet hoe ze is. Laat het van je afglijden.' Hij had even zijn lippen op elkaar geperst en was teruggegaan naar zijn kamer.

Nu schudde Clara met haar hoofd, weer precies als haar moeder vroeger. Dit had ze zich niet willen herinneren en de scène daarmee verbonden nog minder. Het licht drong met kracht tegen de vitrage en de hemel, als voorspeld, was zachtblauw. Zij drong vergeefs het vervolg van de herinnering terug. In de roman van Oscar Sprenger was alles nauwgezet beschreven.

Clara had enkele dagen thuis moeten blijven. Ze herstelde snel. Het was een zaterdag, en maandag zou ze weer naar school gaan. Mama was die zaterdagochtend de stad in.

Aan de voordeur werd gebeld. Clara had in bed liggen lezen in *Elias, of het gevecht met de nachtegalen*, een roman van Maurice Gilliams die haar leraar Nederlands had aanbevolen. Het was een prachtige roman. Niemand had de voordeur opengedaan. Toch moest papa beneden in de huiskamer zijn. Hij deed nooit bij de eerste bel de deur open. De telefoon liet hij altijd zeker vier keer overgaan, zijn hand vlak boven de hoorn. Er werd weer gebeld. Nu hoorde zij hem uit de kamer komen, de gang in lopen en de deur openen. Hij sprak met iemand en zij hoorde dat het haar schoolvriendje was. Papa liep een paar treden de trap op.

'Bezoek voor je. Een jongen van school.'

Clara wilde hem niet op haar kleine, onopgeruimde kamertje ontvangen.

'Pap, laat hem maar in de huiskamer.'

Zij had gauw een lange trui over haar nachtpon aangetrokken en zich snel een beetje opgemaakt. Papa liet intussen Jonathan de huiskamer binnen, had de deur achter zich gesloten, was de hal binnen gekomen, wilde de trap op lopen. Zij kwam juist naar beneden, was nog niet halverwege. De overloop lag in de schemer. De spijlen, door het weinige licht dat door het smalle raampje van de voordeur viel, wierpen smalle strepen op haar benen. Ze droeg een korte, witte, katoenen nachtpon. Haar vader keek vanuit de hal omhoog, zijn gezicht was rood aangelopen en hij had verstoord gekeken.

'Nee, nee, dit kan niet. Zo kun je je niet vertonen.'

Clara had zich onmiddellijk omgedraaid, was haar kamer in gevlucht, had geroepen:

'Stuur hem maar weg. Ik wil hem in dit huis niet zien. Ik wil hem niet zien als jij in dit huis bent.' Ze had nog willen zeggen: wat gemeen, ik die als mama te ver gaat, altijd jouw kant kiest.

De voordeur was in het slot gevallen. De jongen was het paadje naar de straat af gelopen. Zij had niet eens naar hem kunnen zwaaien, omdat haar kamer aan de achterzijde lag. Die dag had ze niet meer tegen haar vader gesproken. Ze had hem wel een beetje begrepen, had gezien hoe nerveus hij was geweest, hoe zijn lippen, zonder dat hij er vat op had, nerveus over elkaar heen waren gegleden. Was mama onverwacht thuisgekomen en had ze die jongen gezien, dan was het hele weekend bedorven geweest.

Ze was in Gilliams' boek verder gaan lezen. 'Ik ben alleen... Mijn handen beven. De boot drijft vanonder mijn trillende vingers weg. Hij vaart met grote snelheid naar de bocht en zoals men het blad van een boek omslaat: met een ruk is hij verdwenen.'

# 15

Clara naderde de boekwinkel op het Noordeinde. Zonder die pioenrozen. Te opvallende bloemen. Door haar leeftijd kon zij helemaal niet meer met dat provocerend uitdagende van vroeger bewegen, maar ze wás uitdagend, bewóóg zich soepel, wás provocerend in haar robe-manteau, alsof ze een jong, soepel lichaam had.

Staande naast het ruiterstandbeeld van Willem van Oranje, schuin aan de overkant van de straat, zag ze boven de ingang van de winkel het witte schild met de gouden letters 'Hofleverancier' en het jaartal 1884. De oudste boekwinkel van de stad en een van de weinige die nog zelfstandig waren. Op het trottoir stond een bord met de affiche van haar portret. De kleine etalage was geheel gewijd aan de auteur.

Clara liep het parkje achter het standbeeld in, ging op het bankje zitten dat onlangs rondom de kastanjeboom was getimmerd.

Allen die de kant van de boekwinkel op gingen, zagen eruit alsof ze op weg waren naar iets bijzonders en toch niet goed wisten wat hun te wachten stond. Hun pas was tegelijk ingehouden en gehaast. Een echtpaar dat Clara passeerde, keek haar nadrukkelijk aan. Het echtpaar stak de straat over, maar Clara stelde zich voor dat de vrouw haar had aangesproken, getroffen door de gelijkenis met de affiche.

'U bent toch de Clara van het boek? U heeft uw ogen extra aangezet en u heeft al zulke sprekende ogen. Die rode robemanteau is een trouvaille en die opvallende schoenen, in een andere tint rood, dat fijne bandje om de wreef.'

Clara kon nog niet besluiten naar binnen te gaan. Ze zat

nog steeds op de bank onder de boom. Wat tijd ging voorbij. Oscar kwam op haar toe, legde een arm om haar heen. Clara vlijde zich tegen hem aan en zei: 'Ik heb zin om lief te hebben, ik heb zo'n zin om plezier te maken, te lachen. Oscar, ik voel me als nieuw, een ander licht schijnt het huis in, in mijn achtertuin hoor ik sinds kort weer vogels, ze zijn luidruchtig, maar onzichtbaar volop aanwezig in de klimop langs de schutting.' Oscar drukt mij tegen zich aan, kust mijn wenkbrauwen, mijn neusvleugels, mijn mondhoeken... Ik voel mijn buik, ik voel zijn geslacht, ik weet niet wat mij overkomt. Ik hou van de man die dit boek over mijn leven heeft geschreven. Hij mag mij bezitten. Ik kan mij overgeven. Ik wil hem toelaten. Wat voor kwaad doe ik? Niets geen kwaad. Wat hoorde zij nu achter zich zeggen? Gek, die vrouw. Ik kan me helemaal niet voorstellen dat zij geen minnaar heeft! Ze keek om. Er was niemand. Nu ging ze op weg naar de boekwinkel, ademde diep in. Vanmorgen had ze de tuindeuren opengegooid en diep ingeademd. De tuin had onder de lichtspatten gezeten. Wat een gekwetter!

In de boekwinkel sprak niemand haar aan. Wel viel om haar heen steeds haar naam. Mensen namen het boek dat in grote stapels op de toonbank bij de kassa en een signeertafel lag in de hand. Clara had het gevoel buiten de werkelijkheid te staan, trok zich in een kleine uitbouw terug waar niemand stond.

De twijfel sloeg toe. Het plan dat ze had bedacht kwam haar ineens als volstrekt dwaas voor. Verwarring overviel haar, hier ter zijde van de anderen. Ze kon zich niet bedwingen, tikte achteloos met haar middelvinger, alsof ze nadacht over de keuze van een boek, op het ijzer van de stelling. Zeven lange tikken. Dan zeven korte, snelle. Drie korte en vier snelle en omgekeerd. Met de wijsvinger nu. Met de pink. Omgekeerd. Met de duim. Ze mocht niet aan de roman denken. Ik ga weg als ik deze reeks niet puur afwerk. Aan helemaal niets denken. Met welke vinger? Wat voor soort tikken? Lichte tikken, van een geringe hoogte. Lukt het niet, dan ga ik weg.

Zweetdruppels bij haar haarwortels en op het voorhoofd. Dit ging niet lukken. Die opgave was te zwaar. Het hoofd naar beneden gericht verliet Clara, tegen de stroom in, de winkel, stak de straat over.

Vanaf de boom keek ze toe, sprak zich nieuwe moed in, hoopte nieuwe kracht te krijgen. Ze liet zich afleiden door een automobilist die zijn grote auto in een te kleine ruimte wilde parkeren. Ze zag zijn ergernis toenemen. Wat interesseerde haar die man, liet haar blik los, besloot om niet naar de presentatie te gaan. Via de uitgever zou ze Oscar een bedankbrief sturen en hem zeggen wat het boek haar gedaan had.

# 16

Weer liep ze voor de etalage langs, hoopte Oscar te zien. Clara, een gewone voorbijganger, die een blik werpt in de etalage van een boekwinkel. Je bezwoer jezelf. Dit laat je je toch niet gebeuren? Er zijn tijden in je leven geweest dat je heel fragiel was. Een herfstblad in november, meer niet, met het minste gebaar te verpulveren. Je bent sterker geworden. Jij vecht tegen... Ja, waar vecht jij eigenlijk tegen, Clara? Heel gewoon, als een volkomen normaal mens, stapte je de overvolle winkel binnen.

Ze wás een volkomen normaal mens. Oscar zag ze vluchtig, tussen druk bewegende silhouetten van bezoekers. Iedereen wilde hem spreken. Men dartelde om hem heen. Clara verloor hem uit het oog, vond hem plots terug, vlak voor haar staand, maar met de rug schuin naar haar toe. Clara kon hem met haar hand aanraken. De schrijver toonde het boek aan een bezoeker, wees op het omslag. Clara voelde zich voyeur, zette een stap achteruit. Ze hoopte dat hij haar aanwezigheid zou voelen, zich om zou draaien, maar hij werd aangesproken door een man met een scheiding in wat restte aan haar op zijn hoofd. Het moest de boekwinkelier zijn. Hij vroeg eenieder zich te begeven naar de ruimte achter in de winkel.

Hier was een klein podium met een katheder. Aan weerszijden stonden in kuipen palmen. De eerste rij was gereserveerd. Clara vond een hoekplaats op de vijfde rij. Ze kon het niet beter treffen. In twee stappen zou ze straks bij het podium kunnen zijn. Een groot deel van het publiek moest staan. Oscar, zag Clara, zat al op de eerste rij. Clara keek naar haar handen, haar nagels, geloofde dat ze werd geleid door een kracht die ze niet in de hand had, maar vandaag de vorm van een goedaardige engel vertoonde die haar te hulp geschoten was.

De boekhandelaar schakelde de microfoon in. De kronen van de palmen bewogen licht. Hij heette de schrijver en zijn familie van harte welkom. Hij geloofde dat Oscar Sprenger een bijzondere roman geschreven had en geloofde in het succes, ook in deze tijd van aanhoudende recessie. Een collega-schrijver en vriend sprak een korte feestrede uit. Hij besloot dat *Clara* een roman was over een vrouw met onvervulde verlangens en een fatale tragiek. De boekhandelaar sloot af, hoopte dat velen zich naar de signeertafel zouden begeven.

Op dat moment kwam Clara overeind, liep snel het podium op, zette de microfoon, heel professioneel, in een voor haar betere stand. Gespannen had ze de toespraken aangehoord. Nu ze deze stap eenmaal had gezet, viel alle spanning van haar af. Clara beschouwde zichzelf een moment en constateerde dat ze zich wonderwel op haar gemak voelde.

Ze stelde zich voor, keek niemand in het bijzonder aan. De auteur, benadrukte ze, kende ze tot voor kort alleen van zijn boeken. Niet zo lang geleden had ze hem bij toeval in Den Haag, in de Surinamestraat, onder nogal dramatische omstandigheden ontmoet. Ze wilde daar niet te lang over uitweiden, maar schetste kort de situatie.

'Nu sta ik hier onaangekondigd, abrupt, voor u en besef dat ik me min of meer een heldin aan het maken ben op een feest dat mij niet aangaat. Of toch wel?'

Ze voelde zich sterk. Ze had een goed verhaal. Dat had ze thuis op papier gezet en bij zich in haar handtas. Ze wenste er geen gebruik van te maken. Clara hield ervan mensen toe te spreken, te dwingen naar haar te luisteren. Ze juichte in zichzelf, maar moest nu snel ter zake komen. Nog had ze de volledige aandacht. Ook nog van hen die al waren gaan staan om als eersten bij de signeertafel te komen. De nieuwsgierigheid van het publiek kon snel in wrevel omslaan. Wie is die vrouw eigenlijk? De boekhandelaar, overvallen, fluisterde met een medewerker. Kleine zelfstandigen zijn bang voor verstoring van de gewone orde. Zij belemmert de omzet.

'Dames en heren,' haar stem bleef vast, haar handen trilden, 'in de roman die zojuist ten doop is gehouden, wordt mijn leven beschreven. Oscar was zo vriendelijk, naar aanleiding van onze toevallige ontmoeting, mij enkele dagen geleden het boek te laten bezorgen. Zeker niet met de bedoeling om de beschreven werkelijkheid te verifiëren. Begerig heb ik de roman gelezen en uiteindelijk met een verscheurd hart gesloten. Geen scène die ik niet herken. Twee treffende details zal ik u geven. Ik zou ze met vele kunnen aanvullen.

Met mijn ex-man, een oud-Shellmedewerker, heb ik enige jaren in Venezuela gewoond. Op een avond gaf ik in de kleine ontvangstzaal van de Hollandse Club een pianorecital en ontmoette een man voor wie ik bepaalde gevoelens ging koesteren. Dit is allemaal al heel lang geleden, meer dan dertig jaar. In die zaal stonden op consoles uit Nederland geïmporteerde varens waarover een prachtige gouden gloed lag. Het waren adiantums. In de roman zijn ze nauwgezet beschreven. Ook de aankleding van de zaal, de donkergele stof van de zitbanken, de woorden die toen gesproken zijn, de zinderende ambiance. De auteur moet onder de gasten zijn geweest. Gezien zijn leeftijd is dat niet onmogelijk, maar het is hoogstonwaarschijnlijk.

Een tweede detail: met mijn ouders heb ik tot ik ging studeren in de Haagse Kruisbessenstraat gewoond. Mijn vader had de gewoonte om op zondagmiddag in de kleine voorkamer de Études van Liszt te oefenen. Dat deed hij met een overweldigende aanslag. Mijn moeder haatte het pianospel van mijn vader en er kwam altijd een moment dat zij het huis uit vluchtte. Zodra zij weg was, ging hij over op Schumanns *Kinderszenen*, eerst 'Träumerei', dan 'Glückes genug', en speelde die met een liefdevolle, tedere aanslag. Bij het tweede stuk hoorde ze hem soms mompelen: 'Quite happy. Quite happy.' Dan dacht hij aan zijn geheime vriendin. Ook deze scène is tot in de geringste details nauwgezet weergegeven.

Ik had de roman uit, bleef verbijsterd achter. Ik had nog in die pagina's willen blijven, in hun beschutting, ondanks de pijn. Clara is de heldin van het verhaal. Ik ben die heldin. Clara, dat ben ik.'

# 17

Het bleef een moment doodstil.

De auteur ging naast haar staan. Hij bedankte haar. 'Wat is er mooier voor een schrijver dan zo intens, zo hartstochtelijk, gelezen te worden. De roman is van de lezer. Hij leest het boek met zijn fantasie, ervaring, intelligentie. De lezer haalt er de droom uit waarnaar ik op zoek was.'

Clara, nog steeds op het podium, luisterde toe. 'Nu geef je mij te veel eer. Ik stel alleen vast hoe verbazingwekkend exact je mijn leven beschreven hebt. Ik verwijt je niets. Ik wil het boek ook niet door mijn opmerkingen tekortdoen.'

Oscar Sprenger zei toen dat hij de roman bedacht had. Daarbij gebruikgemaakt had van enkele kleine details uit zijn eigen leven. In het algemeen kon je toch stellen dat een schrijver op zijn sterkst was als hij schreef over zaken die dicht bij zijn eigen ervaringen lagen.

'Over wat ik schrijf heb ik niet helemaal de regie. Je zou het zo kunnen zeggen: ik schrijf en ik ben helder en denk alles in de gaten te hebben. Toch is er iets schimmigs, dat mij volgt als een schaduw, iets waar ik geen vat op heb. Schrijven is niet helemaal mensenwerk.'

Clara dacht na. Ze zei dat ze niet direct een afdoende reactie op zijn woorden had. Ze zei dat ze nog een klein voorbeeld wilde geven.

'Op het dieptepunt van mijn bestaan – of hoogtepunt (dat moment verschafte mij enig inzicht in mijzelf en kan als een verlicht moment worden beschouwd) – bevond ik mij in Leiden. Ik studeerde romanistiek, met als hoofdvak Spaans. Ik was achttien jaar en eerstejaars. Bij mooi weer studeerde ik in het Van der Werfpark aan het eind van het Rapenburg. Het park heeft glooiende, goed bijgehouden gazons en fraaie bloemperken. De vijvers zitten vol kroos. Er zijn veel watervogels en er staan lindebomen met dichte kronen en er is een oude muur. Al die details komen in die romanscène voor. De hoofdfiguur in de roman overkomt in het park iets zeer essentieels. Ik heb in precies dezelfde omstandigheden een identieke ervaring gekend. Zelfs de miniemste details als het kroos in de vijver of de oude muur met blauw korstmos, die in mijn werkelijkheid een rol speelden, worden vermeld.'

De boekhandelaar deed een stap naar voren. Het was allemaal hoogst interessant, maar er moest nu toch hoognodig gesigneerd worden. Anders zou de rest van de middag in het gedrang komen. De schrijver kwam van het podium af. Clara bleef nog een moment verzonken in gedachten staan, zag zichzelf in dat Leidse stadspark. Op enige afstand van haar waren andere studenten. Een eend trok een spoor door het kroos.

Oscar riep haar, hielp haar van het podium af, gaf haar een handkus en zei in haar oor dat zij het hierover zeker nog eens zouden hebben.

'Mooi wat je zei. Heel interessant.' De boekhandelaar kwam naar hem toe. De schrijver begaf zich snel naar de signeertafel.

Clara stelde zich wat ter zijde op. Op het podium, terwijl ze sprak, had ze zich voldaan gevoeld. Dat gevoel was al weggeëbd. In de woorden die ze opving, viel steeds haar naam en er werd met een tersluikse blik haar kant op gekeken.

Wie is zij?

Heeft Oscar iets met haar?

Ze eigent zich op die manier het boek wel lekker toe, zeg!

Toch wel moedig zich zo kwetsbaar op te stellen.

Ja, moedig en sterk. Ook gênant.

Bij de signeertafel stond een lange rij. Clara begaf zich naar de tafel waar wijn werd geschonken. Ze dronk enkele glazen, vrij schielijk. De drank steeg snel naar haar hoofd. Clara ging met een glas buiten voor de etalage staan. Ze voelde zich beter. Een journalist sprak haar aan. Hij wilde met haar een afspraak maken voor een groot interview in de *Haagsche Courant*. Haar woorden waren van belang om de diepere, de mythische werkelijkheid van de roman te peilen en het debat over werkelijkheid en fictie nieuw leven in te blazen. Ze wees zijn verzoek resoluut van de hand.

Ten slotte werd het langzamerhand stiller in de boekwinkel. Clara hield van buiten de tafel met boeken in de gaten. Ze hoopte dat wanneer Oscar klaar was, hij uit zichzelf naar haar toe zou komen.

De signeersessie was eindelijk voorbij. Zij kwam opnieuw de winkel binnen, zogenaamd om het lege glas op de toonbank te zetten. Ze zou nooit achter een man aanlopen, maar hoopte dat ze nog de gelegenheid kreeg afscheid te nemen voor hij met zijn gezelschap in de stad ging eten. Oscar Sprenger stond in een kring te overleggen. De boekhandelaar leek over de omzet wel tevreden. Negeerde Oscar haar nu? Hij moest haar toch zien staan, ter zijde, quasi de achterflap van een boek lezend. Waarom maakte hij geen aanstalten om haar richting uit te komen? Hij kwam haar richting uit en Clara's gezicht lichtte op. Hij was bij haar, legde zijn hand op haar schouder, liet zijn hand op haar schouder rusten alsof hij daar recht op had, ook een beetje, zo voelde het, alsof het een willekeurig lichaamsdeel was.

Hij complimenteerde haar opnieuw. Hij vond dat ze daar kwetsbaar en krachtig had gestaan. Het was ook heel intrigerend geweest wat ze gezegd had. Ze gingen er zeker over praten.

Hij werd geroepen. 'Ja, ik kom eraan.'

Oscar kreeg nu haast. Hij stelde een afspraak voor. Vandaag over een week in 't Goude Hooft. Een karakteristieker Haagse gelegenheid was er niet. Dat paste mooi bij de roman.

'Vijf uur. Schikt je dat?'

'Ja, heel graag,' zei Clara. 'Ik zal er zijn.'

'Afgesproken.'

Hij kuste haar op beide wangen, snel, kwam haar achterop, zei bij de winkeldeur: 'Waarheden worden altijd op de drempel meegedeeld. Als ik iets over het raadselachtige van deze wereld zal begrijpen, lieve Clara' – hij legde een hand over haar schouder –, 'zal dat via de vrouw zijn. Via haar kennis van de wereld... Ook alleen via haar zal ik iets over mezelf te weten komen. Als de vrouw iets is, is zij een medium. En nu moet ik gaan. Er wordt op mij gewacht. En wat betreft de literatuur: alsof er echte verhalen kunnen bestaan!'

Clara was door de stad gaan dwalen, had er nog niet toe kunnen komen naar huis te gaan. Ik ben niet meer alleen, dacht ze, ik ben niet meer bang om alleen te zijn, want ik ben het niet meer. Iemand vroeg jou een foto te maken bij het huis van Couperus en je was niet meer alleen. Zo simpel was het leven. Ze glimlachte, alleen, als een gelukzalige.

Ze was op het Lange Voorhout terechtgekomen en zag het gezelschap Le Bistroquet binnen gaan. Daar had ze wel graag bij willen zijn. Dat was ook niet helemaal waar. Het leek haar absoluut geen aangenaam gezelschap.

Thuis maakte ze een fles wijn open. Met een glas in de hand liep ze door het huis, sloeg een akkoord op de piano aan, drukte in de serre haar gloeiende gezicht tegen het glas van de tuindeuren. Bij het schuurtje was de papaver al een flink eind boven de grond gekomen. Ze zag de bloem al voor zich, zag hoe het maanlicht in de gekartelde, vochtige kelk viel die van een doorzichtig blauw was. Een hemels blauw.

Nachtblauw. Mooier tint bestond niet. Ze bloeide slechts een volle dag. Morgen was ze al minder. Overmorgen was ze al niet om aan te zien. Meconopsis heette deze kostbare en zeldzame variant. Een naam die precies bij deze bloem paste. Clara had de indruk dat die verlaten, nog bijna kale wintertuin haar een teken gaf. De tuin zag er niet gewoon uit, ze glimlachte tegen Clara. Ze had iets op het hart. Clara drukte haar gezicht nog dichter tegen het glas en nam nu ook een fijn lachen waar op de buxusboompjes om het perk. De blauwe papaver had de tuin betoverd. Je zou haar 's nachts moeten kunnen vangen, in haar opperste bloei, in haar volmaakte staat van blauw. Kon ze maar schrijven of schilderen. In dat geval zouden er altijd blauwe papavers zijn op het hoogtepunt van hun kunnen.

# Twee

*Ik laat je achter op je vaste plaats in het restaurant en de ober heeft zojuist verse muntthee gebracht.*

*Om wat omhanden te hebben haal je uit je handtas het kleine, fluwelen foedraal met zakspiegeltje en je bekijkt je. Je maakt je extra op, je corrigeert waar dat nodig is. Je stopt het spiegeltje weg, maar je bergt het foedraal niet op. Je houdt het in je hand.*

*Het is aangenaam om iets in je hand te houden. Het contact met het fluweel stelt enigszins gerust.*

*Enigszins.*

*Nu kijk je me aan met je grote, donkere ogen. Je zuigt je lippen zo diep mogelijk naar binnen. Ze trekken je wangen hol. Je bent niet zeker van jezelf. Wie is dat wel die een afspraak heeft? Er kan altijd iets tussen komen. Een ongeluk. Ziekte. Een misverstand.*

*Nu gaat je blik over het grauwe plein, met zijn hoge huizenblokken. Toen je jong was, leek het vrolijker met zijn lage huizen van roze baksteen. Het is steriel en boezemt bijna afschuw in.*

*Van welke kant zal hij komen? Je weet het niet. Er komen zo veel smalle, bochtige straten op het plein uit.*

*Clara, ik hou van je. Ik hou van je prachtige, brede voorhoofd, je nog steeds rimpelloze gezicht. Clara, ik heb zo met je te doen.*

# 1

'U was wel heel ver weg met uw gedachten, mevrouwtje. Ik zeg tot drie keer toe dat ik thee voor u heb neergezet. U hoort me niet.'

'Excuus. Ja, ik was even met mijn gedachten elders.'

'Ik was bang dat u de hete thee zou omstoten.'

Zij was om halfdrie in het restaurant aan de Groenmarkt gearriveerd, absoluut met het idee dat het belachelijk was om zo ver voor de afgesproken tijd te komen.

Daar zat Clara Hofstede. Ze zoog aan een snoepje op het puntje van haar tong, tekende poppetjes op de rand van het bezoedelde tijdschrift waarin ze had zitten bladeren. Er had niets in gestaan wat haar aandacht had weten vast te houden.

Ze had geen oog dichtgedaan. Vanmorgen vroeg had ze de overgordijnen van de voorkamer opengetrokken en gedacht: vandaag. Vandaag zal ik hem zien. Straks al. Ze had de uren geteld die haar van dat moment scheidden. Te veel uren naar haar zin. Daarna had ze zich aangekleed.

Ze moest bewegen en had het rondje gedaan dat ze altijd met Jip gelopen had. Clara was de Buys Ballot uit gelopen tot aan de Valkenboslaan. Daarna linksaf naar de Laan van Meerdervoort en weer terug tot aan het kruispunt met de Fahrenheitstraat. Daar had ze hem gezien aan de overzijde van de straat, terwijl ze wachtte tot de tram richting Kijkduin en een hoge, rode auto van de pakketdienst waren gepasseerd. Oscar was op weg naar haar toe. De tram en de hoge auto waren voorbij. Met hen was ook Oscar verdwenen. Nee, het visioen was verdwenen. Een ogenblik had haar verwachting hem tevoorschijn getoverd. Oscar had daar niet gestaan. Ze had dat gehoopt. Wat had Clara dan precies gehoopt? Dat Oscar Sprenger, net als zij, niet zo lang wachten kon en in de buurt van Clara's huis was gaan zwerven, in de verwachting haar bij toeval aan te treffen?

Clara had even nodig om zich te hernemen. In dat korte moment was het kruispunt een schimmige zee geweest en de huizen aan weerszijden grijswitte golven. Clara had heel kort het gevoel gehad daar alleen te zijn achtergelaten.

Na dat blokje had ze thuis opnieuw nagedacht over de kleren die ze vanmiddag zou aantrekken, had de tijd genomen haar nagels te lakken, haar ogen op te maken. De vrouw die een afspraak heeft met een mogelijke minnaar heeft het erg druk. Is ook erg onrustig.

Het was onmogelijk om langer in huis te blijven en de ochtend was nog lang niet voorbij. Ze had de tram naar de Surinamestraat genomen en had vanaf een bank in de middenberm het klimmen van de zon gezien en was naar de plek gelopen waar zij gestopt was en zijn gezicht zich naar haar had toegebogen. Dat deel van de straat had voor haar al mythische proporties aangenomen. De roman had ze die ochtend in haar tas gestopt en ze had passages gelezen. De hele week had ze, als ze het huis verliet, het boek bij zich gehad. Het hield haar gezelschap. Ze had zichzelf niet meer gestreeld. Ze zou alles bewaren voor hem.

Ze was de zonnige Javastraat een eindje in gelopen. Mensen hadden haar aangekeken. Jij gelukkige, jij zelfverzekerde die bijna een vreugdekreet wil laten horen. Ze moesten wel zien hoe weinig deze nog steeds aantrekkelijke vrouw nog heeft van degene die het kalme bestaan van een eenzame leidde, die, hoe je het ook wendde of keerde, zacht, onheilspellend zacht, tot voor kort, bezig was geweest, in zekere zin, om dood te gaan. Dat was wel wat overdreven, want van een mooi concert of een bezoek aan het Mauritshuis kon ze werkelijk genieten, maar ook hopeloos weemoedig worden. Dat vooral.

Ten slotte dan toch, na een weer eindeloos optutten, en na een blik op de hemel – ze was nog blauw, maar er was ander weer op komst, toch weer andere kleren –, had ze besloten alvast richting stad te gaan. Ze liet de auto thuis. In de binnenstad was het moeilijk parkeren. Ze zou de tram nemen. Clara beleefde de koorts van de laatste momenten, vlak voor je je huis verlaat, bijna als de angst en opwinding in de schouwburg, vlak voor het doek opgaat. Het doek dat voor je dromen hangt.

Clara nam de tram van even over halftwee.

## 2

Met haar lepel duwde Clara de verse muntblaadjes naar de bodem, plette ze om er de laatste smaak uit te persen.

Zo ongemerkt mogelijk gaf ze met haar middelvinger zeven kleine tikjes op het tafelblad. Nu nergens aan denken. Dat was ongehoord zwaar, want ze werd op dit moment voortgestuwd door een simpele honger: hem zien verschijnen. Dan op hem toe rennen. Ze zag het blauw van de hemel. Kon dit blauw óf het krijtwit van de gezwollen wolken iets voor haar betekenen? Waren er tekenen uit af te lezen? Werden in het blauw woorden geschreven die haar konden geruststellen? Ze bleef naar de hemel kijken, waarlangs de wind die witte wolken voortdreef, zó wit dat je bijna ging twijfelen aan het blauw eromheen.

Opnieuw zeven lichte tikken, maar van iets grotere hoogte, op het hout van de tafel, naast het roodbruine pluche. Niet denken. Zich zo leeg mogelijk maken. Een onbeschreven blad. 1-3-5-7 en dan snel terug: 7-5-3-1. Sneller. Met de pink. Opnieuw. Wat een tijd ging met dat alles heen! Maar tijd had ze genoeg.

Ze keek naar het plein, waar nog steeds, voor de ingang van een tent, een kleine kring van gelovigen uitbundig stond te zingen. Ze begeleidden zichzelf met tamboerijnen en een valse gitaar.

Voordat Clara het restaurant binnen was gegaan, had ze hen opgemerkt en gemeend een melodie te herkennen. Op enige afstand was ze, met andere voorbijgangers, stil blijven staan. Clara's ouders hadden een neurotische afkeer van alles wat met religie te maken had, maar de zondagsschool voor hun dochter vanwege de cultuur wel van belang gevonden.

Meewarig had Clara naar het armzalige stelletje gekeken. Onverwacht was het zingen opgehouden. Een jonge vrouw had een stap uit de kring gezet en dwingend over het plein geroepen: 'Jezus verlost. Bekeert u. Ikzelf had grote strijd te voeren, maar ben wedergeboren.'

De vrouw was broodmager, droeg een flodderige bloes en een lange, grauwe rok. Het spichtige gezicht had een heftig bewegende, dunne mond, die alle woorden met dezelfde agressieve beklemtoning de ruimte in smeet. Je moest wel luisteren, je moest wel geïrriteerd raken. Bij Clara riepen ze onmiddellijk onrust en afkeer op. De vrouw riep met luider stemme: 'Wie in de schaduw van de Allerhoogste is gezeten, die zal overnachten in de schaduw des Almachtigen!' Na die woorden had ze Clara in het oog gekregen en was op haar toegelopen en vlak voor haar stil blijven staan. Ze had nog een klein stapje gezet en vluchtig Clara's arm aangeraakt. 'Ik wil met je praten. Jezus zelf heeft je aangeraakt. Je hebt hem nodig. Hij is een vriend voor nu en later.'

Het leek dat ze Clara opnieuw wilde aanraken. Clara had haar gezicht afgewend en zich snel uit de voeten gemaakt. Om haar plaats van afspraak te bereiken zou ze het hele plein moeten oversteken. De vrouw zou haar achterna kunnen komen. Daarom liep ze snel terug richting het Buitenhof, waar het drukker was, vluchtte in lichte ontreddering de Passage in, waar ze buiten het blikveld van de evangeliste zou zijn. Maar stuitte in de overdekte winkelgalerij op een man zonder benen die blokfluit speelde. Een zwarte hond lag op een kleed naast hem. Ze had de Passage verlaten, was langs het hoge gebouw van de Bonneterie gelopen en had zo, via een lange omweg, 't Goude Hooft bereikt.

Ze sloot een moment haar ogen. Waarom had die vrouw haar uitgekozen? Misschien wel omdat ze daar zo verwachtingsvol had gestaan. Het kon ook zijn dat de blik van de vrouw bij toeval op haar was gevallen. Ze hoefde daar geen donkere gedachten aan te verbinden. Ze schudde haar hoofd om die hele scène kwijt te raken.

Clara's lippen bewogen.

'Ik ga nu slapen, Heer, want ik ben moe.'

Het was de beginzin van het avondgebed dat ze vroeger op zondagsschool had geleerd.

'Ik ga nu slapen, Heer, want ik ben moe,' herhaalde ze verbaasd. Dat zinnetje was jaren niet in haar gedachten geweest en zomaar uit haar mond gekomen. Ze zag zich weer geknield voor haar bed. Ze mompelde zacht de woorden. Het gebed moest zuiver zijn. Het was verboden onderwijl te denken aan het leuke jurkje met de schuine zakken van raffia dat mama voor haar gemaakt had. Die voorwaarde had ze zichzelf gesteld. 'Ik ga nu slapen, Heer, want ik ben moe.' Haar gedachten mochten alleen bij Jezus de Verlosser zijn. Ze dacht aan het jurkje met die raffia zakken waar je zo lekker je handen in kon steken. Ze dacht aan het meisje in de klas die de jurk belachelijk had gevonden. Clara kneep haar ogen zo stijf dicht dat ze rode en blauwe sterretjes zag. 'Ik ga nu slapen...' Helemaal zuiver bidden was haast onmogelijk. Of je moest het razendsnel doen. Maar dan vergiste je je gauw en het was ook oneerbiedig. Er waren dagen dat ze het meer dan vijftig keer of nog meer probeerde. In elkaar gedoken, bang dat haar voeten het koude zeil zouden raken. Mama had haar een keer slapend voor het bed aangetroffen en haar van de zondagsschool genomen.

Ze was doorgegaan met bidden. Op een avond toen de zuivere gevoelens steeds opnieuw werden bezoedeld, had ze zich zo hard mogelijk in het vel van haar arm geknepen. De huid daar was algauw donkerblauw geworden, maar ze was rustiger geworden, had haar gebed uitgesproken in bed, pas vlak voor het inslapen had ze de pijn gevoeld.

# 3

Het werd ineens donkerder in het restaurant en het was of net voor de bui zou losbreken de flarden van rumoer uit de buitenwereld luider klonken, maar het leek of ze je nooit in rechte lijn bereikten. Ze wekten in het voorbijgaan verwarrende echo's op waarin niet-aflatend bidden samenviel met het aanhoudende verre gezang aan de overzijde.

In het restaurant gingen de wandschemerlampen aan, met hun laaghangende perkamenten kappen. De sfeer werd direct intiemer. Het was een gelegenheid waar sinds mensenheugenis aan het interieur niets was veranderd. Dezelfde schemerlampen als toen zij hier met haar ouders limonade dronk na bezoek aan de Cineac op het Buitenhof.

Tegen die achtergrond van geluiden van buiten maakten zich voetstappen los die haar richting op kwamen en Clara zei 'ja' tegen zichzelf. Daar is hij al. Ook Oscar had zich niet langer kunnen bedwingen en was vroeger gekomen.

Een volkomen onbekende kwam via de draaideur het restaurant binnen.

Nu moest ze bewegen. Clara stond op. De ober gebaarde dat hij op haar spullen zou letten. Dat was zo plezierig van dit restaurant. Ze kenden je. Clara verliet het restaurant en liep op de blokfluitspeler toe. Ze zag nu ook het stukje karton: 'Ik ben arm en zonder benen.' Daar lag wat muntgeld. Ze haalde een muntstuk van twee euro uit haar tas en legde dat bij het andere geld. Hij hield op met spelen en bedankte. Daarna bedacht ze zich en legde er nog twee euro bij.

Rustig liep ze terug. De daad had haar goedgedaan. Ze bleef staan, keek om zich heen. Nee, geen Oscar. Dat zou ook wonderbaarlijk geweest zijn. Het wonder had in zekere zin al plaatsgevonden. De roman was geschreven en ze zou direct de schrijver ervan opnieuw ontmoeten.

Binnen dronk ze de rest van de koude thee op. Er was nog veel tijd te gaan. De ober zei langskomend:

'Heel sympathiek van u.'

Hij kwam even later bij haar staan, leunde met beide handen op de tafel. Zijn nagels waren tot diep in de glazige huid afgekloven.

'Ik ken u al zo lang. Ik wil het u vertellen. De vorige week heb ik mijn moeder begraven.'

'Ik condoleer u.'

'Dank u.'

Ze wist niet zo gauw wat ze nu verder tegen hem moest zeggen, wilde geen verhaal over ziektes horen, keek langs hem heen het restaurant in.

De ober vertelde dat hij onlangs een verhaal over een hond had gelezen die zijn baas was kwijtgeraakt. De hond was daarna gaan zwerven en overal waar hij kwam meende hij even zijn baas te ruiken. Dan werd hij vrolijk, kwispelde met zijn staart. Maar hij had zich vergist. Zijn baas leefde niet meer. De jaren gingen voorbij. Hij had de moed opgegeven zijn baas nog terug te vinden. Hij was met de tijd eigenlijk ook vergeten hoe zijn baas eigenlijk rook. Hij voelde zich steeds meer alleen. Ten slotte stierf de hond. Op het moment van zijn sterven meende hij heel zeker zijn baas te ruiken.

Clara had tranen in haar ogen. Waarom moest hij nu juist dit verhaal vertellen? Ze wilde van de man verlost raken. Ze ging gillen, had het gevoel dat haar wimpers aan elkaar plakten.

Hij wees in de richting van de Bonneterie. Over de Groenmarkt trok een grijze lijkwagen, met enkele volgwagens.

'Dat zul je net zien,' zei hij. 'Je praat over de dood...'

Clara dacht aan haar ouders die er beiden al zo lang niet meer waren. Mama was begraven op Oud Eik en Duinen. Papa wilde gecremeerd worden. Zijn as was in Clara's aanwezigheid boven de duinen verstrooid. Ze had het een eng moment gevonden. Ze had zich leeg en vacant gevoeld. Waar zijn ze nu? Hebben mensen een onsterfelijke ziel? Of zijn ze als de dieren die vergaan? Ze was bang voor de wereld na de dood. Niet vanwege een eventueel oordeel. Misschien was ze bang voor de andere doden. Ze hadden geen lichaam meer, konden zien noch horen. Er was ruimte noch tijd. Alle doden waren dus afwezig. Haar enige kind was al afwezig geweest tijdens haar leven. Het was met geweld van haar afgenomen. Nee, niet met geweld. Op een stiekeme, gluiperige wijze. Je was in het hiernamaals alleen. Voor eeuwig alleen.

'Mama is dood,' had papa gezegd door de telefoon. Ze geloofde niet dat zijn stem getrild had. Hij had het heel koel gezegd. Het was de constatering van een feit.

De conrector van de afdeling had haar uit de klas gehaald. De leraar Frans had op dat moment de tragedie *Britannicus* van Racine behandeld. (Ze had het stuk onlangs in de stadsschouwburg van Den Haag gezien.) Papa had zelf die dag geen les gehad. De conrector had haar de hoorn van de telefoon gegeven en papa had gezegd: 'Mama is dood. Ze lag boven te rusten, had zich moe gevoeld. De doodsoorzaak is waarschijnlijk een hartfalen. Of een longembolie. De huisarts twijfelde.' Hij deelde die feiten zo koel mee. Je zou zeggen dat hij over een volstrekt vreemde sprak. Of verborg hij zijn ontroering onder die zakelijke toon?

Die avond waren Clara en haar vader samen naar de Monuta Stichting aan de Groot Hertoginnelaan gegaan. Hij had de tas met fotospullen bij zich die hij ook op vakantie meenam. Onderweg had ze hem gevraagd hoe het allemaal precies gegaan was.

'Kindje,' herhaalde hij, 'ik wilde me gaan verkleden voor de avondschool en moest op de slaapkamer zijn. Ik zag direct dat mama niet meer leefde en heb onmiddellijk de dokter gebeld.'

Ze stonden aan weerszijden van mama's kist. Op haar gezicht lag, ondanks die dodelijke bleekheid, een boze uitdrukking. Had ze papa misschien geroepen en had hij zoals gewoonlijk niet geantwoord? Had ze door ademnood nauwelijks stem gehad? Was papa, als hij haar ziek had aangetroffen, tergend langzaam naar de telefoon gelopen en had hij zo langzaam mogelijk een nummer gedraaid? Mama klaagde altijd, lag zo vaak boven op bed, nam een stoombad voor wat meer lucht. Mama was te zwaar. De dokter luisterde naar mama's longen en hart en kon nooit wat vinden. Om mama hing vaak een vreemde zware geur die misselijk maakte. Clara kende die geur als ze redderde om het bed, het kussen opschudde, de lakens rechttrok. Was ze nou ziek of niet? Stelde ze zich aan? Maar niemand bekommerde zich om haar, behalve Clara. Papa had een intense aversie tegen haar ontwikkeld. Ooit moesten ze op elkaar verliefd zijn geweest. Clara kon er zich niets bij voorstellen. In oude fotoboeken had Clara gezien dat ze een mooi jong meisje was geweest, met grote dromerige ogen. Dat niet of traag reageren van papa was zijn manier om haar dwars te zitten.

Ze stonden aan weerszijden van de kist. Papa boog zich over de kist, fluisterde mama's koosnaam die Clara niet eerder had gehoord.

'Clari. Clari.'

Daarna pakte hij zijn fototas uit, zette het statief in de juiste stand, stelde in alle rust, bijna talmend, zijn fototoestel in. Tijdens de jaarlijkse vakantie in Wales had mama zo vaak gevraagd: maak een kiekje bij dit muurtje van Claartje en mij. Papa stelde dan ook zorgvuldig zijn apparatuur in. Hij nam een foto. Maar als de foto's later werden afgedrukt, bleek dat ze er niet op stonden. Papa wilde alleen wolkenluchten en solitaire bomen fotograferen. Maar nu was het duidelijk dat hij van haar foto's nam. Papa haalde er zelfs een kruk bij waarop hij ging staan om zo beter zicht te hebben. Clara had de wankele kruk moeten vasthouden. Bij elke foto leek het of mama's oogleden een beetje bewogen en zich van de op elkaar geperste lippen heftige, verwijtende woorden gingen losmaken.

'Papa, zullen we zo maar gaan? Ik wil hier weg.'

'Nog even, kindje.'

Zij, op haar hurken, hield de poten van het krukje vast, verdiepte zich in de structuur van het donkere parket. Een herinnering kwam naar boven, opgeroepen door de vader bezig boven haar en de dode moeder in de kist naast haar.

Het was een zondagmiddag. Zo hard had papa nog nooit op de toetsen geslagen. Mama was het huis uit gelopen en had de voordeur achter zich dichtgegooid. Clara was eerst naar haar eigen kamer gevlucht, was toen, ongerust, haar achternagegaan. Meestal liep ze richting Pomonaplein. Daar zag ze haar niet. Clara was de andere kant op gerend en trof haar op het muurtje van het verdiepte schoolplein van haar lagere school.

Mama had met starre ogen voor zich uit gekeken.

'Gelukkig, ik heb je gevonden,' had ze gefluisterd, de armen om haar moeder slaand, in een elan van liefde en mededelijden. 'Papa houdt heus van je. Hij toont het niet. Hij kan het niet tonen. Maar als jij het huis uit loopt, wordt hij zenuwachtig, stopt met pianospelen, is bang dat jij je wat aandoet. Of hij gaat over in iets verdrietigs van Schubert.'

Clara had naar haar moeder gekeken met alle tederheid die in haar was en haar mond had zich bijna stuiptrekkend, verkrampt, ook onverschillig, ook onbewogen, op de wang van haar moeder gedrukt.

Och mama, had Clara gedacht toen ze haar vader in de opbaarkamer bezig had gezien. Ik weet nog dat ik op de ochtend van mijn tiende verjaardag stilletjes de met slingers versierde kamer binnen kwam. Mama was bezig mijn stoel te versieren. Ze had mij niet in de gaten. Ik stond op de drempel. Mama zat wijdbeens op de bank. Het vale dekbed waaronder ze die nacht had geslapen lag opgerold in de hoek. Mijn stoel voor haar. Tussen haar knieën hield ze een werkmandje vol lapjes zijde, katoen, mousseline geklemd. Ze had spelden tussen haar lippen. Ze was iets aan elkaar aan het spelden of knopen. De smoezelige, vormeloze jurk en de afgetrapte sloffen vloekten met de veelkleurige lapjes stof. Waarom zou ze een mooie jurk aantrekken? Niemand in dit huis gaf toch om haar? Op een rond bijzettafeltje stond een pot met abrikozen op sap. Waarom zou ze vermageren? Wie had aandacht voor haar lichaam?

Dromerig zocht ze in de rieten mand een ander lapje, dat rozig glansde.

Mama zou net als papa Engels kunnen doceren op een middelbare school. Voor het beroep van lerares was ze niet geschikt. Ze had zo graag iets anders willen doen, in een museum willen werken. Maar uiteindelijk had ze met haar studie niets gedaan.

Papa borg zijn fotoapparatuur op. Op dat moment, voor de laatste keer om zich heen kijkend, had ze een idee gekregen. Mama's bleke gezicht in de kist was onverdraaglijk. De foto's die papa had genomen zou ze nooit willen zien. Het plannetje rijpte in haar. Ze zou het aan niemand voor kunnen leggen. Het zou haar onmiddellijk afgeraden, gewoon verboden worden. Het was zeker dat ze het ging uitvoeren. Ze was er al niet van af te brengen. Het was heel ongewoon wat ze ging doen. Het was sterker dan zijzelf.

Thuis zocht ze uit mama's verzameling de mooiste stoffen

en lappen uit. De volgende dag ging ze buiten het condoleance-uur naar de Groot Hertoginnelaan. Ze kreeg van de beheerder toestemming om nog even bij haar moeder te zijn. Hij bracht haar naar de kamer waar mama lag opgebaard, trok het gordijn achter haar dicht. Ze hoorde zijn voetstappen wegsterven in het diepe huis.

Clara drapeerde de glazen plaat van de kist met lapjes gele cretonne, melkwitte zijde en mousseline, zo zacht als vlierpit. Het maakte de kist iets vrolijker. Clara overzag een moment haar werk, stond op het punt om alle lapjes snel weg te halen. Ze glimlachte en ze voelde zich schuldig. Haastig, zonder iemand te waarschuwen verliet ze het pand. Buiten bleef ze stilstaan, overwoog haar daad alsnog ongedaan te maken. Ze durfde niet meer terug te gaan.

Ze dacht: ik voel me schuldig. Niet om wat ik zojuist heb gedaan. Ik voel me schuldig om mama. Haar leven is zo vergeefs, zo voor niets geweest. Ik had meer voor haar kunnen betekenen. Maar hoe? Kon je dat wel zeggen van je eigen moeder, dat haar leven voor niets was geweest? Ze heeft toch gespeeld, gedroomd en later een kind op de wereld gezet, een mooi kind, en geprobeerd haar liefde over te brengen? Aan haar goede bedoelingen mocht je niet twijfelen. En is het wel de opdracht van een kind om zijn ouders gelukkig te maken?

# 4

In de eerste jaren van de middelbare school had ze iedere avond voor mama gebeden. Ze wilde zo graag dat mama iets vrolijker zou zijn en niet bij iedere gelegenheid direct zo hysterisch tekeerging. Ze had ook voor papa gebeden. Ze wilde dat hij op zondagmiddag niet zo luidruchtig pianospeelde. Oom Arie en tante Annet, en zelfs haar pianoleraar Zeewüster, die zulke lichte, enge ogen had en vreemd lange armen die alles wilden omhelzen, alles wilden aanraken, kwamen veelvuldig in haar gebeden voor.

Ze bad om straf voor zichzelf omdat ze in alles tekortschoot. 'O Heer, neem mij weg!' Bad op weg naar school, in de pauze, in een uitbouw van de school waar in een oude kast met glazen deuren, op glazen platen, opgezette vogels, die niet meer in de biologieles bruikbaar waren, op hun zij lagen opgestapeld. Ze had met zichzelf afgesproken dat wanneer het bidden overdag helemaal zuiver lukte, zij het dan 's avonds kon overslaan. Bijna onmiddellijk, na een kort opgelucht gevoel, begreep ze dat ze er op die manier niet van afkwam. Zo'n gedrag zou haar door God zeer kwalijk worden genomen. Ze was al schuldig en ging zichzelf straffen. Ze wilde dood. Morgen zou op school al bekend worden gemaakt dat de leerlinge Clara Hofstede zich vannacht van het leven benomen had.

Zo strak als maar mogelijk was deed ze een stuk of zes elastiekjes om haar pols. Het bloed zou niet goed door kunnen stromen, zou door de stremming vergiftigd raken, haar arm zou blauw worden. Dat is een snel proces. Ze overlijdt in haar slaap. Mama vindt haar 's ochtends dood. Clara moet gestraft worden. Vooral omdat ze niet genoeg van haar ouders gehouden heeft.

Op een dag was de geloofscrisis voorbij. Later is ze enkele keren gedurende korte tijd in hevige mate teruggekomen. In extreme vorm na Aukjes verdwijning.

Clara, herinner jij je de zwemlessen in het Zuiderbad aan de Mauritskade nog? Die keer mocht je voor het eerst in het diepe. Zo ver was je al gevorderd. Het pierenbadje en het ondiepe lagen achter je. Met de andere kinderen klom je op het muurtje rond het bad. Het commando van de badmeester klonk.

Jij was de enige die niet in het water sprong. Je boog je wel voorover, je moest de blauwgroene vervormde tegels van de bodem zien.

Je aarzelde. Jij daar, klein, mager, bibberend, dat kleine, bleke gezicht, bijna zonder lippen, volstrekt alleen. Om je heen het gekrijs van de zwemmers, echoënd tegen de druipende wanden, en ver weg, op het terras van het bad, je moeder, zwaar en dik, weer in die slappe, afhangende jurk, aan een van de ijzeren tafels. Haar vingers gleden over het tafelblad, gevlochten van dunne, metalen strippen.

De badmeester, met de haak onder zijn arm, moedigde je aan. Je strekte opnieuw je armen, een meter boven het wateroppervlak. Je tenen kromden zich om de tegelrand. Eens zou toch het moment komen dat je ging springen. Eens zou je je dat geweld toch moeten aandoen.

Je stond op het punt om af te zetten. Je wilde heus wel in het water springen. Je was wel niet sportief van aanleg, maar je had geen angst. Je keek in de richting van je moeder die overeind was gekomen, die gebaarde, die iets riep wat je door alle lawaai niet kon verstaan. Ze riep ongetwijfeld bemoedigende woorden.

Het was ook niet je bedoeling om koppig te zijn, dwars te

liggen. Je was van nature geen kind dat dwarslag. Integendeel, je wilde vanwege alle anderen – kinderen en volwassenen – graag in het water springen, maar het was of een deel van jezelf niet meewerkte.

De al ingezette handelingen, het vooroverbuigen, het strekken van de armen, het krommen van de tenen, hielden als vanzelf op. Iets in je was niet in staat jou te volgen.

Geen twijfel mogelijk. Je wilde je moeder, de badmeester in zijn witte pak en roze slippers, dat plezier wel gunnen en in dat aangenaam lauwe water springen. Je zag dat bibberende, magere lijf van je al het water raken. Je wilde zelfs heel graag, want je zag dat mama smeekte. Haar wilde je juist laten zien dat je durfde. Nog dieper boog je je, nog langer maakte je je armen. Doodop werd je van al het uitstellen.

Je sprong niet. Het ging niet. Het mocht niet. Je begreep er niets van. Een wil vanbuiten waar je geen enkele vat op had, wrong zich tussen verlangen en daad en smeekte jou, op zijn beurt, af te zien van de sprong. Haastig klom je van het vochtige, smalle muurtje, rende weg, richting de badhokjes.

In de smalle gang met waadgoot achter de badhokjes keek je me smekend, met opeengeklemde lippen aan. Je wist niet wat je was overkomen, wist geen raad met jezelf. Ik denk dat in het zwembad, op dat moment, iets wezenlijks met je is gebeurd. Voor je het gladde, betegelde muurtje op klom, was je nog één en ongedeeld. Op het moment dat je wilde springen...

# 5

Clara zit thuis op haar kamer. In haar Ryam-schoolagenda schrijft ze Jonathans naam, in grote rode letters dwars over de hele bladzij, schrijft haar naam erdoorheen, in het blauw. De deur van haar kamer staat open, want er is niemand thuis. Onder hun namen de regels van Hans Lodeizen:

*ik ben het zuiverste dier op aarde*
*ik slaap met de nacht als met mijn lichaam*
*en de nacht wordt groter in mijn hart*

Ze drukt met haar lippen een lange, aanhoudende kus op deze bladzij, fluistert: 'Hou van jou, hou van jou, hou van jou.'

Ze hoort mama thuiskomen van het boodschappen doen. Mama scharrelt een tijdje beneden rond, loopt de huiskamer in en uit, staat onder aan de trap. Clara hoort haar de trap op komen. Ze slaat haar agenda dicht, pakt *Elias, of het gevecht met de nachtegalen*, leest, kan haar aandacht niet bij het lezen houden. Waar is ze nu? Zou ze vlak achter de deur staan?

'Claartje? Claar?' Die zachte, vleierige, bijna smekende stem komt vanaf de trap. Clara overweegt een moment, net als papa, te doen alsof ze niets heeft gehoord.

Wat wil mama?

'Claar, lieveling?' Die stem wil heel verleidelijk zijn.

'Mam, wat is er?'

Clara staat op, opent de deur van haar kamer. Mama staat hijgend halverwege de trap. Clara heeft met haar te doen.

'Moet ik je met iets helpen? De boodschappen uit de fietstas halen en wegbergen?' Ze begrijpt dat mama heel wat anders wil.

'Nee, dat is al gebeurd. Maar ik ben wel een beetje moe van het boodschappen doen.'

Haar stem klinkt zo ongewoon zacht, zo lief.

Clara staat op de drempel van haar kamer, kijkt op haar moeder neer door de spijlen van het overloophekje, op haar hoede. Het gezicht van haar moeder, waarschijnlijk door het boodschappen doen, is meer gezwollen dan anders en rood aangelopen tot in haar hals.

'Claar, ik was met de tram naar de stad. Ik zag in de Bonneterie leuke, roze gympen voor je. Ik heb je maat uitgezocht en ze voor je laten wegzetten. Ga morgen na school maar eens kijken. Ik geef je geld mee. Je mag ze kopen als ze je aanstaan.'

Zoiets heeft ze nog niet eerder gedaan. Wat is er? Wil ze iets goedmaken?

Mama zuchtte diep.

'Claartje, ik kwam met de tram terug van de stad. De tram sloeg vanuit de Zoutmanstraat de Laan van Meerdervoort in...'

Op dat moment viel de ijzeren trekhaak om de vlizotrap naar beneden te trekken uit de koperen klem naast papa's werkkamer, kwam met een hoop lawaai op het zeil van de overloop.

Clara kwam haar kamer uit, drukte de haak weer in de klem.

Mama kreeg een hardnekkige hoestbui. Ze liep nog roder aan. Clara kwam een paar treden de trap af.

'Mam, ik haal wel water. Laten we naar beneden gaan.'

'Het gaat al. Ik zei dat ik in de tram zat. Vanuit de tram heb ik je gezien. Je stond met een jongen te praten. Ik dacht, een nogal lange jongen, veel groter dan jij.'

'Ja, dat is mijn vriendje. We kennen elkaar sinds kort. Hij is overgeplaatst naar mijn klas. Je mag ook wel weten hoe hij heet. Jonathan.' Clara's toon was koel. 'Mama, waag het eens er iets kwaads over te zeggen.'

'Ik ben blij dat je zo eerlijk bent. Je bent mijn enige dochter. Ik wil dat je gelukkig wordt. Ik wil graag kennis met hem maken. Dat zal papa ook willen. Waarom breng je hem niet een keer mee naar huis?'

# 6

Mama diende de cressonsoep op in wijde, zwarte kommen. In het midden, in het schepje drijvende crème fraîche, had ze als altijd fijn versnipperde peterselie gestrooid.

Ze had zo veel werk van het eten gemaakt, was er de hele dag mee bezig geweest. De afspraak voor de eerste kennismaking was niet doorgegaan omdat Jonathan onverwacht ziek was geworden. Hij was een hele week niet op school geweest.

Daarna was een nieuwe datum afgesproken om kennis te maken. Dan kon hij ook wel blijven eten, stelde mama voor. Zo zou ze ook een beter idee van de jongen krijgen.

Clara had eerst bezwaren gemaakt. Het was meer dan genoeg om samen thee te drinken. Tegen zo'n kort middagbezoek zag ze al op. Je wist nooit hoe haar vader en moeder zouden reageren. Van mama wist je het helemaal niet. Ze kon zich onmiddellijk ergeren. Het kon ook heel anders gaan. Clara had hem helemaal niet aan haar ouders willen voorstellen.

'Bon appétit,' zei haar vader en wilde met de soep beginnen. Hij had de lepel al in zijn hand. Jonathan vroeg toen beleefd of hij even stilte kreeg voor het gebed.

Een diepe stilte viel. In dit gezin was nooit de zegen voor het eten gevraagd, aan tafel nooit gebeden. Ook de vrienden van Clara's ouders die hier regelmatig aten, zoals het echtpaar Hooykaas en Wim Zeewüster, leefden verwijderd van welke godsdienst dan ook.

Het was stil.

Clara's vriend vouwde zijn handen, sloot zijn ogen en

boog het hoofd. Op dat moment begon Clara's vader soep op te lepelen. Met zijn lepel stootte hij expres tegen de rand van de soepkom. De soep was gloeiend heet. Hij slurpte.

Jonathan was maar kort verzonken in zichzelf.

'Wat stijlloos, papa.' Ze hield zich nog in, stond op het punt om van tafel op te staan. Dat zou het einde van de maaltijd betekenen en felle woorden. Mama had vanaf vanmorgen vroeg in de keuken gestaan.

Mama viel haar bij.

'Je kunt toch wel even wachten.' Mama had ook niets met bidden, maar het was duidelijk dat ze gecharmeerd was van Jonathan. Het moest zijn zachte, melodieuze, wat trage, vermoeide stem zijn. Of de wijk, het Statenkwartier, waar hij woonde.

'Religie is godsnakende onzin,' zei Clara's vader. 'Ik zie de religie als oorzaak van alle onheil op de wereld.'

'Dat zeg je zo niet,' reageerde Clara, 'ik ben het ook hélemaal niet met je eens. Zo doe je toch niet tegenover... Het is onbeschaafd. Ik ga net zo lief weg...'

Mama suste. Ze vroeg van welke kerk hij was.

'De Nederlandse hervormde kerk.'

'Mijn man en ik zijn oorspronkelijk van remonstrantse afkomst. Bij onze grootouders moet het al zijn verwaterd.'

'Geloof in een God is infantiel.'

'Dan ben ik infantiel,' zei Clara. 'Ik ga zondag met hem naar de Hervormde Bethelkapel in de Thomas Schwenckestraat.' Haar stem klonk uitdagend.

Allen keken de jongen aan. Hij was groter en breder dan ieder ander aan tafel, maar zag er moe en verlaten uit. Zacht zei hij dat het atheïsme ook een geloof was. Een geloof dat het Niets aanbad. Meer wilde hij er nu niet over zeggen. Hij had geen zin in die discussies, had ze al te vaak moeten voeren.

'De soep wordt helemaal vergeten,' riep mama. Na de soep

vertelde haar vader, beseffend dat hij iets goed had te maken, een Engels mopje dat niet helemaal uit de verf kwam.

Mama vergoelijkte haar man. 'Hij heeft veel tijd nodig om een mopje te vertellen en de clou is vaak niet helemaal duidelijk.'

Abrupt vroeg ze de jongen toen:

'Wat ga je later doen?'

Hij gaf geen direct antwoord. Het eindexamen was pas over twee jaar. Hij wist nog niet welke kant hij op wilde.

'Onze dochter wil in een taal verdergaan.'

'Mam, dat bedenk jij. Daar heb ik het nog nooit met jullie over gehad. Ik weet het nog niet.'

De soepkommen werden in elkaar geschoven. Mama ging naar de keuken voor het hoofdgerecht.

# 7

Kort daarna was op school de jaarlijkse sportdag. Op het mededelingenbord in de hal hingen lijsten waarop je je voor een bepaalde sport kon inschrijven. Clara vroeg Jonathan voor welk onderdeel hij koos.

'Ik geef er helemaal niet om.'

'Ik ook niet,' zei Clara blij. Ook daarin was hij haar bondgenoot. Ze verzon altijd wel iets om niet naar de gymles te hoeven.

'Ik ga broodjes en frisdranken verkopen,' zei Jonathan.

'Dat gaan we samen doen.'

In hun kraam aan de rand van het sportveld verkochten ze broodjes en frisdranken. Clara had het tostiapparaat van thuis meegenomen. Ze hadden veel klandizie.

Op een moment dat ze niets te doen hadden was Clara op het etentje thuis teruggekomen en had hem verteld over de lange periode van het dwangmatige bidden die ze gekend had. Haar ouders had ze daarover nooit iets verteld.

'Dank je. Dat doet me goed.' Meer had hij niet gezegd. Er waren ook weer nieuwe klanten gekomen. Clara vroeg zich af wat hij precies met zijn woorden bedoelde.

Hun kraam was onoverdekt, bestond slechts uit een paar planken en twee schragen. Aan het eind van de ochtend was de zon sterker geworden. Het gezicht van haar vriend werd smaller en bleker, de diepe wallen onder zijn ogen donkerder. Zijn ogen stonden zo vermoeid dat ze niets meer uitdrukten. Wat was er toch met hem aan de hand? Als ze hem vroeg of hij zich niet goed voelde, ontkende hij dat. Twee docenten verplaatsten de kraam uit de zon.

Jonathan zag er zo groot en sterk uit, maar was te moe om te helpen. Was dat het ook wat haar zo aantrok in hem? Het sterke en het zwakke tegelijk? Was dat voor haar een voorwaarde om van een man te kunnen houden?

Na afloop van de sportdag waren ze samen naar huis gefietst. Het was gewoonte geworden om afscheid te nemen op de hoek Zoutmanstraat-Laan van Meerdervoort. Al ver voor die plek was hij die dag niet in staat geweest verder te fietsen. Hij was afgestapt, had een tijdje moeten rusten en ze waren verdergelopen met de fiets aan de hand. Op de hoek hadden ze de fietsen tegen elkaar gezet. Ze had tegen hem gezegd dat hij naar de dokter moest gaan. Hij had haar beide handen gepakt. Ze waren heet als vuur geweest. Zou hij haar nu voor de eerste keer echt gaan kussen? Maar met zijn mond raakte hij slechts voorzichtig de huid van haar voorhoofd aan. Een lichter aanraken was nauwelijks mogelijk. Ze wist nog niet hoe jongens te werk gingen. Hij wilde haar misschien prikkelen, geleidelijk aan in opwinding brengen.

Clara, om dichter bij zijn gezicht te komen, ging op haar tenen staan, maar zijn handen dwongen haar afstand te houden. In zijn ogen zag ze fijne streepjes bloed alsof daar adertjes gesprongen waren. Hij knipperde met zijn ogen. Ze moesten van binnenuit pijn doen. Pijn waar je niet bij kon komen. Clara had nog met hem verder willen praten over haar hardnekkige bidden van vroeger, maar zag ervan af.

Jonathan had ook tijden dat hij er goed uitzag, niet moe was, niet hevig transpireerde.

Clara, sinds ze met hem omging, bewoog zich zelfbewuster door de school. Nogal uitdagend. Uit het oog van anderen, in een afgelegen garderobenis of op het toilet, trok ze de veelkleurige band om haar middel strakker aan, zodat haar borsten beter uitkwamen. Ze bekeek het effect in de spiegel. Ze was niet ontevreden. Ze zou nog meer opvallen.

In de eerste klassen van de middelbare school had ze haar borsten zo veel mogelijk verdoezeld. Ze had haar moeder door de telefoon eens horen zeggen: 'Onze Claar is zo voorlijk op dat gebied.' Ze zei het op een bepaalde toon alsof het om iets verbodens ging. Mama bedoelde te zeggen dat ze lichamelijk al zo vroeg volgroeid was, eerder dan andere meisjes in haar klas.

Clara vond dat ze gezien mochten worden. Ze liep door de gangen van de school en ze zag wel hoe jongens, onverschilligheid veinzend, haar nakeken. Soms hoorde ze: 'Kijk, net een hoer, joh.' Met opgeheven hoofd liep ze trots door. Daar stond ze boven. Was toen de gedachte in haar opgekomen zich later aan een mateloos bestaan over te geven? De omgang met dit eerste vriendje was nog erg kuis. Over de vorm die dat razende, liederlijke, amorele leven zou moeten krijgen waren de ideeën nog heel onprecies.

Clara en Jonathan wandelden op het strand bij Kijkduin. Het was buiten het seizoen. De strandtenten waren gesloten. Hij leunde tegen de houten paal van de vlonder. Zij hief haar hoofd in het late namiddaglicht.

Zij keek naar hem op, die zo veel mogelijk uit de zon stond.

'Ik ben verliefd op je. Nog verliefder dan gisteren, dan eergisteren. De liefde neemt alleen maar toe. Waarom zeg je niets? Waarom zeg je niet: "Bij mij is het precies zo." Dat wil ik toch graag horen!'

Ze sloeg haar armen om hem heen, zoende hem in zijn hals, zocht zijn mond. Jonathan probeerde zich uit die dwingende omhelzing los te maken.

Maar niemand kon hen toch zien? Wat maakte het uit of iemand hen zag? Daar hadden ze op dit moment toch allebei volkomen lak aan? Ze had zin in hem. Clara wilde dat hij wat deed. Ze hielden toch van elkaar?

'Doe wat,' fluisterde ze in zijn oor. 'Raak me aan. Ik ben er voor jou. Je mag alles doen.'

Ze meende wat ze zei, maar besefte min of meer dat ze nu de dwingende toon van haar moeder gebruikte.

Hij, met een behendige beweging, maakte zich los van haar, kreeg onverwacht het licht volop in zijn ogen en het leek of hij even wankelde. Clara zag weer de fijne streepjes lichtrood bloed in zijn ogen, zijn vermoeidheid.

Maar ze konden toch in het zand gaan liggen, tegen de helling van het duin waar het helmgras begon? Dit was de gelegenheid. Ze had een paar passen afstand van hem genomen, kwam langzaam op hem toe, uitdagend, de schouders naar achteren getrokken. Haar borsten bewogen als twee in het net verstrikte vissen. Hij zei:

'Nu niet. Het is beter te wachten.'

Zij keerde zich van hem af, gekwetst. Ze had zo'n zin om te vrijen. Het was of daar kleine sponsjes zacht werden uitgeknepen. Ze was daar nat en open. Een oceaan. Zo open was ze nog nooit geweest. Van binnenuit werd op geraffineerde manier aan haar getrokken.

Ze was een eindje het strand op gelopen, bleef met de rug naar hem toe staan, stak haar volle, van nature rode lippen pruilend naar voren, richting de zee. Clara hoorde hem langzaam dichterbij komen. Hij stond achter haar, trok voorzichtig haar hoofd naar achteren, zoende haar mond. Ze moest geduldig zijn. En wachten. Meer wilde hij niet zeggen. Zijn anders donkere, welluidende stem was dun en hees. Ze keek hem aan en ze zag dat zelfs de haarvaten van de wallen onder zijn ogen leken gesprongen.

Clara schaamde zich, proefde de schaamte op haar tong. De schaamte schroeide in haar en maakte misselijk. Ze leek wel een klein meisje. Dat was ze toch allang niet meer?

# 8

Clara komt van school, loopt in het fijne grind om het huis heen, zet haar fiets op het plaatsje, doet de keukendeur open. Het kleine aanrecht lijkt nog voller dan anders met de stapels vuile borden en pannen. Clara ruikt dat er iets niet in orde is.

'Mam, ik ben er.'

Mama zit op de brede bank in de huiskamer, het hoofd naar beneden. Clara kijkt neer op het slordig gekamde haar. Mama geeft geen antwoord, maar mompelt alsof ze in trance is:

'Die verhouding moet afgelopen zijn. Die verhouding moet afgelopen zijn. Ik wil dat. Die jongen is doodziek. Die jongen die daar aan tafel heeft gezeten, heeft leukemie. Ik wist dat er met die jongen iets niet klopte. Met dat bidden. Dat zwijgen. Om de maand krijgt hij nieuw bloed. Maar het slaat niet meer aan. Misschien dat hij nog een jaar te leven heeft. Misschien korter. Ik heb één dochter. Alles heb ik voor haar overgehad. Weg toekomst van mijn Clara. Waar heb ik dat aan verdiend? Er zijn zo veel gezonde jongens. Jij kunt aan elke vinger een jongen krijgen.'

Mama's stem is zacht klagerig, bijna onhoorbaar.

Dan schudt ze het zware hoofd, kijkt haar dochter aan: 'Lief kind, ik wil maar één ding. Dat het goed met jou komt.' Ze kijkt Clara zo lief mogelijk aan. Clara geeft geen antwoord. Dan klinkt mama's stem harder: 'Heb je hem al gezoend? Ja, je hebt hem natuurlijk gezoend. Ik heb het gezien. Leukemie is besmettelijk.'

Mama kan het niet laten door te zeuren. 'Of ben je al verdergegaan? En je bent zo ontvankelijk. Claar, zeg wat. Ja, ik geloof zeker dat leukemie besmettelijk is. Ik heb geprobeerd de dokter te bereiken. Het geeft geen pas dat de ouders van die jongen dit toelaten. Waarom neemt die moeder geen contact met mij op? Die denkt natuurlijk: zolang mijn zoon genoegen neemt met dit mooie meisje... Maar die omgang is voorbij. Je laat hem schieten. Hebben jullie gezoend? Of is er meer gebeurd? Zeg wat! De dokter belt straks. Ik wil dat een inwendig onderzoek plaatsvindt. Toen met die blaasontsteking, kende je hem toen ook al? Blaasontsteking kan onvruchtbaarheid veroorzaken. Misschien blijkt dat je al onvruchtbaar bent.'

Clara is naar boven gerend. Beneden ging de telefoon. Dat was de dokter. Clara bonkt met haar hoofd tegen de muur van haar kamer. Ze voelt geen pijn. Ze slaat haar mooie gave hoofd tegen de harde muur. Dat hoofd is niet helemaal van haar. Het is niet eens zeker dat wat ze doet, met haar gebeurt. Clara huilt niet, schreeuwt niet. Het slaan met het hoofd verdooft, verzacht. Ze voelt het als een manier om aan mama te ontsnappen. Het bonken verdooft. Op het moment dat de verdoving intreedt kan ze pas denken: nee, ik laat hem niet los.

De volgende dag haalde de rector haar uit de klas. Op zijn kamer zei hij:

'Jonathan is vannacht weer opgenomen in het Bronovoziekenhuis. Ik zou je willen vragen: doe afstand van hem. Hij kan niet meer beter worden. Je weet nu welke vreselijke ziekte hij heeft.' Hij heeft haar van het hoofd tot de voeten opgenomen vanachter zijn bureau en gezegd: 'Je bent een mooie, jonge vrouw...'

Ze reageerde niet op zijn woorden, keek langs hem heen naar buiten, waar het sportterrein was. De rector zei dat hij haar zwijgen begreep. Het was veel wat op dit moment op haar afkwam.

Nu ze toch op zijn kamer was, wilde hij graag van de gelegenheid gebruikmaken om een ander punt aan te roeren. Collega's, de conciërge, ook anderen, hadden hem daarover al eerder aangesproken. Via leerlingen was het ook al bij de ouders terechtgekomen.

'Je zou hem, in een garderobenis, wel erg openlijk jouw liefde voor hem kenbaar gemaakt hebben. Bij die mij ter ore gekomen informatie viel enige keren het woord "ongepast". Je zou, zo had het er alle schijn van, op het punt hebben gestaan alle schroom hierin te verliezen. Al eerder is er bij mij op aangedrongen daar iets over te zeggen in een persoonlijk gesprek. Niet onbelangrijk is dat je je door dit gedrag afsluit van je klasgenoten.'

Clara had hem de rug toegekeerd, was de kamer uit gelopen en de gang in gerend. Ze verliet de school. Waar moest ze heen? Ze fietste naar het Bronovo. Ze mocht hem niet bezoeken vanwege infectiegevaar. Buiten, in het geklapper van de zonneschermen, dacht ze: Jonathan gaat dood. Ik wil ook dood. Ik doe alles verkeerd. Ik ben iedereen tot last. Ik moet dood. Ik heb geen recht meer om verder te leven. Ik kan niet eens huilen. Ze kneep zo hard mogelijk in haar arm. Ze beet zo hard mogelijk in haar arm. Ze voelde geen pijn. Ze raspte met haar arm langs de muur van het gebouw. Het luchtte iets op. Ook papa had gisteravond gezegd vanaf de overloop, terwijl ze op haar kamer zat: 'In dit geval heeft je moeder gelijk. Doe wat ze zegt. Het is beter voor de sfeer in huis.'

Clara heeft het gevoel dat haar iets ontglipt wat ze nooit heeft bezeten.

# 9

Mama, met een vleierig stemmetje vanaf de trap:

'Om mij, Claar, laat hem los. Ja? Doe het voor mij?'

Clara gaf geen antwoord. Het bleef heel lang stil.

Clara wist niet zeker of mama de trap weer was af gelopen en verliet voorzichtig haar kamer. Mama was beneden. Ze hoorde haar tegen iemand spreken.

'Dit moet ophouden!' Was dat tegen haar enige echte vriendin, tegen tante Annet? 'Ik wil dit niet. Heb ik daarom een dochter gekregen? Wordt dat laatste geluk uit mijn handen geslagen? Bah, bah, en nog eens bah. Karonje. Karonje.' Niemand antwoordde. Op wie sloeg dat 'karonje?' Op papa? Op de moeder van Jonathan?

Het huis is te klein voor mama's woede. Ze ijsbeert door de kamer. Mama's donkere ogen zullen nog donkerder zijn. Ze kreunt en hijgt en zal direct de straat op rennen, in een nietsontziende drift die alles wil verpletteren. Mama's ogen – het enige mooie in dat opgezette gezicht – zullen zich vernauwen tot ze niets meer uitdrukken.

Clara, op de overloop, de oren dichtstoppend, stelt zich haar moeder voor en nu komt, niet voor de eerste keer, de gedachte in haar op: stel, ik word opnieuw geboren. Ik mag kiezen. Kies ik dan voor deze ouders? Meestal, na lange afweging, kiest ze voor deze vader en moeder. 'Oom' Arie heeft dikke, vlezige lippen en zieke tanden. Zijn vrouw is niet onaardig maar zo weinigzeggend. Hoe is het mogelijk op zo'n man te vallen?

Maar een echt antwoord is er niet.

Clara dacht dat mama de straat was op gelopen. In de keuken stond de vaat van de week. Clara dacht: ik ga alles afwassen, en ze liep de keuken in en pakte de afwasbak onder uit het kastje en ze stond op het punt om water in de afwasbak te laten lopen, er een scheut afwasmiddel in te doen, toen mama uit de huiskamer was gekomen en tegen Clara had gezegd:

'Ik doe de afwas. Je hoeft dat niet te doen, lieverd. Ga jij maar je huiswerk maken.' O, wat was mama's stem weer lief en aaiend geweest.

Clara had toegekeken, kon haar ogen niet geloven.

Ineens was er bij mama de kennelijke behoefte om de smerige wanorde ongedaan te maken, behoefte aan een nette, opgeruimde keuken, misschien wel aan een ongebruikte, onbewoonde ruimte waar elk idee van een keuken teniet was gedaan. Mama deed een scheut afwasmiddel in lauwwarm water en maakte tamelijk trage, soms ingehouden woeste gebaren in het schuimige water.

Clara keek toe en haar moeder deed alsof Clara er niet was. Eerst de glazen, de kopjes, dan bestek, borden. Ten slotte de vuile pannen. Ze raspte de resten uit een koekenpan met een lepel. Spoelde daarna alles af met schoon water. Ze was zo overdreven intens en fel bezig dat het leek alsof het werk haar moest redden van een ramp. Misschien moest de keuken gered worden. Misschien was het een manier om haar dochter te bewegen haar zin te doen.

Ze liet alles uitlekken.

Ineens hield ze met haar werk op. Ze liet haar dikke handen in het lauwe, vieze afwaswater hangen, bewoog nog licht de vingers, heel voorzichtig, in dat troebele water waarop vetoogjes dreven, als bang voor scherpe voorwerpen in de diepte van de afwasbak. Ook dat kleine minimale bewegen hield op. Mama stond daar roerloos. Haar hoofd leunde zwaar tegen het aanrechtkastje. Ze begon zacht te snikken. Een bedwongen zacht snikken. Zo zielig. Zo radeloos.

‘Mama!’

Ze draaide haar hoofd naar Clara toe maar het was of ze haar dochter nog steeds niet zag.

Clara rende naar boven. Papa was op zijn kamer aan het corrigeren, want hij droeg zijn mouwbeschermers. Die droeg hij niet bij het weken van postzegels of bij het lezen van een mopje in *The Observer*, waarbij hij altijd bedwongen lachte.

‘Er is iets met mama. Kom gauw beneden. Ze kijkt me aan en ziet me niet.’

Hij maakte zijn blaadje af, zette een cijfer in het daarvoor voorgedrukte hokje, noteerde dat in zijn cijferboekje.

Clara rende weer naar beneden. Mama stond nog steeds bewegingloos tegen het aanrecht, het hoofd tegen de muurkast. Papa kwam heel rustig de trap af, was nu pas in de kleine, donkere hal, kwam eindelijk de keuken in. Nee, toch niet, hij wierp slechts een blik op zijn vrouw en ging naar de kamer, waar hij de dokter belde.

De huisarts was met zijn ronde bezig en in de buurt. Hij zou snel komen. Clara en haar vader hebben mama bij de arm genomen, naar de kamer begeleid en haar op de bank gelegd, het hoofd wat hoger op het opgerolde dekbed.

De dokter kon niets verontrustends vinden, schreef een middel voor dat haar wat kalmer zou maken.

Clara is met het recept naar de apotheek in de Vlierboomstraat gegaan. Papa had haar beloofd beneden bij mama te zullen blijven. Toen Clara terugkwam, wachtte hij haar bij het tuinhek op.

‘Alsjeblieft,’ zei hij, ‘stop met die jongen. Ik vraag het je opnieuw. Het is in huis niet meer te harden. Je moeder gaat eraan onderdoor en wij allemaal. Denk er alsjeblieft over na.’ Daarna ging papa naar school.

Clara is opnieuw naar het Bronovo gefietst. Onder geen beding mocht ze Jonathan zien. Ze fietste door, richting

Kijkduin, kwam in de loop van de middag weer thuis en hoorde mama boven rondscharrelen, de linnenkast op de overloop opendoen, waarvan de deuren knarsten. Ten slotte werd het stil. Ze ging boven kijken. Mama zat op de rand van het bed, een rieten reiskoffertje op schoot. Ze sprak met een toonloze stem:

'Ik ga weg. Ik ga weg. Ik heb hier niets meer te zoeken.' De toon werd hoger. Ze stond op het punt van huilen. 'Hier kan ik niet langer blijven. Alles wat ik doe, is toch vergeefs, wordt belachelijk gevonden. Waarom zou ik langer blijven?'

Mama ademde zwaar, haar oren, haar gezicht waren rood als een pioen. Ze staarde verdwaasd naar de vloer.

Clara ging naast haar op bed zitten, bracht met een hand wat orde in mama's haar aan. Haar oren waren gloeiend heet. Het was Clara onmogelijk de armen om haar heen te slaan, of dicht tegen haar aan te kruipen.

Mama zei:

'Ik ga weg. In huis doe ik nooit meer iets. Aan Sinterklaas doe ik nooit meer iets. Noch met kerst. Ik ga nooit meer koken. Ik heb er mijn bekomst van.'

Papa kwam thuis van school. Clara ving hem op nog voor hij de keuken binnen kwam.

'Mama is boven. Zeg iets tegen haar. Zeg iets liefs tegen haar.'

Ze gingen samen naar boven.

'Ik ga weg,' zei mama. 'Hier heb ik niets meer te zoeken.'

'Zeg dan wat, papa!'

Hij keek haar aan, kon niets zeggen. Verbeten keek hij zijn vrouw aan, leek ontzet dat hij zo ver van haar was af gegroeid, ontsteld over zijn onvermogen om voor deze ooit beminde vrouw een klein teder woord uit te brengen. Wel deed hij een stap in haar richting en raakte het gebogen hoofd aan.

'Blijf van me af,' beet ze hem toe. 'Je weet dat je van me af moet blijven.' Ze liet haar hoofd nog meer hangen. Clara gebaarde haar vader dat hij de slaapkamer moest verlaten. 'Ik blijf bij haar.'

Mama begon geluidloos te snikken. In dat snikken hoorde Clara:

'Ik blijf als je het met die jongen uitmaakt.'

## 10

Direct na haar toezegging had ze Jonathan een brief geschreven. In enkele, korte zinnen, bijna hard en agressief van toon, als wilde ze haar moeder laten meeklinken, verbrak ze de relatie.

Op dat moment voelde ze zich in een staat van geringe weerstand, van een toenemende nerveuze spanning. Haar maag trok samen, leek zich te verknopen. Clara geloofde dat ze was uitgeleverd aan demonen die haar, als bij verrassing, in een halfslaap, een definitieve slag toebrachten. Iemand in haar schreef dat briefje. Iemand had voor haar beslist. Om haar moeder te plezieren. Ze had het uitgemaakt om van het gezeur af te zijn. Ze had hem gedumpt om van mama af te zijn. Van alles af te zijn. In bed kruipen, de deken over zich heen trekken, inslapen, nooit meer wakker worden. Niet de kleine triomf in de ogen van haar moeder zien. Ze dacht zelfs dat ze haar hoorde neuriën. Die had haar zin gekregen. Ze wist het niet zeker. Maar mama was goedgemutst.

Nadat ze de brief op de post had gedaan, was ze de kant van Kijkduin op gefietst, had de Savornin Lohmanlaan genomen om bij het Stille Strand te komen.

Het was warm. De hemel was laag, parelgrijs. Even later vielen dikke druppels die uitgleden over het zand. Er was de dubbele klamheid, die van de hitte en de regen. De kleren plakten aan de huid. Ze liep op het steil naar het strand aflopende pad door de duinen met een even kloppend hart als op de dag toen ze tijdens Zeewüsters pianoles zijn huis was uit gevlucht. Om haar een aanwijzing te geven, had hij voor de zoveelste keer voor haar langs gereikt en haar aangeraakt.

Zijn dunne lippen hadden bewogen. Op zijn lippen had ze blaasjes speeksel gezien. Zij had zich vol afkeer van hem afgekeerd en had niet helemaal duidelijk beseft dat onder die afschuw lichte opwinding huisde. Die man wilde haar. Hij had ook iets gezegd.

'Jij bent niet als mijn andere leerlingen...' Ze was hard naar huis gefietst en trof bij toeval haar ouders in de huiskamer aan. Ze vertelde wat er gebeurd was. Mama zei direct:

'Dat kan ik me niet voorstellen. We kennen hem al zo lang. Nee, dat haal je je in het hoofd.'

En dat zeg jij? dacht Clara. Jij die zich van alles, de grootste onzin, in het hoofd haalt?

Papa koos mama's zijde.

'Kindje, je moet je vergist hebben. Wim is al zo lang een goede vriend van ons. Eerst als buurman. Die doet zoiets niet. Het kan niet eens in hem opkomen. Ik steek mijn handen voor hem in het vuur.'

Mama knikte. Clara moest het zich verbeeld hebben.

'Wat moeten we hier nu weer mee aan?' vroeg haar vader zich hardop af. Hij wilde dat ze haar excuses ging aanbieden.

'Ja, je gaat je excuses aanbieden. Dat kan zomaar niet. Iemand vals beschuldigen. Hij kan er ook nog werk van maken. Zo veel vrienden hebben we niet.' Dat laatste had mama herhaald, bijna angstig. Nee, zo veel vrienden hadden ze niet. Om op die manier iemand kwijt te raken. Je kon het niet bedenken.

Mama keek haar man aan. Verwachtte hulp van die kant. Misschien in lange tijd weer.

Hij gaf het toe.

'Zo veel vrienden hebben we niet.'

Clara beloofde haar ouders excuses aan te bieden. Ze had een bosje bloemen gekocht en dat had ze de pianoleraar met wat vaag gemompel aangeboden. Het was zeker dat ze nooit meer dit huis zou binnen gaan, hoe men thuis ook aandrong.

Ze verwonderde zich nog wel over dat kleine, stekende moment van opwinding. Buiten worstelde zij zich door de zware lauwe lucht heen, richting haar huis, bloosde, transpireerde, schaamde zich voor dat schandelijke verlangen dat zich die ene keer met zo veel kracht in haar had verbreid en zich had vastgezet dat ze op dat moment zich nauwelijks had kunnen beheersen om met haar vinger dat deel van haar lichaam, zo overgevoelig voor het genot, te strelen. Wat was dat voor monsterachtigs in haar? Die Zeewüster was de meest afschuwelijke man die zich liet denken en het leek toen hij die keer langs haar streek dat hij op de een of andere manier haar lichaam was binnen gedrongen. Die avond thuis had ze tegen haar moeder gezegd dat ze nooit meer naar die vent toe ging. Mama had meteen gezegd dat ze het helemaal begreep.

'Van mij hoef je niet meer. Het is goed dat je die excuses aangeboden hebt. Als je het mij vraagt, weet ik ook niet zeker of hij wel te vertrouwen is. Altijd ongetrouwd gebleven...'

Of dat er wat mee te maken heeft, had Clara toen gedacht. Bij mama ligt het onredelijke altijd op de loer.

Clara bukte zich om aan een duinroos te ruiken, probeerde vol aandacht te kijken naar de kantelende, altijd bewegende bladeren van de zilverpopulieren die hier waren opgeschoten. Maar op dit moment kon de bevrijding, de opluchting, iets daarvan tenminste, niet van de natuur komen. Waar moest die dan wel vandaan komen?

Wat ik wil, dacht Clara, en ze voelde zich pathetisch en heroïsch, is mijzelf een tweede, nieuwe slag toebrengen. Ik moet iets doen. Wát ik wil, is een onvergeeflijke daad zetten tussen mama (en ook papa) en mij. Ergens moet ik een overwinning zonder strijd zien te behalen. Toch een soort heldin worden door mijn mislukte leven met zo'n nieuwe slag te belasten. En ze bekeek zichzelf. Het was absurd wat ze dacht, maar kon zich er niet aan onttrekken.

Clara bleef staan bij het strandhuis, leunde tegen de plankenvlonder die naar het verlaten terras liep, zette haar tanden in haar onderarm en beet. Ze beet door. Een paar kleine druppeltjes bloed verschenen. Ze voelde geen pijn. De arm leek verdoofd. De tranen in haar ogen kwamen van de wind, die scherp duinzand meevoerde. Ze beet opnieuw. Geen pijn. Ze leek de pijn te beheersen. De pijn loste op met de pijn. Ze likte de druppels bloed op. Ze raakte in trance als vroeger bij het dwangmatige bidden. Clara beet opnieuw, hield zich niet in, kon niet meer ophouden. Het bijten gaf ontspanning, verlichtte. De huid van haar onderarm werd een beetje blauw. Clara had zin om te vrijen. Ze ervoer werkelijk iets van bevrijding. Maar de wolken boven de zee waren gezwollen als gemene, overrijpe abcessen.

Ze beet opnieuw en bood zichzelf het bijten, het bloed als een cadeau aan. Op de huid en daaronder de versnelde gang van het bloed.

## 11

In huis, sindsdien, een precaire vrede. Clara's moeder speelde de naïeve, de dociele, de onderworpene, was bij het minste genegen naar school te bellen om te zeggen dat haar dochter ziek was. Geen moeder die gemakkelijker toegaf aan de verzoeken van een dochter. Nee, nu deed ze haar moeder tekort. Mama was zacht en lief, niet dociel, niet onderworpen. Clara beschouwde haar met liefdevolle aandacht en voelde, opgelucht, dat ze van haar hield.

Clara bleef steeds vaker van school weg.

De leerlingen keken haar met de nek aan. De docenten deden koeltjes, negeerden haar als het even mogelijk was. Ze kreeg geen beurten meer met voorlezen. Zelfs de conciërge, altijd vriendelijk voor ieder, wilde haar niet groeten als ze de school binnen kwam, wendde zijn hoofd af, had andere dingen te doen.

Die Clara Hofstede, zo hard, zo gevoelloos. Hoe bestond het dat iemand zo'n brief kon schrijven aan een doodzieke? Uit de afscheidsbrief deden kleine zinnetjes de ronde. Ze werden haar toegeworpen wanneer ze een schemerige garderobenis passeerde.

Ze was alleen. Niet een die het voor haar opnam. Clara's reactie was een hautaine houding. Of thuisblijven. Ze wilde gevoelloos overkomen. Ja, ze kende geen medelijden. Ze voelde zich superieur. Met de anderen had ze toch niets te maken?

's Nachts droomde ze steeds dezelfde droom. Een boom met zachte en warme takken kwam op haar toe. Een boom vol handen die haar fluwelig streelden.

Mama kwam thuis. Ze had boodschappen gedaan in de Vlierboomstraat. Clara zat op haar kamer, luisterde naar muziek, las *Le petit ami* van Paul Léautaud. Ze moest soms een woord opzoeken. Het boek raakte haar.

Mama kwam de trap op. Ze liep op haar tenen.

Clara had het pas in de gaten toen een tree kraakte. Ze zette direct de muziek zachter. De deur van haar kamer stond op een kier. Ze kon haar moeder niet zien.

Ze riep zacht: 'Claar, lieverd.'

Mama moest halverwege de trap staan en door de spijlen naar haar deur kijken. Haar stem klonk lief, meelevend of meewarig. Clara kon er geen hoogte van krijgen.

Clara wilde niet tevoorschijn komen.

'Wat is er mam? Zeg het dan. Waarom sta je daar?'

'Claar, schat. Wat ik net heb gehoord bij de bakker, in de Vlierboomstraat. Die jongen is vannacht overleden. De begrafenis zal over drie dagen op Oud Eik en Duinen zijn.'

Clara zweeg.

Het leek of mama verder de trap op liep. 'Niet doen, mama. Blijf daar. Niet op mijn kamer komen.'

'Claar, het is vreselijk. Het lijkt me, ik denk, dat je er wel naartoe moet. Dat is wel zo gepast.'

Wie zei die woorden? Uit welke mond kwamen die woorden, halverwege de trap? Van wie was die licht hijgende, temerige, bedillerige, een beetje hese stem? Ze kon met haar voet de deur opentrappen. Dan zou, door de spijlen, het hoofd van die omvangrijke, hinderlijke, belemmerende, ongeschikte moeder zichtbaar zijn.

Ze trapte de deur niet open. Mama vond het wel zo gepast om de begrafenis bij te wonen. Hoe kwam ze erbij? Ze vroeg lief en dwingend om de begrafenis bij te wonen, met de hele schoolgemeenschap. In Clara's buik zat al sinds tijden een gemene knoop. Die was zojuist extra hard aangetrokken.

# 12

Clara was alleen. Ze liep van de ene kamer in de andere, raakte in het voorbijgaan vluchtig een toets aan, schrok van de klank, haastte zich naar buiten, liep terug de keuken in, bewoog druk met haar trillende handen. Een wesp gevangen in een limonadeflesje.

Mama was in de stad, waarschijnlijk bezig leuke stofjes op te scharrelen in een van de smalle, armoedige straten die op de Groenmarkt uitkwamen. Ze zou voorlopig niet thuiskomen. Papa gaf les op zijn school en had al aangekondigd dat hij vanwege een sectievergadering pas tegen zessen thuis zou zijn. Uren zou ze alleen zijn. Niemand zou haar hinderen.

De begrafenisdienst begon vanmiddag om drie uur in de aula van de begraafplaats. Daarna zou de hele schoolgemeenschap afscheid van hem nemen.

Clara was alleen. Zo alleen was ze niet eerder geweest, maar ze was niet bang. Zou er aan de voordeur gebeld worden, zou er bezoek voor haar komen – nogal ondenkbaar –, ze deed niet open.

Ze was niet bang.

Voor het eerst in haar leven was er tussen de wereld en haar die spiegel waarin de scènes al getoond werden nog voordat zij ze zelf had meegemaakt en waargenomen. Iemand van binnenuit zag, hoorde, voelde pijn, leed voor haar.

Ze wilde naar haar kamer. Het was zaak om vanuit de hal, waar ze nu stond, onder aan de trap, 'zuiver' naar boven te komen. Er waren de zestien treden van de trap, dan nog drie kleine passen op de overloop om haar kamer te bereiken. Ze rende de trap op en besefte dat ze aan de zerken op de begraafplaats, de glas-in-loodramen van de aula, de resten van de dertiende-eeuwse kasteelruïne, links van het hoofdpad, gedacht had. Aan niets denken. Zich zo leeg mogelijk maken. Opnieuw. De zestien treden, de drie passen, de deur achter zich dichttrekken. Ze rende. Dat mislukte bij de eerste treden al. Opnieuw. Het zou een hele toer worden. Terug. Opnieuw. Die voorwaarde van zuiverheid kon ze niet laten schieten.

De klok sloeg drie uren in de huiskamer.

Zonder nadenken haastte ze zich naar haar kamer. Ze had de tijd hard nodig.

Dat kleine kamertje van Clara, met boven haar kleine bureau het doorzakkende Tomado-rek waarop het rijtje boeken.

Op haar tafel een dot watten en gaas. Heeft ze naar dit moment uitgekeken?

'Ja,' zei ze hardop, automatisch. Ze kon die vraag volmondig beantwoorden. Clara heeft naar dit ogenblik verlangd.

Ze pakte *Elias, of het gevecht met de nachtegalen*, las een korte passage hardop, legde het boek terug. Ze hoorde haar ademhaling. De voor- en achterdeur had ze op het nachtslot gedaan. Kwamen haar ouders onverwacht thuis, ze zouden niet naar binnen kunnen.

Naast de watten en het gaas lagen haar nageletui en een vlijmscherp stanleymesje dat ze per ongeluk tijdens een tekenles van school had meegenomen. Het lag al jaren in de la van haar bureau.

Op Clara's neusvleugels en op haar slapen glinsterden zweetdruppeltjes toen ze het mes, dat ze in haar rechterhand hield, tegen de huid van de onderarm drukte. Ze zette aan, sneed, trok een smal bloedspoor.

Clara zat daar roerloos en toch was ze al op het toppunt van beweging. Ze voelde zich helder en zuiver.

Naast die eerste snee drong het lemmet opnieuw in de mooie, gave huid, maar dieper. Ergens moest ze toch een overwinning behalen die geen strijd met mensen kostte. Wat ze deed, was een aanval op de pijn. Die aanval was nodig en kon niet meer uitgesteld worden.

Clara ontspande duim en wijsvinger van haar rechterhand, spleet de palm van de linker vanaf de duim tot aan de basis van de ringvinger. Niet eerder in haar leven had ze zich zo licht, zo stil vanbinnen, zo rustig gevoeld. Vanbinnen was ze van velours. Zo zacht. Ze zou haar binnenste willen strelen. Haar gezicht kreeg een kinderlijke uitdrukking. Ze was niet helemaal meer van deze werkelijkheid. Dit was een andere vorm van haar verbeten, hartstochtelijke bidden.

Ze drukte licht met duim en wijsvinger tegen de randen van de wonden op de onderarm. Er bruiste wat bloed uit. Bloed liep ook vanuit de hand langs haar fijne vingers.

Ze sneed opnieuw. Zo langzaam mogelijk om meer en langer te genieten. Van tevoren had ze gedacht dat ze haar best zou moeten doen om geen pijn te voelen. Er was geen pijn. Er was geen bijzondere krachtsinspanning nodig.

'Wie ben ik?' vroeg ze zich hardop af. 'Ik weet alleen dat ik snijd. En ik ben alleen. Helemaal alleen. Zou ik met een ander willen zijn? Een vriend, een vriendin? Nee, nee. Ik wil alleen zijn. Niet diep denken. Heerlijk oppervlakkig zijn. Ik heb zin om nieuwe wonden toe te brengen. Ik wil nog lichter, nog zachter vanbinnen worden. Het is hier zo warm. Ik ben zo toegeeflijk. Jegens wie? Jegens mijzelf. Ik luister. Naar wat? Naar de woorden die in de aula gesproken worden. Ik luister. Ik hoor, tevoren al, de kluiten aarde op de kist vallen. Alle leerlingen zullen langs het open graf paraderen en bloemen op de kist werpen. Ik luister. Ik, zo roerloos. Een standbeeld. Op drift. Ik, onder de rode bloemen.'

# 13

Het was warm op haar kamer, maar ze hield het raam gesloten. De hemel vanuit haar raam was een lange, groene rechthoek. Van minuut tot minuut zag ze de hemel veranderen, die donkerder werd, van een diep donker blauw. Ze berekende haar gebaren, hield zich in, mat haar gebaren krap af. Er was de verbazing op deze kamer te zijn en zo alleen op de wereld. Er was ook de verwondering van dit genot zonder angst en over het verbazingwekkende en adembenemende – ze ademde kort en stotend – van dit bevriende lichaam.

Clara ritste het nageletui open en kraste met het nagelschaartje over de verwondingen, maakte de krassen dwars over de arm dieper. Ze dacht met een glimlach: dit is meer dan ik gehoopt had. Ik heb geen pijn, geen angst. Zolang ik snijd en kerf, ben ik niet bang.

Zweet liep uit het haar over haar voorhoofd.

Het was ook niet niets waar ze mee bezig was. Een donker stroompje bloed liep langs de onderkant van de arm in haar handpalm.

Ze mompelde zacht: 'Ik heb geen pijn.'

Het donkere haar plakte aan haar hoofdhuid.

'We zijn samen. We? Wie? Ja, ik ben Clara en iemand in mij snijdt, beschadigt.'

Ze versnelde het ritme.

Clara sneed, wilde meer bloed zien, drukte op de huid met haar vingers. De donshaartjes van de onderarm verdeelden het bloed in drie kleine stroompjes.

De touwen waarin de kist hing zouden nu gevierd worden. Ze hoorde de kist tegen de bodem stoten. Er zijn schepjes om er aarde op te gooien en er zijn leerlingen uit de klas die met hengselmandjes bij het graf staan. Ieder kan daaruit een handvol bloesem nemen en naar beneden laten dwarrelen.

Ze sneed. Alle niet-bewegen vermijden. Clara likte druppels donkerrood bloed op en voelde hoe de spieren in haar schaamstreek samentrokken.

Wat ze deed, was voor anderen gevaar. Onheil.

Voor haar was het heilzaam.

Ze had zin om te vrijen.

Clara legde haar spullen neer, haakte haar vingers in elkaar. Direct ging ze zichzelf bevredigen. Nog niet. Ze stelde uit, had nog geen zin om toe te geven, wilde spelen met haar verlangen tot haar tanden zouden knarsen, stelde uit.

Ze depte voorzichtig het bloed, legde gaasjes op de onderarm, in haar hand, trok haar kleren uit, ging op bed liggen. Ze trok haar knieën op, bevredigde zich met haar middel- en ringvinger, in fijne, steeds snellere bewegingen. Het was niet nodig aan een man te denken. Ze had aan zichzelf voldoende. Ze hoefde zich ook nauwelijks aan te raken. Haar kamer verwijdde zich, leek immens, de hemel was verpletterend blauw, de straat, de stad was leeg.

Nee, geen pijn.

Ook geen schaamte. Wel trots dat ze gezwicht was. In haar grote donkere ogen lag koorts, ook een plotselinge diepe vermoeidheid.

# 14

Clara was overgegaan naar de zesde, maar weigerde langer op die school te blijven.

Arie Hooykaas had door zijn nieuwe functie als conrector connecties op andere scholen in de stad. Hij zou voor de dochter van zijn vrienden een plaats vinden. Hij zocht eerst contact met een oecumenisch-christelijk lyceum. Daar was geen plaats. Daarna met het Spinoza, een school met een minstens even goede reputatie.

Met haar vader reed Clara in zijn Morris Minor op een middag in juni naar het Spinoza aan de Paviljoensgracht.

De rector ontving hen. Hij verwachtte geen aansluitingsmoeilijkheden. Uit het dossier dat hem ter beschikking was gesteld bleek dat Clara altijd met hoge cijfers was overgegaan, dat haar schoolwerk altijd in orde was. De samenvattingen die zij voor haar leraar Nederlands van gelezen boeken had moeten maken waren aan de klas ten voorbeeld gesteld. Het frequente absent-zijn van de laatste tijd kon verklaard worden uit liefdesperikelen. Hij had contact gehad met de vorige school. Hij verwachtte dat die zich niet in die mate zouden voordoen en zij zich wat prudenter zou gedragen.

Clara en haar vader namen afscheid op het moment dat de bel ging en leerlingen de gang op stormden. Ze snakte naar adem, vroeg zich af of ze zich hier ooit zou thuis voelen, besefte haar paniek, maande zich rustig te blijven.

Ze liepen samen naar de auto, die aan de Dunne Bierkade stond geparkeerd. Haar vader hield het portier voor haar open. In de auto haalde hij uit het handschoenenvak zijn grijze glacés, die hij in alle rust, heel zorgvuldig, aantrok. Daarna legde hij zijn handen op het stuur en zei:

'Nou, kindje, zo is het goed geregeld. Mij lijkt het een plezierige school, op het eerste gezicht. Ik ben blij dat je niet op die christelijke school bent aangenomen.'

Clara ging niet op zijn woorden in, maakte een vaag, rondgaand gebaar met haar hand, kon even later toch niet nalaten te zeggen:

'Ik weet nog, pap, hoe je je gedroeg tegenover Jonathan.'

'Jonathan? Wie is dat?' Hij speelde geen onwetendheid, wist werkelijk niet dat die jongen aan tafel gezeten had. Papa had zijn correctiewerk, zijn postzegels, zijn piano. Clara had spijt dat ze de naam van de jongen genoemd had. Haar vader stelde ook geen verdere vragen.

Ze kwamen op de Javastraat. Clara zei: 'Ik heb wel wat met religie.' Ze vertelde hem van het hartstochtelijke bidden als kind. 'Dat is nog niet helemaal over. Ik kan ook zonder het te beseffen mijn handen vouwen. Op een moment dat ik ineens blij ben. Dan wil ik mijn dankbaarheid tonen.'

'Dat hebben je moeder en ik je niet bijgebracht. Van dat bidden vroeger wist ik niets af. Dat komt nog steeds voor?' Hij keek haar bijna ontsteld aan. 'Kindje, daar denk jij dan toch heel anders over.'

Zou ze hem iets vertellen over het afmattende van dat bidden, het krampachtige om zich niet te laten afleiden, alle moeite die het kostte andere gedachten opzij te zetten? Alle getob daarover? Hoe onwrikbaar die wil tot zuiver bidden was? Hoe moeizaam ook? De onmogelijkheid om aan de gestelde voorwaarden te voldoen? Hoe ze probeerde onderscheid te maken tussen het innerlijk gebed met rudimentaire spreekbewegingen en het gewone mondgebed? Alle onwaarschijnlijke inspanning?

Nee, ze zou niets zeggen. Het interesseerde hem niet. Van

het bidden, van de religie, wipten haar gedachten vanzelf op het snijden. Soms waren er dagen dat ze zich beheerste. Dan was het toch of ze de hele dag iets miste. Waarschijnlijk zoals gelovigen zich voelen die door ziekte de zondagse kerkgang moeten missen. Het snijden en kerven zelf had ook alles met religie te maken. Er was het ritueel. Je zette het mes op de huid, je zette aan, drukte door, het cruciale moment dat je door de huid ging. Later het ontsmetten met waterstofperoxide. Religie had met intense gevoelens te maken. Zij leed. Zij liet zich lijden. Dat laatste vooral. Ze deed boete of bracht een zoenoffer. Ze wist niet precies waarom ze het deed. Het was heftig, troostrijk. Soms ook zwaar. Het leven moest zwaar zijn. Misschien wilde ze bij iets komen? Het was zeker dat iets was zoekgeraakt.

Geloofde ze in God? Soms was ze er zeker van dat Hij er was, dat ze werd gezien. God zag haar staan. Ze zou graag willen geloven dat geen mus van het dak viel zonder Gods wil. En als hij vrolijk tsjilpend op de dakrand bleef, was het ook Zijn wil.

In aanwezigheid van haar vader zou ze de naam van God nooit uitspreken. Hij zou haar woorden direct belachelijk maken. Voorlopig zorgde ze op deze wijze voor zichzelf: ze kraste, sneed. Als haar onderarm en soms haar enkel rood kleurden, was ze rustig, rond, warm, werden kleine zonnige niemendalletjes als een straal zon of een kwetterende vogel mooie feestjes, kreeg ze zin in het leven, zin om vrolijke, opvallende kleren te dragen. Zich verwonden was zinvol. Het moest met God te maken hebben.

Nu bleek papa opeens toch wel te weten wie die Jonathan was.

'Die jongen is er niet meer. Jij gaat naar een andere school. Dat zou mama, als ze er nog was, misschien wat rustiger maken.'

Ze kwamen bij de garage. Aan de chef-monteur vroeg

papa of aan het dashboard een minibagagenetje kon worden gemonteerd. Dat was al zo lang een wens van zijn vrouw geweest. Die wilde hij alsnog graag honoreren, al kon ze er niet meer van genieten. Ze verlieten de garage en liepen samen naar huis. Als ze met hem naar een concert was geweest en ze op weg naar de auto gingen, voelde ze zich opgelaten, wist ze niet of ze hem een arm moest geven. Nu gaf ze hem werktuiglijk een arm. Hij schrok even van haar gebaar, drukte toen haar arm steviger tegen zich aan. Hij was trots met zijn dochter samen te zijn.

Ze had hem kunnen vragen: 'Ben je op mama verliefd geweest?' Hoe ging dat met jullie? Hoe hielden jullie het uit met elkaar? Maar wilde hij deze vragen wel horen? Hij zou ze niet beantwoorden, zou slechts zeggen:

'Och, kindje...'

En dat zei al genoeg.

Het was al mooi hier samen te lopen. Ze zei wel:

'Ik mis mama.' Zijn lippen gleden snel over elkaar. Dat was zijn enige reactie.

Die keer had ze, bij het thuiskomen, genoeg macht over zichzelf, sneed noch kerfde. Dat zou als verraad voelen. Op haar kamer bekeek ze wel aandachtig haar verwondingen, waarvan de meest verse nog naschrijnden. Ze keek en zei hardop:

'Die zijn van mij.'

De pijn na het toebrengen van de wond drong vaak uren later pas werkelijk tot haar door. Vaak was dat het moment dat ze zich afvroeg:

'Ben ik ik? Wie ben ik?'

# 15

De dag dat Clara het rooster ophaalde kreeg ze door de afdelingsleider een klasgenoot toegewezen die haar wegwijs moest maken wat betreft lesmethodes en schoolregels. In een leeg lokaal legde de jongen uit welke boeken ze nodig had voor de verschillende vakken. Daarna toonde deze Gerben haar de school. Hij deed zijn uiterste best, wilde haar zo welgevallig mogelijk zijn. Hij bleek ouder en was al twee keer blijven zitten. Het was een jongen op wie ze nooit verliefd zou kunnen worden.

Na afloop liepen ze samen met de fiets aan de hand over de Paviljoensgracht, passeerden het standbeeld van Spinoza en, iets verderop, zijn sterfhuis en kwamen op de Bierkade.

De jongen zei dat hij zich uitverkoren voelde.

Ze stonden op de hoge brug die over de gracht liep. Een schuit voer onder hen door. Kleine golven sloegen tegen de beschoeiing. Hij keek steeds maar naar haar mond. De witheid en regelmaat van haar tanden moesten hem raken. Of haar vrolijke lach. In zijn blik lag bewondering. Het kon ook de fleurige kleding zijn, de rode bloes met aan de polsen strak ingesnoerde mouwen, de korte rok van wit linnen, de opengewerkte schoenen in een bijzondere tint groen, die zijn verrukking opwekten. Het groen stond gewaagd bij het rood van de bloes. Maar het kon. Clara vond dat het kon. De hoge hakken lieten haar slanke benen mooi uitkomen.

Ze voelde zich vitaal, krachtig, zou zich weren. Niemand zou haar kleinkrijgen. Ze was oprecht en ze was het niet.

'Zie je dan niet dat je op school en op straat door iedereen wordt nagekeken?' Ze wist dat ze nagekeken werd en stond erboven. Clara zou als antwoord kunnen geven: ik vind de anderen middelmatig. Ze hebben geen idee van wat in mij is.

Verderop aan de kade, waar de gracht onder de Wagenstraat door liep, lag een boot aangemeerd, ingericht als terras dat De Paas heette. Bij slecht weer kon ook van het vooronder gebruikgemaakt worden.

Het was warm en Clara had nog geen zin om naar huis te gaan. Ze stelde voor iets te gaan drinken. Ze zetten de fietsen tegen elkaar, bonden ze samen aan een schriele boom.

Beiden liepen een wiebelig trapje af en bestelden ijsthee. Daarna een glas bier. Het blad van de bomen op de kade beefde in een zuchtje wind, de zon spiegelde zich in het water. Hij keek naar haar mond, omvatte haar handen, streelde zacht de binnenkant van haar linkerarm en ze trok haar arm terug. Er zaten extra diepe, verse verwondingen bij. Extra diep, misschien vanwege de eerste dag op deze nieuwe school.

Ze dronken nog een glas. Niets in die jongen trok haar aan. Er was een afgrond tussen hen, maar ze kreeg zin. Clara keek hem verliefd aan, uitdagend, met een gespeelde lichtelijk vermoeide uitdagendheid. Ze gaven elkaar kleine, lichte kussen. Hij dacht zeker haar nu al te bezitten, legde een hand op haar blote knie. De jongen liet haar absoluut koud, maar haar lust nam toe, haar gezicht begon van een onnatuurlijke hitte te gloeien. Zo hevig en zo plotseling was ze niet eerder door de begeerte aangegrepen. Bij de woorden die ze sprak sloeg ze een zachtere toon aan, toonde tederheid. Hij, in een soort automatisme, bleef haar handen en knieën gevangennemen.

'Kom,' zei ze en begon een tweede, wiebelige trap van veel meer treden af te dalen, die in het vooronder uitkwam.

'De Paastrap,' zei ze zonder om te kijken.

Gerben volgde haar. Hij was bang. Ze moest hem overreden haar dieper te volgen in het rommelige, schemerige vooronder. Toen begreep hij het. Zij, zonder enige seksuele ervaring, begon hem te strelen waar hij het gevoeligst was. Het kostte moeite om hem bij haar binnen te laten komen. Hij onderbrak zijn bewegingen op het moment dat haar hoogtepunt naderde, denkend dat ze gestoord werden. Zij, staande tegen een houten schot, werd bijna kwaad, vroeg hem snel door te gaan. Hij, door haar vermetelheid aangestoken, wilde dat ze haar bloes uitdeed. Nee, dat gebeurde niet. Haar bloes hield ze aan. Het leek of die moest gelden als een brevet van puurheid. Daar lag een grens die niet overschreden mocht worden. De ideale limiet van haar schroom. Maar haar borsten mocht hij wel zien. Zij haalde ze voorzichtig tevoorschijn, hield ze als tuiltjes in haar hand.

Haar gedrag had hem zo geïntimideerd dat zijn geslacht, verschrompeld, uit haar was gegleden. Maar haar borsten – met donkere, hooggeplaatste tepels – en haar verlangende blik, gaven hem nieuwe kracht en hij kon weer bij haar binnenkomen. Clara kwam op hetzelfde moment in een lome, wellustige zucht klaar en verloor op slag alle belangstelling voor de jongen.

Boven rekende zij af, gaf hem een snelle zoen en ze fietste de Wagenstraat af, op weg naar huis, naar die andere roes die ze op haar kamer zou oproepen, die heviger, grootser zou zijn.

# 16

Ze sloeg de hoek om en zag het lange perspectief van de drukke Wagenstraat voor zich, de Haagse uitgaansbuurt in de tijd van Couperus, en keek niet eens om. Het was zeker dat de jongen haar nakeek, verbluft zwaaide.

En zijzelf? Gechoqueerd toch, teleurgesteld, opgelucht, misschien een beetje gelukkig? De ontmaagding had zich voltrokken op eigen initiatief, zonder inleidend voorspel, in een verbazingwekkende snelheid. Verstrooid was ze nu, dat was zeker, nogal afwezig, licht geagiteerd ook en nog steeds seksueel opgewonden.

Ze zou zo weer willen. En beter. Kussen kon hij niet. Ze wilde een kus die deed gillen, een diepere snellere ademhaling gaf. Een ritme dat sneller wisselde, andere kreten, ongekendere. Een dieper ongeduld. Wat ze wilde? Geweld dat haar overmeesterde. Een verkrachte die de verkrachter prees. Een vloed die opkwam en nooit eb werd.

Zij? Vooral verbaasd. Ze zag zich in dat schemerige, berookte hok met een naturel tegen de houten wand staan... De jongen moest ook bang van haar geweest zijn, niet alleen van de cafébaas of een bezoeker die beneden het toilet opzocht. Een vanzelfsprekendheid die hem ook moest hebben verontrust, die hij zelf niet kende.

Ze stapte van haar fiets, liep met de fiets aan de hand langs de Chinese acupunctuurwinkels, dimsumeethuisjes en kapperszaken annex massagesalons.

De betovering van de daad zelf had maar heel kort geduurd. De jongen was totaal verbouwereerd geweest. Zij had zich als in een hol van vrede gevoeld. Ze was superieur geweest, maar opnieuw verbaasd over de gloeiende hitte van haar lust. Nu ze daaraan terugdacht, moest ze er even van duizelen. Ze herinnerde zich ook het moment dat de jongen bewoog en een boot passeerde. De boot waarop zij waren raakte door de golfslag in een beweging tegengesteld aan die van haar minnaar, en zijn penis, stelde ze zich voor, moest op dat moment bijna uiteengescheurd zijn in de hete, vochtige massa van haar lichaam.

'Mijn neukbenen,' zei ze zacht, 'mijn zwabberbenen.' Voor een volgende kapperszaak annex massagesalon bleef ze stilstaan om beter haar lichaam te voelen. Vervuld, voldaan, keek ze naar zichzelf in de spiegel tegenover de kappersstoel. Op een zwartleren bank zaten meisjes. Ze wenkten naar een man die buiten voor het raam stond, aarzelde en naar binnen ging. Op het trottoir stond een bord met de prijzen voor knippen, pedicure, manicure en massage. Alles dekmantel voor dat andere, voor het bodemloos geile dat Clara in zich voelde, belaagd als door een legioen steekmuggen van begeerte. De man rekende af bij een toonbank en verdween met het meisje.

Clara's ogen staarden de winkel in, de handen op het stuur van haar fiets, keek naar de twee meisjes met onbewogen gezichten die over waren gebleven, wiste zich het zweet van haar verhitte voorhoofd en het scheelde werkelijk maar weinig of zij had haar fiets op slot gezet, was naar binnen gegaan en had haar diensten aangeboden.

Ze keek naar binnen, zag zichzelf in de spiegel, zag de meisjes in de spiegel, wist dat er nauwelijks belemmeringen waren om naar binnen te gaan, voelde zich als in een wasmand vol warm schoon goed, in volledige vrede. Voelde zich zo sterk, weerbaar, onverzettelijk. Je denkt je eigen leven in de hand te hebben. Je snijdt, je neukt. Als die jongen, die vriendelijke, onnozele Gerben, avances maakte, in de tijd die kwam, zou ze daar niet op ingaan.

Ze knikte naar de meisjes, die onbewogen terugknikten, en ze liep rustig door, had geen zin om te fietsen, helemaal geen zin om naar huis te gaan, hoewel ze nog genoeg te doen had: het rooster in haar agenda schrijven, de boeken voor de eerste lesdag bij elkaar zoeken. Ze bleef staan onder een straatnaambord, zag onder het Nederlands de Chinese karakters.

Voorzover ze wist, was ze in dit deel van de stad nog niet eerder geweest, ze liep een smalle, nogal donkere zijstraat in waar uithangborden cafés en eethuizen aangaven.

# 17

Clara deinsde onmiddellijk terug toen haar blik op de ruit van een café aan de overkant van de straat viel. Ze kon haar ogen niet geloven. Aan een tafel bij het raam, verzonken in gedachten, in zijn hand een bierviltje of een briefje, zat papa. Papa kwam nooit in cafés. Zo'n man was hij niet. Dit was ongehoord. Wat deed hij daar?

Zou ze naar het café toe lopen, een hand opsteken? Zich schuilhoudend achter een op de stoep geparkeerd bestelbusje, kon ze via de autoraampjes in het café kijken. Haar vader was opgestaan, liep zenuwachtig heen en weer door het lege café, wierp een blik naar buiten. Het was duidelijk dat hij vol ongeduld op iemand wachtte. Op papa's school moest de roosteruitreiking ook allang achter de rug zijn. Op wie wachtte hij in dit naamloze café in deze naamloze steeg? Ze had geen straatnaambord gezien.

Gebukt, zich verbergend achter auto's, verliet ze de doodlopende straat. Ze wilde niet weten wie haar vader hier ontmoette. Misschien sprak hij in dit café af met Arie Hooykaas of een andere collega.

Clara fietste door de stad, kwam via de Kettingstraat op de Groenmarkt, keek of er nog een plaatsje over was op het terras van 't Goude Hooft. Ze zag geen vrij tafeltje, liep de Passage in. Waar deze een bijna loodrechte bocht maakte, was een vrijwel leeg terras. Ze bestelde een ijsthee, voelde aan haar arm die schrijnde. Het was daar een puinhoop van littekens en verse wonden. Ze strekte haar benen zo ver mogelijk uit. De loomheid was er nog steeds. Nauwelijks een uur geleden had ze de liefde bedreven. Zonder vooropgezet plan was ze met hem het schip op gelopen, slechts om iets te drinken. Opeens was ze opgestaan. Er was geen berekening, geen beslissing aan voorafgegaan. Een onoverlegde daad. Even later de in haar slanke benen neerdalende loomheid, de kleine naschok, sensaties waar haar lichaam geen enkele vat op had. Nu kreeg ze tranen in haar ogen, even onbedwingbaar. Waarom tranen?

Ze rekende af en bereikte via de Stille Veerkade opnieuw de Wagenstraat en de doodlopende steeg met zijn zwartberoete, overhellende muren. Waarom in een zo duister café?

Ze kon zich niet langer bedwingen, had ook behoefte om hem te zien en te begroeten. Zonder zich schuil te houden, liep ze het straatje in. Hij zat nog steeds alleen aan zijn tafel. Papa zag er vermoeid en asgrauw uit. Misschien had hij haar hulp nodig. Ze zette de fiets tegen een lantaarnpaal en ging het café binnen. Hij was net van zijn tafel opgestaan. Ze botsten bijna tegen elkaar op.

'Pap, ik fietste door de straat. Ik zag je.'

Hij perste zijn lippen zo strak op elkaar dat je je kon afvragen of ze ooit nog van elkaar konden komen. 'Dag, kindje,' bracht hij uit. 'Maar wat doe je in deze straat?' Zijn stem klonk gehaast, nerveus.

'Ik kwam van school, fietste zomaar dit steegje in en zag jou.'

'Maar je kunt hier niet blijven. Ik verwacht iemand. Nee, je kunt niet blijven. Tegen etenstijd ben ik gewoon thuis. Nu moet je gaan.'

De laatste woorden had hij zacht en dwingend uitgesproken. Met zijn hand op haar schouder was hij met haar richting de leren flappen van de uitgang gelopen. Ze kon echt niet blijven.

'Ga direct naar huis. Blijf niet van afstand vanuit de Wagenstraat dit café in de gaten houden. Beloof je me dat?'

Ze fietste de steeg uit, keek om, wilde naar hem zwaaien.

Hij had zich al in het café teruggetrokken. Ze hield haar belofte en was via de binnenstad naar huis gefietst.

## 18

Met een stralend gezicht wachtte de jongen haar de volgende dag voor school op. Clara had gedaan alsof ze hem niet zag, was doorgefietst naar het met golfplaten overdekte fietsenhok. Gerben holde achter haar aan, wilde haar helpen de fiets op te bergen. Ze zei dat ze zichzelf wel redde. Hij wilde met haar samen de school binnen lopen maar zij gaf te kennen dat ze liever alleen wilde zijn.

'Sorry voor jou.'

Ze had het haar opgestoken, de mooie lijnen van het gezicht waren beter zichtbaar, de ogen, aangezet, donkerder dan anders.

Ze ging alleen de school binnen. Die jongen wist niet wat hem overkwam, kon al niet meer zonder de koesteringen die dat lichaam in staat was te geven. Zij keek een moment achterom, zag hem op de drempel, al berustend. Hij vermoedde al kwijt te zijn wat hij nooit had bezeten. Hij vermoedde niet, wist zeker. Dit meisje was definitief onbereikbaar. Haar houding zou bij hem uit zelfbescherming, zo jong al, diepe melancholie opwekken. Hij keek haar verbijsterd na.

Wat was er van deze Gerben geworden? Nog een wonder dat ze zijn naam had onthouden. Van de meeste jongens na hem wist ze de volgende dag de naam al niet meer.

Ze had ze voor één keer, voor een paar dagen, voor hooguit een week. Nooit langer. Clara leverde zich ogenschijnlijk aan een situatie uit, maar had die volledig in eigen hand.

Ze ging over de tong. Evenmin als op de vorige school zou ze deel gaan uitmaken van een groep vriendinnen. Een meisje dat bij bepaalde vakken naast haar zat, vroeg om een andere plaats.

Een hoer. Goed. Dan wilde ze ook een hoer zijn die er zo hoerig mogelijk uitzag. Wat had je aan een hoer die eruitzag als een burgertrut? Voor het oog van de wereld leek het of ze zich te grabbel gooide. Zij wist wel beter, wist wat ze deed, kon ophouden wanneer zij wilde. Dat geloofde ze hartstochtelijk.

Op een dag verscheen meneer Habich op school. Een verschijning in zijn groene trainingspak met drie brede witte strepen op te wijde mouwen en broekspijpen en zwarte Adidas-sportschoenen. Hij was een van de gymleraren op het Spinoza. De eerste keer dat zij hem zag, was in de hal van de school. Leerlingen omringden hem. Hij maakte snelle, nerveuze gebaren, sprak te luid. Het moest met zijn vak te maken hebben. Een gymleraar moest een veld of sportzaal kunnen overschreeuwen. Hij was op Aruba geboren en was de eerste maanden van het schooljaar, wegens familieomstandigheden, niet op school geweest. De zesde klassen hadden al die tijd geen gymles gehad. De lessen zou hij deze week hervatten. Hij moest onder de leerlingen wel erg populair zijn, want ze verdrongen zich om deze kleine, pezige, bepaald onknappe man. Nee, zeker niet haar type.

Clara had die dag de conciërge in een gesloten envelop een kort briefje voor de gymleraar overhandigd. Daarin loog ze dat ze overmorgen wegens ongesteldheid niet op de gymles kon zijn.

Dat uur had ze zich niet bij hem afgemeld. Ze was de stad in gegaan, en had op de terugweg naar school een kop thee gedronken op de boot aan de Bierkade. In de loop van die dag riep de conciërge via de intercom om dat Clara Hofstede zich diende te melden bij meneer Habich.

Om bij de gymzaal te komen moest ze een binnenplaats oversteken. De gymzaal lag buiten de turbulentie van de school. Hier was ze nog niet eerder geweest. Ze wist ook niet waar ze hem zou aantreffen, opende deuren, kwam in een uitbouw waar turntoestellen stonden, kwam in een tweede uitbouw met stapels springmatten, zag hem toen zitten in een vertrek grenzend aan kleedkamers. Hij droeg zijn glimmende, groen-wit gestreepte nogal vulgaire sportpak. Clara hield niet van sport. Om bij hem te komen moest ze de gymzaal oversteken.

Ze klopte op de deur van zijn kamer. Even later zat ze tegenover hem. Hij had zijn mouwen opgestroopt en ze zag zijn donkerbruine, zwart behaarde armen. Van dichtbij vond ze zijn gezicht grover dan toen in de hal, op het eerste gezicht. De geluiden van de school drongen hier niet door.

Zij was dus Clara Hofstede. In zijn korte, zware handen had hij het briefje dat zij geschreven had. De regels op school waren zo, zei hij, dat een leerling die om welke reden dan ook niet aan de gymles kon meedoen, wel in de les aanwezig behoorde te zijn. Dat zijn collega's zich daar niet aan hielden, was hun zaak. Afwezigheid werd soms toegestaan, van geval tot geval door hem beoordeeld.

Dat was één.

Ook was het te allen tijde verboden met schoenen over de vloer van de gymzaal te lopen. Die vloer van deze zaal was, wat hoogst ongebruikelijk was, van tartan, een kunststof waarvan atletiekbanen gemaakt zijn. Dus een vloer die wel voetstappen kan verdragen, want keihard is. Maar hij wilde niet dat erover gelopen werd met schoenen aan. Hij had een bijterige, staccato manier van praten, stootte de zinnen naar buiten.

'Tartan' paste bij zijn gespierde armen, zijn harde, bruine kop. Ze zou het woord nooit meer vergeten.

Nu pas keek hij haar aan.

'Je ziet, ik ben niet iemand die speelt met regels. Regels zijn er om gehandhaafd te worden. Ze niet handhaven zou van deze organisatie een fragiel gebouw maken.'

Ze zaten daar in de volkomen stilte. De school was heel ver. De zon viel door een bovenraam van de gymzaal in zijn kamer, bereikte precies zijn voorhoofd. Daar zag de huid er ineens gelig uit. Hij transpireerde licht. Ze dacht aan vetdruppeltjes op een stuk oude kaas. Hij draaide zijn handen om en om, keek ernaar. Zweetdruppels gleden uit zijn haar op zijn voorhoofd en slapen. Zijn gezicht was een masker van steen. Geërodeerd door de hitte van Aruba, hartstochten? Hij keek haar aan. Zijn blik was troebel, vasthoudend.

'Dit hier,' zei hij, en keek om zich heen, 'is mijn imperium.'

Zij reageerde niet. Hij vroeg waarom ze niets zei.

'Wat moet ik erover zeggen?'

Meneer Habich stond op, vroeg haar hem te volgen.

# 19

Ze moesten de gymzaal oversteken. Misschien om bij de uitbouw van de turntoestellen of die van de springmatten te komen. Ze wist niet wat hij met haar voorhad.

Hij keek langs haar benen omlaag naar haar lichtgroene, opengewerkte schoenen. Ze droeg een katoenen zomerjurkje. Ze deed haar schoenen uit en nam ze in haar hand. Ze staken schuin de roodbruine tartanvloer over en gingen de schemerige uitbouw in met de turntoestellen. Clara hield niet van de zweterige lucht van gymzalen, nog minder van gym.

Hij deed het licht aan en ze zag achter de turntoestellen een tafel met kleine stapels witte shirts en korte gymbroekjes van rode badstof.

Hij nam haar op. Ze volgde zijn blik. Hier kon ze een shirt en broekje van haar maat uitzoeken. In de hoek waren pashokjes. Ze wist al dat ze die gymkleding nooit zou dragen, maar pakte een shirt, met het logo van de school, en een broekje van de stapel en hield ze voor zich. Het shirt had vanzelfsprekend korte mouwen. Dat zou ze vanwege de beschadigde onderarm al niet aantrekken. Dat badstoffen broekje stond haar ook tegen.

Ze schudde haar hoofd. Habich stond op afstand. Ze schatte die brede, gedrongen man op midden veertig. Er ging fysieke kracht van hem uit. Alleen al zijn manier van praten gaf zijn geringe geestelijke kracht weer. Ze minachtte hem. Een glimlach verscheen om haar mond. Die ochtend had ze gehoord dat zijn voornaam Baby was. Ze wist niet of het een bijnaam betrof. Hij had geen babyface, wel het gezicht van iemand die zijn verlangens al bij voorbaat bevredigd zag.

Clara had haar schoenen op de bok gezet.

Zij stond met blote voeten op de vloer van de uitbouw. Op de vorige school had zij zich met behulp van mama's briefjes bijna altijd aan de gymles kunnen onttrekken. Overigens was op die school geen nauw voorgeschreven kleding. Ze legde de gymkleren terug. Ze stelde zich voor dat ze op de mat voor de aanblik van iedereen een koprol zou moeten maken. Ze kon geen koprol maken en zou halverwege die onnozele oefening in labiel evenwicht met gespreide benen op haar rug blijven liggen. Daarop zouden de blikken van de medeleerlingen, jongens en meisjes, en docent gericht zijn. Deze docent, massief, gespierd, dom en zelfverzekerd. Ook vulgair. Alles wat Clara au fond verafschuwde. Ze zou daar momenten lang naakt, meer naakt dan ooit, en kwetsbaar liggen.

Ze schudde opnieuw haar hoofd. Nee, ze ging die spullen niet eens passen. Ze zou die troep nooit aantrekken. Ook nooit zeggen waarom.

Het duurde even voor hij reageerde.

'Zo, zo, jij durft...' Hij brak zijn zin af. Begon opnieuw, zachter, minder kortaf althans. 'Zo, nou, jij durft. Ik bewonder je eerlijkheid.'

Achter in deze uitbouw was een deur. Zijn hand lag op de klink. Zij legde de teruggelegde kleren wat netter op de stapel. Zijn hand bewoog op en neer, met de klink. Zij liep zijn kant op.

'Je schoenen,' zei hij. Hij zette ze keurig tegen de witte belijning van de vloer. Ze pakte ze op, volgde hem. De deur gaf toegang tot de tweede uitbouw, met de springmatten. Vandaar kwamen ze weer in de gymzaal, die ze overstaken. Ze begreep niet waarom ze via de tweede uitbouw liepen. Het was op z'n minst een omweg.

Ze gingen terug naar zijn werkvertrek. Ze zaten tegenover elkaar. Hij schoof zijn mouwen naar beneden en trok zijn jack over zijn hoofd uit. Hij had werkelijk een brede tors. Zijn bovenlichaam was een driehoek. Op zijn witte T-shirt stond New York. Het was duidelijk dat hij het warm had.

Hij zei dat er regels waren. Die golden voor iedereen. Dat was één ding. Habich sloeg de ogen neer richting haar borsten. Ze wist dat ze hem intrigeerde. Dat zou hij ook niet meer helemaal kunnen uitvlakken. Hij voegde eraan toe dat ze mooi was, dat ze lange omhoog krullende wimpers had en behoorlijk tegendraads was. Dat dit alles haar niet hielp. Regels golden voor iedereen. Zweetdruppels rolden uit zijn haar. Hij had mooie, gezonde tanden. Ze blikkerden. Barbaars blikkerend.

Hij nam haar op. Clara zei dat ze liever van school ging dan die gymspullen aan te trekken. Je had avondopleidingen. Zonder het vak gymnastiek.

'Je gaat ver,' zei hij. 'Ik zóú de rector kunnen inlichten.' Hij benadrukte 'zou', behield zo handig een uitweg.

Baby Habich, dacht ze met een fijn glimlachje. De naam paste hem niet. Of toch wel? Zijn gedrag was kinderlijk doorzichtig. En fijnbesnaard? Nee, dat zeker niet.

'Jij bent oprecht, Claar,' zei hij (hij zei 'Claar'), 'ik ben het ook, en opnieuw, deze houding heb ik niet eerder meegemaakt.'

Hij kwam overeind, stelde opnieuw vast dat ze er werkelijk goed uitzag. Zij vond dat hij enkel clichés gebruikte om haar te veroveren. Mét haar afkeer en dedain voor hem, nam haar opwinding toe, in gelijke tred. Ze kon het niet ontkennen: hij had verlangens in haar wakker gemaakt. Ze voelde wel dat tussen hen al een behoorlijke welwillendheid was ontstaan. Ook iets wat voor haar op een louche vervoering leek. Ze dacht: ik heb zin in hem.

Hij, in al zijn zelfverzekerdheid van de macho, de gymleraar die een flikflak en een reuzenzwaai kan maken, was toch niet zeker van zijn zaak. Hij zag er een beetje uit als een verlegen hulpeloos jongetje, wist niet goed raad met haar. Hij was de mindere.

Ze kreeg steeds meer zin in hem, benadrukte die gedachte door naar hem te glimlachen, haar lippen iets van elkaar, en onderstreepte haar wens nog eens extra door met haar vinger langzaam over het tafelblad te wrijven.

Hij stond nu vlak bij haar en alles was beweging aan hem, aan zijn ogen, zijn handen, de mond. Baby Habich pakte haar pols, nogal ruw, hield die greep even aan, streelde met de top van zijn wijsvinger haar hand en dat strelen, dat aaien bijna, leek wel een glimlach die om vergeving vroeg voor deze harde aanpak.

Ze gingen terug. In de eerste uitbouw opende hij de deur achterin bij de tafel met stapeltjes kleren en ze kwamen in de tweede, met de springmatten. Hij voorop, zij volgde, niet slaafs, wel dienstbaar. Het was in dit opslaghok even schemerig, al was hier een klein, stoffig betralied raam. Zij ging op de stapel springmatten liggen, deed één been uit haar slip.

'Zo kun je er wel bij,' zei ze. 'Gehoorzamer in het uitdoen dan in het aantrekken. Ja, toch?'

Hij kwam bij haar. Zijn huid voelde als zacht wafelpapier. Hij rook zoet. Dat moest het ras zijn, de afkomst, het eiland. Een lauwe ademtocht in haar gezicht, maar hij rook lekker zoet. Clara dacht, zich een geschiedenisles herinnerend over discriminatie: ik ben een 'racist'. Zijn hals rook ook lekker. Mmm. Ja, ik ben een hoer. Ik wil het ook zijn. Ik ben een geile slet. Of sloerie. Ik schaam me niet, ben niet in verwarring. Het rode badstoffen broekje zal ik nooit dragen. Op zijn gymles zal ik nooit verschijnen.

Hij beet in haar oren, zette zijn tanden in haar hoofdhuid, zoog aan alles wat zijn mond kon vinden. Zijn geur was bedwelmend. Beiden spraken geen woord, lieten geen klank los. Ze zwegen als parende dieren, maar zij zag het vreemde verstoven licht dat door het raam kwam, voelde de plakkerige warmte van de mat onder haar, bereikte ver voor hem haar orgasme en dacht: verdwaald in een berghok van de gymzaal.

## 20

Daarna hadden ze elkaar in de greep. Algauw kon Clara, zonder verliefd te zijn, niet meer zonder hem. Ze was onverzadigbaar. Na school troffen ze elkaar in de duinen tussen Kijkduin en Scheveningen, soms in zijn bovenwoning in de Rijswijkse Caen van Necklaan, als zijn vrouw en kinderen er niet waren, soms in een goedkoop love-hotel in de Haagse Hendrik Zwaardecroonstraat. Ze voelde zich met hem verbonden, hoewel een gesprek met hem nauwelijks te voeren viel. Om cultuur gaf hij niets. Een boek las hij nooit. Van een krant slechts de grootste koppen. Dat fascineerde haar. Een man met zo'n smalle, nauwe blik op de wereld. Alleen een gymzaal. Een sportveld. Clara's ouders, als ze geen ruziemaakten of corrigeerden of boodschappen in de stad deden, lazen romans, buitenlandse kranten.

Hij noemde haar 'mijn lustvrouw'. In zijn armen was ze ogenschijnlijk willoos, maar domineerde. Habich accepteerde dat ze bij het vrijen nooit haar bloes of T-shirt uittrok. Hij zag dat als een absurde gril.

Onverwacht, om zijn reactie te peilen, kwam ze een afspraak niet na of liet hem lang wachten. Dan raakte de Antilliaan, zoals ze hem noemde, in paniek, dan trok zijn gezicht bleek weg en kreeg de donkere huid een blauwe zweem. Ze had hem in haar macht.

Hij wilde onburgerlijk vrijen, wurgde haar tot ze dreigde te stikken en smeekte haar vervolgens de vlezige, harige, maar zachte huid van zijn scrotum met haar tong te strelen, wat zij op haar beurt aanvankelijk weigerde. Ze liet hem smeken. Wellustiger vrouw, bekende hij, had hij in zijn leven nog niet gehad.

Op een dag waren ze op het Stille Strand. Hij had zijn hand op de vlonder van een strandtent gelegd, zoals een toerist, tevreden over zijn bezoek aan een romaans kerkje.

‘Zo, meisje,’ begon hij. Habich deed uit de hoogte. Hij imiteerde haar. ‘Jij denkt dus de regels te bepalen.’

Zij ondervroeg de zee met haar blik. Maar welke vragen kon je aan de zee stellen? Wat ging er in zijn hoofd om? Wat wilde hij? Die wat treurige massagesalons in de Wagenstraat gingen even door haar hoofd. Ze zat er niet ver naast.

Een warme windvlaag kantelde het blad van een kleine zilverpopulier. De bladeren klonken als waren ze van metaal.

Vanaf die middag installeerde zich tussen hen, in hen, de perversie. Niet zo onschuldig van aard. Hij had een plaats voor haar geregeld in Mayfair, een chique relaxclub in de Zoutmanstraat. Ze zou daar ’s middags, na de les, enkele uren gaan werken. Ook op vrijdag- en zaterdagavond. Zij zocht met hem in een lingeriezaak op het Noordeinde werkkleding uit en bedacht een naam waaronder ze werkte. Zij heette Joan.

Mayfair was een luxe afgrond met diepe divans als valkuilen, indigo canapés, vermiljoen gordijnen, geraffineerde verlichting. Een ronde, centrale spiegelhal verliep in steeds kleinere vertrekken en ten slotte in privékabinetten.

De klanten waren gek met haar. Ze zat nooit om werk verlegen. Het rode suède rokje dat ze droeg had drie drukknoopjes en was in een wip uit. Ze verwende haar klanten, franste als ze meer betaalden en was in zekere zin heel schroomvallig, want ze hield haar bovenkleding aan. Dat deed hen denken aan het huiselijke en gewone van hun eigen, bijna volwassen dochters.

Na het werk wachtte Habich haar buiten op. Ze gaf hem het verdiende geld, kreeg veertig procent terug. Over het percentage had ze niet willen steggelen. Ze gunde hem zijn ogenschijnlijke macht en wilde haar rol ook tot in alle perfectie spelen.

Dan wilde hij details weten. Wat had ze gedaan? Had ze een vent gepijpt? Was hij in haar mond klaargekomen? Ze vertelde de waarheid of loog. Ja, ze had ze heerlijk verwend. Soms een hele slok. Ze had het zelf lekker gevonden. Aan het zaad proefde ze de persoonlijkheid, de ziel van de klant.

Die informatie maakte hem verschrikkelijk jaloers. En wat bedoelde ze met de ziel van de klant? Hij begreep haar niet. Maar die informatie beukte zijn voorhoofd, zijn maag, met een onzichtbare vuist. Hij leed. Hij raakte opgewonden. Het leek of zij de smaak te pakken had gekregen. Hij verdroeg niet meer dat zij daar werkte. Hij had gedacht dat het een manier was om haar voor altijd en nog hartstochtelijker aan zich te binden. In plaats daarvan ging zij zich juist minder aan hem hechten.

De Antilliaan wachtte haar weer op in de Zoutmanstraat en reed met haar naar het Stille Strand. Ze waren alleen. Hij eiste dat ze hem leegzoog.

'Nee,' zei ze. 'Het is voorbij. Ik heb er geen zin meer in. Noch in het werk, noch in jou.'

Haar onverschilligheid voor hem was alleen maar gegroeid. Ze had geen afkeer van hem, ze minachtte hem niet eens meer. Habich bestond niet meer. Ze keek hem koel, een beetje spottend, een beetje boosaardig aan.

Liet zij hem in de steek? Hij was niet het type man dat aan de kant werd geschoven. Dat was nog nooit gebeurd.

'Maar nu wel.'

Dan zou hij met lege handen staan. Baby Habich klappertandde. Hij betuigde zijn spijt dat hij haar als hoer had laten werken. Dat had hij fout ingeschat. Zij onderbrak hem:

'Ik wilde het zelf.'

'Maar we kunnen toch gewoon verdergaan?

'Als daarvoor?'

Ze keek hem vernietigend aan, trok even haar wenkbrauwen op. Hij was zo onbeduidend in zijn sportkostuum. Het was vernederend om met deze nietige man samen te zijn. Iets van die gedachten moest hij vermoed hebben. Redeloze angst moest zich van hem meester gemaakt hebben toen hij inzag dat hij haar werkelijk kwijt was. Hij greep haar onverwacht bij de polsen. Hij was sterk. Ze vochten even. Hij draaide haar polsen om. Ze was kansloos. Hij was zo pezig, zo gespierd. Een gorilla. Hij greep haar bij de pijnlijke onderarm. Zij gilde het uit, beet kwaadaardig in zijn hand. Beet door. Hij liet los. Ze kreeg een klap in haar nek, op haar gezicht. Hij kreeg haar bovenarmen te pakken, trok haar naar zich toe, kuste Clara op haar open mond, zocht haar tong, trachtte haar uit te kleden, bij haar buik te komen. Zijn ogen waren bloedrood. Hij liet los.

De gymleraar heeft nog enkele keren gebeld. Hij zei zinnetjes die hij keurig had voorbereid, maar hij zag geen kans om zijn stem onder controle te houden, stotterde, fluisterde, herhaalde zich, had geen adem. Hij werd gek. Zijn stem kwam terug. Hij ging haar mooie, geile smoel in elkaar slaan. Een doortrapte hoer was ze. Hij had zin haar af te ranselen. Hier zou ze spijt van krijgen. Hij ging haar opwachten. 'Hoor je me?' Hij schreeuwde. Zijn stem donderde door de telefoon. Hij dreigde zich van kant te maken. Ze vroeg hem niet meer te bellen.

Hij belde toch.

Een zacht, smachtend gemompel. Ze had hem dus verraden, had met hem gespeeld. Hij, versmaad.

Hij bleef met ziekteverlof thuis. Clara's schoolwerk had niet geleden onder dit dubbele leven. Ze leverde de mooiste boekverslagen in. Dat over *De koele minnaar* van Hugo Claus mocht ze voor de klas voorlezen.

Clara las mooi voor.

Ze herinnerde zich van die tijd dat zij een zijden sjaaltje

om haar linker bovenbeen had geknoopt. Wat waren de meisjes in de klas jaloers. Niemand durfde zoiets. De anderen lieten haar onverschillig.

Straks.

Straks, na deze les, ging ze naar huis, ging ze het mes zetten in de pijn van een ander. In de al beschadigde arm van de ander.

## 21

Clara staarde dromerig het schemerige restaurant in, hoorde pianoklanken in de verste hoek, in die warrelende, roodbruine duisternis. Een glimlach verscheen op haar gezicht. Ja, dat was toen een vrolijke bijeenkomst geweest. Ze had de sensatie het koninkrijk van het licht binnen te gaan.

Drie kleine tafels waren in die uithoek aan elkaar geschoven. Het voorgerecht was net afgeruimd en papa kwam overeind en begon een speech. Toen hij klaar was, had hij mama een jade halssnoer gegeven. Dat stond haar mooi. Daarna had papa het glas geheven, mama aangekeken en vrolijk geroepen: 'Daar ga je, Bertie!' Mama had verlegen gekeken en was zacht en lief geweest. Clara had uit zijn mond nog nooit mama's voornaam gehoord en ook niet dat vlotte '*daar ga je*'. Hij stootte zijn glas tegen het hare. Daarna toostte hij met de anderen. Met Clara die cola dronk, met oom Arie en tante Annet en Wim Zeewüster. De pianoleraar stond op, liep naar de piano toe, speelde 'Lang zullen ze leven'. Allen zongen mee. Rondom had het restaurant in het donker gelegen. Voor wie gold het feest? Waren papa en mama twaalfeneenhalf jaar getrouwd? Dan had Clara al op de middelbare school moeten zitten. Clara kon het zich niet meer herinneren. Het halssnoer had heel lang in een schaaltje op mama's nachtkastje gelegen. Het was spoorloos verdwenen.

Het hoofdgerecht werd opgediend. Gebraden fazant, puree, cranberrysaus. Oom Arie wist te vertellen dat het een fazantenhaan was. Hennen werden niet geschoten, tenzij per ongeluk. Hennen werden gespaard. Zij moesten voor de voortplanting zorgen. Oom Arie vertelde ook dat hij bang was voor de scherpe botten van de fazant, in verband met zijn gebit. Werd mama's verjaardag gevierd? Maar mama was in het voorjaar jarig en dan werd er toch geen fazant opgediend?

Het verbazingwekkendst van het etentje was het optreden van tante Annet geweest. Ze nam bijna nooit aan het gesprek deel, beaamde vaak slechts of reageerde helemaal niet. Aan mama vertelde ze dat ze boeken met oude Engelse liedjes verzamelde. Mama reageerde verbaasd en enthousiast. Ze kenden elkaar al zo lang. Dit was haar helemaal onbekend, maar ze was zelf dol op oude Engelse verzen en liedjes en had ook een kleine verzameling. Mama noemde toen *Old England. English songs of long ago*. Daarop was Annet een deuntje gaan neuriën:

'*On the bank of a river so deep*
*Whose waters glide silently on,*'

en vanaf daar was mama mee gaan neuriën:

'*Sad Rosalinde sat down to weep,*
*For Damon her lover was gone.*'

Dat neuriën was bij een volgend couplet een zacht zingen geworden. Wim Zeewüster was ingevallen, eerst van verlegenheid heel zacht, daarna luider, met vastere stem, in dat overigens geheel lege, donkere restaurant. De pianoleraar stond op, liep weer naar de piano, sloeg een paar akkoorden aan, improviseerde de melodie. Annet en mama stonden op en gingen bij de piano staan. Ten slotte waren ook de beide mannen gekomen en hadden samen *Rosalind's Complaint* gezongen. Daarna nog andere liedjes als *The despairing shepherd*. Mama had zich ineens een beginregel herinnerd:

'Oh, I'll have a husband' ay, marry.'

Ze waren voor het toetje weer aan tafel gegaan, verbaasd elkaar aankijkend. Allen hadden zich van hun onbekende, luchtige zijde laten zien.

'Wout, wat gezellig, man.' Oom Arie had een arm om papa's schouder geslagen. Clara had oom Arie, noch mama, hem ooit bij de voornaam horen noemen.

De volgende dag had papa het nog enige malen herhaald: 'Het was zo gezellig, gisteravond.'

Clara dacht: ik ga de ober zo eens vragen wat er met de piano gebeurd is.

Nee, daar zag ze toch van af. Het interesseerde haar niet waar de piano gebleven was. Hij was weg. Er was zo veel weg. En als ze het de ober zou vragen, was het antwoord natuurlijk: die ouwe rammelkast is vanzelf in elkaar gezakt. Of zoiets. Hij zou bij haar tafel blijven staan en verhalen over die piano van vroeger. Maar Clara bleef wel hardnekkig staren naar de hoek waar hij gestaan moest hebben, daarmee nog even dat vrolijke feestje vasthoudend. De glimlach verdween. Het bleke gezicht drukte niets meer uit.

## 22

'Van dat vreemde blauw,' zei de ober, 'en van dat stekende zonnetje, mevrouw, van daarnet, is weinig of niets meer over.'

Ze zag het. De wolken waren dik en grijs, aan de randen hier en daar nog verguld. Maar op drift.

Een vlucht vogels. Zij telde. Ze vergiste zich.

Begon opnieuw. De vogels verdwenen achter de hoge gebouwen aan de overkant. Zo moest het met alle dingen zijn. Na korte tijd 'ontelbaar'.

De eerste regen viel. De wind woei de regen op.

Van de twee iele bomen op het plein bewogen de kronen wild. Clara had algauw de indruk dat het restaurant zelf bewoog, draaide, wankelde, in een wervelstorm werd opgenomen. De hemel werd vuilgeel, de wolken kregen de tint van teer. Een lichtflits en vlak daarna een donderslag.

'Niet bij heldere hemel,' zei de ober. Hij leek onophoudelijk even bij Clara toevlucht te zoeken, leunde met zijn handen op tafel en vertelde dat hij vroeger een vogelkooi had bezeten met daarin een rijstvogeltje. Als hij thuiskwam van school, ging hij bij de kooi zitten, bewoog hem zacht heen en weer, volgde de schommelingen.

'Ik kon er maar niet genoeg van krijgen. Op een dag was de vogel dood. Hij is gestorven aan het geel.'

Hij zweeg.

'Wat is het geel?'

'Een vogelziekte die ontstaat door snavelcontact.'

Clara dacht: wat een gek woord. Het is een woord dat ik nog nooit gehoord heb. Ze keek als vanzelf naar de dunne mond van de ober. Hij had bijna geen mond.

De ober legde uit dat zieke beesten een grote gele prop in hun keel krijgen. Een gele tumor. Ze stikken er ten slotte in.

'Alsjeblieft, hou daarmee op,' smeekte Clara. De ober had zelf een vlekkerige, gele huid. Was hij misschien dodelijk ziek? Ze wendde zich van de man af tot wie ze veroordeeld leek.

Het weer dwong de laatste mensen van het plein. Ze vluchtten het restaurant binnen. De ober verliet tot Clara's opluchting haar tafel.

De wind wakkerde aan. De evangelisatietent werd in zijn geheel opgenomen. De regen spatte van de kinderkopjes. Het plein was helemaal verlaten.

Nee, dat was ongelooflijk. Clara wist niet wat ze zag. Daar liep mama met haar zware boodschappentas. Het klopte dat ze vaak hier kwam. Ze zag haar moeder werkelijk, objectief; dacht: ik ben lucide. Ik kan niet mijn toevlucht zoeken in een nachtmerrie. Ik droom niet. Ze komt op mij toe. Zou ze mij gezien hebben? We hebben zo vaak met papa in 't Goude Hooft gezeten.

Mama, alleen op het doornatte plein. Thuis kon ze het niet uithouden. Ze zat thuis iets dromerigs te doen met lapjes stof of poppen, of ruzie te maken, of ze was in de stad. Kijk daar, mama. Clara's hart bonsde. Het bonzen klonk luid, hield maar aan.

Och, mama, riep ze.

Ik dacht dat je dood was. Je wordt helemaal nat. Ik zit hier. Clara, je dochter. In hetzelfde hoekje als vroeger. Mam, weet je dat nog? Het is wel heel lang geleden. Met mijn fietsje, door papa mooi rood gelakt, kwam ik de keuken binnen en ik vroeg je of het mijn fiets was. Het was mijn fiets, maar ik wilde dat jij extra zekerheid gaf. Jij was bezig een kip in stukken te hakken. Venijnig, de lippen op elkaar geklemd, trok je het karkas uit elkaar. Je keek niet eens naar mijn fiets. 'Val me nu niet lastig met dat gedoe,' zei je. 'Ik krijg vanavond eters. De Hooykazen komen en Wim Zeewüster.' Mama, snel, zeg dat het mijn fiets is. Mama, snel. Is hij van mij? Ja, natuurlijk, jouw fiets. Wat dacht je dan?

Wat gek! Jij die je over werkelijk alles zorgen maakte. Hierover niet. Dacht je dat ik een grapje maakte? Maar je moet toch iets van mijn paniek gemerkt hebben? Misschien voorvoelde ik al dat er iets mis met mij was, dat ik twijfel zou kennen over de simpelste dingen. Ik weet het niet zeker, maar misschien dat ik toen al wist dat iets mij ontbrak. Een houvast. Een fundament. Een bedding. Er is geen stevige band met de dingen, met de omgeving, met andere mensen. Ik voelde me met die fiets in de keuken uitgeleverd aan een situatie die ik niet aankon. Mama, iets dwingt mij dingen te doen die ik niet wil. In mij zit, in een klein hoekje, een giftig monster. Het kan zich lange tijd koest houden. Op een zeker moment begin ik te transpireren, voel dat ik bleek word, ervaar een platte, grijze vlakte achter mijn oogleden, word extra onzeker, ik kan niet goed meer denken. Alles bevreemdt mij. De mensen bewegen, praten, weten waarheen ze gaan. Ik weet het niet. Ik mis iets. Iets waardoor ik mij uitgestoten voel. Ik ben niet meer bij de werkelijkheid betrokken. Ik heb de sterke indruk dat ik iets verzuim. Maar wat? Ik begin met mijn hoofd tussen de schouders te lopen en denk: daar is het weer. Het is uit zijn kooi gekomen, schudt zich uit.

Over alles slaat de twijfel toe. Dag en nacht ben ik bezig het te bedwingen, wordt gedwongen eindeloos alle door jou zo mooi aangeklede poppen van papier-maché te tellen, alle knuffeldieren van vroeger, het serviesgoed van de speelgoedkeuken, de treden van de trap. Het bidden slaat weer toe. Niet altijd. Het kan soms ook wegblijven. Dat alles is zo mateloos uitputtend en ik beleef er ook een duister genoegen aan. Het is iets helemaal van mij. Ik ben wel vaak verrast geweest door de hardnekkigheid van zo'n aanval. Ik herinner mij momenten dat ik me zo helder en licht voelde dat ik in die helderheid van geest besefte dat ik met dat alles gemakkelijk op zou kunnen houden. Ik weigerde dat te besluiten. Daar was ik dan opnieuw verbaasd over.

Ik kon niet ophouden.

## 23

De ober bracht een stukje appeltaart. Clara was bezig haar tas leeg te halen alsof ze iets zocht. Het scherm van haar mobieltje in de tas lichtte op. Ze keek. Er was geen bericht. Ze moest per ongeluk een toets met haar hand hebben aangeraakt.

'Zoekt u iets, mevrouw?' vroeg de ober in het voorbijgaan. Als antwoord, verkrampt van nervositeit, begon ze aan het warme appelgebak. Het maakte haar even een tikkeltje zorgelozer. Ze dacht: mijn geluk ontstelt me. Ik ben het niet gewoon. Ik geloof dat ik huil. Oscar, ik huil. Je weet nauwelijks iets van me. Zul je ooit de omvang van mijn metamorfose peilen?

Ze had zin in een glas wijn of een rode port. Nee, ze wachtte natuurlijk tot hij er was. Ze keek lang naar de rij omgekeerde flessen achter de toog, keek naar buiten, zag de voorbijgangers aan. Sommigen hadden haast, anderen leken op iemand te wachten, liepen heen en weer. Weer anderen hielden kort in, liepen snel door.

Ze sloot haar tas, bladerde in het tijdschrift, zag het getal 6 in een titel en dacht direct: nog zes minuten. Dan komt hij binnen. Nu zocht hij het restaurant waar zij zat. De regen viel in alle hevigheid. De goten mompelden. De hemel stroomde leeg. Het was pas vier uur. Ze zou nog een uur geduld moeten hebben. Tenzij hij, net als zij, eerder kwam. Ook niet zo lang kon wachten. Oscar, kom snel. Kom, net als ik, ver voor de afgesproken tijd. Je verlangt net als ik. Ik mis je. Ik heb mijn gemis de afgelopen week met gratie gedragen. Zou hij wel weten wat hij teweeg heeft gebracht? Hoeveel ze van hem was gaan houden?

Clara heeft de afgelopen week zo vaak bedacht dat hij 's avonds aanbelde en de nacht bij haar in de voorkamer doorbracht. Op een zeker moment had zij haar vingers in zijn mond gestoken, had zijn tong, zijn tanden aangeraakt. Hij had daarop haar hand naar zich toe gehaald, naar zijn mond gebracht, er met zijn lippen over gewreven. Bij zijn slaap had een spiertje bewogen. Hij had toen gezegd: 'Het zal altijd goed met me zijn als ik bij jou ben.' Een zinnetje althans in die geest. Op dat moment was haar begeerte heel groot geworden. Als een kind had hij tegen haar aan gelegen. Zijn strelingen waren van een ontroerende precisie geweest. Er was ook een moment gekomen dat hij zich over haar heen had gebogen om zijn glas wijn van de grond te pakken en hij had haar, terwijl ze lag, voorzichtig een slok te drinken gegeven. Er was een beetje wijn langs haar mond gelopen. Dat had hij opgelikt.

In die verbeelde nacht had ze hem ook gevraagd of ze in de boekhandel niet te ver was gegaan. Dat had hij helemaal niet gevonden en hij was ook niet van haar bekentenis geschrokken. Het kwam vaker voor dat een aandachtige lezer zich in een romanpersonage meende te herkennen. Zij had geantwoord:

'Maar bij mij gaat het verder.'

Hij had geantwoord:

'Het kan ver gaan. Heel ver.' Meer wilde hij er die nacht niet over zeggen. Laten we genieten, Clara. Ik hou van je. Waarom ben ik hier, in het holst van de nacht, terwijl ik thuis behoor te zijn? Omdat ik je miste. Ik wilde je zien. Je hebt me geraakt.

Aan die bedachte woorden had ze zich vastgeklampt de afgelopen week. Hij had die woorden niet eens hoeven uitspreken. De oprechtheid van zijn gevoelens was van zijn sterke gezicht af te lezen geweest. Ze had zich in de afgelopen week op de bank in de voorkamer dagelijks met middel- en ringvinger bevoeld en was vrijwel onmiddellijk in de ban van het genot geraakt. Grote, hete druppels hadden over haar voorhoofd gelopen. Het bloed was haar naar het hoofd gestegen. De binnenkant van haar dijen, waar ze de weekheid van een spons hebben, had geblonken van vochtigheid. Ze was even open geweest als de keer dat ze voor het eerst in zichzelf had gesneden. Zo had ze daar gelegen, terwijl de avondlucht boven de platte daken vlamde.

Daar ben ik, meisje.

Ze zag hem binnenkomen. Hij, glimlachend, een hand omhooggestoken die haar al begroette. Ondanks zichzelf hief ze haar hoofd op en zocht tussen de straaltjes water op het raam, die zich ten slotte verstrengelden alsof ze de liefde bedreven, en de neervallende regen.

'O...' Een tegelijk gespannen en onthechte stem. 'Hé, Oscar, jij...' Ze had even werkelijk gedacht dat hij, achter haar staande, had uitgesproken: 'Daar ben ik eindelijk, meisje.'

Clara stond op, ging weer zitten, overzag het besloten plein. Het was zeker dat hij uit de richting van het Buitenhof zou komen. Waarom was dat zo zeker? Zij kon dan wel haar vaste route hebben. Clara hield haar middenvinger tegen haar slaap en bedacht dat haar vader dat gebaar bij nadenken ook maakte.

Ze hoorde snelle stappen die naderbij kwamen, langzaam, zoals in een bepaald genre cowboyfilm waar je paarden ziet galopperen zonder dat ze vooruitkomen.

Daar was hij en ze draaide haar hoofd zijn kant op. Nee, niet die ze verwachtte. Ze zag wel een jongen en een meisje in een portiek waar ze net het zicht op had, elkaar hartstochtelijk zoenend. Ze verdroeg hun geluk zonder moeite. Haar ogen zochten buiten een afwezig gezicht.

De ober bleef bij haar tafel staan.

'U zou mij eigenlijk een korte beschrijving moeten geven van degene die u verwacht. Dan kijk ik op mijn vrije momenten ook voor u uit.'

Ze bedankte hem voor het vriendelijke aanbod. Nee, dat hoefde echt niet. Hoe zou ze Oscar afdoende in enkele woorden kunnen beschrijven?

Clara wierp een blik op de klok boven de bar. De tijd verstreek langzaam.

Nu denkt hij aan mij, dacht ze. Hij is op weg naar mij toe. Ze kon dat wel denken, ze moest toegeven dat ze niets voelde. 'Maar ik voel niets,' schreeuwde ze, klemde haar tas vast, beefde over haar hele lichaam. 'Maar ik voel niets!' De ober passeerde haar, maar kwam niet bij haar staan. Had ze geschreeuwd? Ze wist het niet meer.

Hij komt niet. Natuurlijk komt hij niet.

Waarom wil je daar nog niet aan? Zeg het. Maar er is een afspraak!

# 24

Van buitenaf, in het wat troebele licht dat de bespatte ramen doorlieten, leek Clara's fragiele gestalte onaf, was de anders zo treffende harmonie in haar gebaren aarzelend. Ineens, zou je zeggen, was grote onzekerheid over haar gekomen. Alsof een deel van het zelfbewustzijn was afgesneden.

Flarden van gezangen kwamen weer uit de hoek van de evangelisatietent. Nieuw was een deinende Colombiaanse straatband die op panfluiten blies. De ober merkte op dat het nu toch echt opklaarde. Er was al veel blauw aan de hemel te zien. 'Mevrouw, een dag om onszelf te verwennen.'

Clara vroeg zich af of het niet beter was buiten wat rond te lopen. Ze kon toch in de buurt van het plein blijven en zeker tot aan de ingang van de Passage lopen. Wie weet stond hij nu ook zijn tijd te verdoen. Als ze wegging, was wel de kans groot dat ze haar mooie plaats kwijtraakte. Het restaurant kon ineens vollopen. Nee, ze wilde hem in dit hoekje ontvangen. Dat had ze zich in het hoofd gezet.

Ze bleef. De tijd ging vanzelf voorbij. Ze bestrafte zichzelf woordeloos. Je maakt het je extra moeilijk. Kom vijf minuten voor de gemaakte afspraak. Dan is er niets aan de hand. Ze had zichzelf klemgezet.

De tijd ging vanzelf voorbij. Maar ze had ook het gevoel dat de tijd drong. Nu zou het toch moeten gaan gebeuren. Op dit moment gebeurde niets. Nee, natuurlijk niet. Ze was onredelijk. Er kon nu nog niets gebeuren. Het was nog geen vijf uur.

Een onaangename herinnering drong zich aan haar op. Kwam het door alle muziek en zang buiten?

Een zondagmiddag. Na uren correctie op zijn kamer komt papa naar beneden en loopt de voorkamer in en gaat achter de piano zitten. Hij trekt de loper van rode zij, gevoerd met wit molton, van de toetsen weg, draait de kruk wat hoger, toch weer lager, gaat zitten, bladert in de partituur van Liszts Etudes, slaat onverwacht krachtig een akkoord van denderende dissonanten aan. Hij perst zijn lippen opeen. Papa is nerveus, wil met de muziek de wereld vergeten, wil vergeten dat mama in de huiskamer zit. Hij beweegt zijn hoofd als een lekenprediker in extase. Mama hoort het aan, een boek op schoot. Papa zal zeker langer dan een uur spelen en opeens ophouden. Mama wacht, wijdbeens op de bank, staart naar buiten. Clara probeert mama's aandacht te trekken, maar mama blijft strak naar buiten kijken. Clara wil haar moeder duidelijk maken dat ze gaat ingrijpen. Ze loopt op haar tenen de voorkamer in, blijft op enige afstand van haar vader staan en vraagt dan zacht:

'Ik denk dat mama liever heeft dat je wat zachter speelt.'

Hij hoort haar niet, gevangen in zijn spel. Clara gaat naast hem staan.

'Pap, een beetje zachter. Voor mama. Ze kan zich niet concentreren bij het lezen.' Hij hoort niets of doet alsof. Weet hij wel dat Clara naast hem staat? Ze durft hem niet aan te raken, hoewel papa nooit boos wordt. Nu lijkt het toch of hij even wat ingetogener speelt. Dan wordt de muziek weer luidruchtiger, vult de kleine benedenvertrekken. Mama heeft zich al de huiskamer uit gehaast, staat in de kleine hal, op de mat bij de voordeur. Ze mompelt:

'Nee, dit wil ik niet.' Ze schudt woest met haar hoofd. Ze opent de voordeur, laat hem achter zich in het slot vallen en loopt het tuinpaadje naar de straat af. Clara kijkt welke kant ze op gaat. Beseft hij wat zich achter hem heeft afgespeeld? Hij moet de deur toch hebben gehoord? Zij is weg en hij stopt met spelen. Hij staat op, zoekt andere muziek. Hij speelt de *Suite bergamasque* van Debussy. Muziek van Schumann heeft hij klaarliggen. Mama heeft die tedere, romantische, welluidende muziek nooit gehoord.

Clara liet de lipstick van geringe hoogte speels in haar tas vallen, het slot klikken. Met haar handtas op schoot tikte ze drie keer met haar wijsvinger op de stoelleuning. Drie korte tikken. Daarna drie lange.

De ober keek haar kant op, leunend tegen de koperen reling van de bar. Ze wendde zich iets van hem af, bleef doortikken. 9-7-5-3-1. Nergens aan denken. Nu streng voor zichzelf zijn. 1-3-5-7-9. En terug, sneller, de wijsvinger vanuit een hogere positie.

'Mevrouw, wachten duurt altijd lang.'

'Een tijdje wachten is aangenaam. Ik droom wat. Ik lees, kijk naar buiten. De tijd gaat vanzelf voorbij.'

'U heeft gelijk. Voor u is het wachten absoluut niet erg. U heeft een duidelijke afspraak. Dan kan er niets misgaan. U kunt zeker zijn met een aan zekerheid grenzende waarschijnlijkheid. Wij obers wachten altijd. De tijd gaat dan zo langzaam.' Clara dacht: zo meteen begint hij over zijn nierkwaal. Dan zal ik hem vragen dat achterwege te laten. De ober vervolgde: 'Dan ineens is de tent vol. Je komt handen te kort.'

Ze dacht glimlachend: ik kom straks ook handen te kort. Wat mij is overkomen, kan ik nog niet allemaal bevatten. Ik had mijn leven als ieder ander. Als bijna ieder ander. Mijn leven ging zijn gangetje. Wat het ook waard was. Tot op de dag dat ik hem tegen het lijf liep. Ik heb het niet eens direct doorgehad. Het is sluipenderwijs gegaan. Nu zit ik in die heerlijke val. Je waant je tegen veel beschermd. Er is maar zo weinig voor nodig...

Mama kon ineens vragen:

'Claar, waar ben je mee bezig?'

'Met niets,' zei ze dan en rende de trap op om op haar kamer het ritueel af te maken, telde bij het naar boven rennen al verder. Op haar kamer telde ze zes keer 1-3-5-7-9 en terug, ook zes keer, voor ze van zichzelf weer beneden mocht komen. Als dat niet lukte, zou ze deze nacht doodgaan. Mama stond onder aan de trap te roepen. De angst was zo groot, de voorwaarde zo dwingend, dat ze slechts met de grootste moeite haar kamer kon verlaten.

Nu doortellen op de stoelleuning. Die serie liep lekker. Nu met de pink vier keer zeven, afwisselend kort, lang.

Oscar, dacht ze. Ze 'dacht' hem. Hij was bijna fysiek aanwezig. Ze sprak zacht tegen hem, fluisterde in zijn oor:

Ik heb er altijd bij willen horen. Nadat ik de omgang met mijn eerste vriendje verbroken had, wilde niemand op school meer iets met mij te maken hebben. Die abrupte breuk zou het ziekteproces verergerd hebben. Ik had zijn dood veroorzaakt. Soms, in gedachten, smeekte ik: neem me op in jullie midden. Lieve Oscar, ben je weleens in een dierenasiel geweest? De in de steek gelaten honden die je vanachter het gaas zo verlangend aankijken. Honden hebben zulke hunkerende ogen: neem mij, lieve bezoeker, alsjeblieft. Kies voor mij.

Eén keer had Clara op het punt gestaan om tegen haar ouders te zeggen: 'Ik vind het niet leuk meer in huis. Ik ga weg.'

Maar wanneer was dat? Ze zocht in haar geheugen. Ze was elf of twaalf jaar. Op school was een feestje geweest. Een juf van wie zij ook les had gehad nam afscheid. (De dag erna was ze jarig en mama was al weken bezig daarvoor spelletjes te bedenken.) Het was de bedoeling dat de kinderen als dier verkleed op school zouden komen. Hoe had mama het kunnen bedenken? Er zijn zo veel aardige beesten. Hoe had mama het kunnen bedenken? Clara zou een sluierstaartvis moeten voorstellen. Die middag had zij als vis rondgelopen, bekeken, stiekem en openlijk uitgelachen, in een warm pak waarop oranje schubben van rubber waren vastgenaaid, met een sluier van mousseline – waarop iedereen steeds per ongeluk trapte alsof ze een bruid was. Ze had zich belachelijk gevoeld. Steeds belachelijker. Al haar talenten had mama op dit vissenpak botgevierd. Hoe had mama zoiets onmeisjesachtigs, iets zo extravagants kunnen maken? Ze was inwendig boos op haar moeder en teleurgesteld. Was het dan die keer, dat ze bij thuiskomst, oververhit in dat kostuum, elf of twaalf jaar oud, het huis had willen verlaten?

Ze wist het niet meer.

Een andere herinnering kwam aan de oppervlakte van haar bewustzijn.

Mama was naar de kapper geweest. Misschien vanwege Clara's aanstaande verjaardag. Uren had mama bij de kapper gezeten. Het haar had donkerrood moeten zijn, warmrood, zoals het haar wordt als je het met henna verft, maar het was lichtpaars uitgevallen. Het was werkelijk geen gezicht. Dat zware gezicht en, daarboven, een oneindig aantal heel kleine, paarse krulletjes tot op het voorhoofd, tot over de oren. Hoe kon de kapper haar zo toetakelen? Het had alles benadrukt wat in mama's gezicht niet mooi was: de bleekheid, het gezwollene, het gemelijke, het ontoegankelijke. Dit was mama helemaal niet meer.

Clara was bang voor haar geworden, had haar niet durven aankijken en papa, uit school komend, had haar volstrekt genegeerd, had zijn hoofd afgewend en was, zonder iets te zeggen, met zijn tas vol proefwerken de trap op gelopen, had zelfs in de haast de stok van de vlizotrap aangeraakt, die met een kletterend lawaai op het zeil van de overloop was terechtgekomen, vervolgens de treden van de trap was afgegleden en tot stilstand was gekomen tegen de voordeur. Clara had de stok met haak teruggebracht naar boven.

'Dank, kindje,' had papa gezegd vanuit zijn werkkamer. Weer beneden had Clara over mama's arm gestreken:

'Mam, ik vind het heus mooi.' Maar het was afschuwelijk om aan te zien. Clara had haar afkeer nauwelijks kunnen verbergen. Zo zou ze met haar niet over de Kruisbessenstraat durven lopen.

Clara was toen weer naar boven gelopen en had haar vader gevraagd iets liefs tegen mama te zeggen. Hij had haar aangekeken, zijn hoofd geschud. Het was onmogelijk voor hem.

Clara liep de trap weer af. De telefoon ging en mama nam na vier of vijf keer op – precies zoals papa deed. Het was een kort gesprek. Een afzegging van een kind uit de buurt voor haar verjaarspartijtje. Kort daarna nog een afzegging. Mama hing snel op. Daarna ging ze vreselijk tekeer. Tegen de ouders uit de buurt tegen wie ze nooit meer een woord zou zeggen, tegen de meisjes die ze gevraagd had en die het niet waard waren, tegen de hele wereld. Mama kon niet meer ophouden. Ze was in alle staten. Papa sloot hoorbaar de deur van zijn studeerkamer. Was het toen geweest dat Clara het huis had willen verlaten?

## 25

Deze herinnering trok een andere naar boven.

Zij was met papa alleen thuis en had op haar kamer zitten werken. Mama was er toen al niet meer. De telefoon was gegaan. Een tamelijk lang gesprek. Papa was de gang in gelopen en had naar boven geroepen:

'Clara, iets vreselijks. Arie is dood. Annet belde net. Arie voelde zich de afgelopen week niet goed en was voor onderzoek opgenomen. Arie, mijn vriend. Hij heeft vannacht hevige pijnen gekregen. Iets met een ontsteking van de alvleesklier. Ze weten het niet precies. Zo lang ken ik hem al. Die arme Annet. Ik heb zo met haar te doen.' Hij, altijd rustig formulerend, kon nauwelijks uit zijn woorden komen, hapte naar adem.

De volgende dag waren Clara en haar vader 's avonds tegen halfzeven bij de Monuta Stichting aan de Groot Hertoginnelaan aangekomen.

Dat drama van Aries dood. Of liever, het drama dat erop volgde van papa en Annet, heeft Clara lang weten te verbannen naar de grenzen van haar herinnering.

Daar is het nu! En direct in zijn volle omvang, met begin en eind. Zo onweerstaanbaar dat Clara te zwak is om het op dit moment terug te dringen.

Er was gelegenheid tot condoleren van halfzeven tot halfacht. Papa had alleen willen gaan. Arie zou vanwege de hevige pijnaanvallen zijn lippen hebben stukgebeten. Hij wilde niet dat zijn dochter dat zag.

'Herinner je hem zoals hij hier thuis in de kamer zat.'

Hij drong aan. Zij moest thuisblijven. Er kon nog gebeld worden. Dan kon zij de telefoon aannemen en vertellen wat er gebeurd was.

'Pap, ik ga mee. Daar kun jij me niet van afhouden. Ik wil niet dat je alleen gaat. Ik wil je tot steun zijn.' Ze was heel pertinent geweest.

De deur van de Monuta Stichting stond op een kier. In de hal werden ze begroet door een in het zwart geklede medewerker van de begrafenisonderneming. Hij leidde hen via de glazen tochtdeur met ingeslepen fabeldieren en guirlandes naar de lessenaar met condoleanceregister. Ze schreven elk hun naam in het daarvoor bestemde rechthoekje. Op een tafel naast de lessenaar stond een portretfoto van oom Arie. Je kon aan het gezicht zien dat hij problemen met zijn gebit moest hebben.

Haar vader wendde zich tot Clara. Het leek hem beter dat hij eerst ging.

'Als ik terugkom, gaan we samen.' Hij was nerveus, trok onophoudelijk zijn wenkbrauwen hoog op.

Een andere medewerker hoorde hen en zei dat ze samen naar binnen konden. Het was vrij rustig. Nu moest papa zich wel gewonnen geven. Nee, niet helemaal. Hij zocht een tussenoplossing. Hij zei tegen zijn dochter:

'We gaan samen naar binnen, condoleren Annet, gaan naar de kist en dan ga jij terug naar de hal.'

'En jij dan?'

'Ik blijf nog even. Ja, zullen we het zo afspreken?' Zijn mond bewoog nog, hoewel hij zweeg.

'Hè, wat gek, papa! Nee, we gaan samen naar binnen, en we gaan samen terug.'

De medewerker wenkte hen, ging hen voor het zwak verlichte vertrek binnen waar de dode lag opgebaard.

Je wende snel aan het duister. Wim Zeewüster stond met Annet bij de kist en nam afscheid. Het grijs van de muren, het rood van gordijnen, de koperen handvatten van de kist, de graftakken van witte aronskelken aan het voeteneind werden zichtbaar. Papa knikte kort naar Wim Zeewüster, liep op Annet toe.

'Dag, lief meisje,' zei hij zacht, kuste haar wangen. 'Wat vreselijk.' Hij pakte haar beide handen, drukte daar voorzichtig een kus op en sprak, zijn gezicht dicht bij het hare, woorden van troost en medeleven. Nog andere woorden van troost, of dezelfde. Hij fluisterde ze haar toe. Uit zichzelf zou hij niet opgehouden zijn, het was Annet die zich van hem losmaakte en zich tot Clara wendde. Daarna liepen ze met z'n drieën naar de kist, bleven bij het hoofdeinde staan.

Pas toen zag Clara het wonderschone, langwerpig uitgewerkte boeket donkerrode rozen, die bijna samenvielen met de schemer. Clara las de tekst op het lint: voor jou, Arie, zo gesteld op deze tint rozen. Je beste vriend.' Papa was niet op de gedachte gekomen het grafboeket ook namens Clara te laten bezorgen.

# 26

Papa, die niets om bloemen gaf, die een dahlia niet van een gladiool kon onderscheiden, oom Arie evenmin, stuurde deze prachtige, geurende rozen, waarover een vochtig waas lag. Clara, op dat moment, begreep intuïtief dat de bloemen niet bestemd waren voor de dode. Ze waren voor Annet, ze geurden voor haar.

Ze stonden met z'n drieën bij het hoofdeinde en staarden naar het ruitje, zagen het gelaat van de dode Arie. Een kinband hield de stukgebeten lippen bijeen. Ze keken en de dode als alle doden bewoog ten slotte. Annet, in een mechanisch gebaar, legde een moment haar hoofd tegen pa's schouder, fluisterde bijna onhoorbaar:

'Hij heeft zo geleden.' Ze snikte.

'Verschrikkelijk,' zei papa.

Zij hernam zich, droogde haar tranen met de zakdoek die papa haar aanreikte.

In de deuropening wachtten familieleden die Annet al hadden gecondoleerd, in een zijvertrek koffie en cake genoten hadden en nu afscheid wilden nemen, en anderen die net aangekomen waren en naar binnen wilden.

Annet boog zich naar de kist, raakte met haar voorhoofd het glas, zei iets tegen de dode wat niet te verstaan was.

Papa probeerde haar woorden op te vangen, raakte de kist kort aan, zei:

'Arme Arie.'

Annet nam afstand tot de kist, papa volgde haar, streek met zijn vingertoppen over de rug van haar rechterhand, hij zo zuinig altijd met liefkozingen, en pakte die hand en nam hem in de zijne, hield die hand gevangen.

Clara bleef op afstand van die twee staan, overwoog alvast deze ruimte te verlaten, maar zocht naar een moment om afscheid van Annet te nemen.

'Het is zo afschuwelijk,' zei papa zacht. Zij begon opnieuw te snikken, gaf zich kort over aan dit verdriet. Clara vond haar, in dit verdriet, mooier dan in werkelijkheid. Hij bette haar tranen, nam haar beide handen, bracht ze naar zijn mond. Ze moest zijn warme adem voelen.

Clara hoorde vanuit de hal de stem van de Monuta-medewerker:

'Wil het bezoek afscheid nemen?'

Papa drukte haar handen tegen zijn lippen. Nieuwe bezoekers deden een eerste stap in de opbaarruimte.

Papa sprak in haar oor. Annet knikte, een beetje afwezig. Papa streek vluchtig over Annets rossige haar. Hij leek vergeten waar hij was, waande zich in een publiek park, had slechts oog voor haar. Het waren niet de rozen die hem bedwelmden. Papa was zijn dochter totaal vergeten. Annets handen hield hij nog steeds vast. Je zou zeggen dat hij zich aan haar handen vasthield. Hij keek haar teder aan, teder en dwingend.

'Liefste, eerst mijn vrouw. Nu Arie. Je kunt het niet bedenken.' Nu wachtte hij op haar reactie, nu moest zij wel adequaat op zijn woorden ingaan. Ze wist toch wat hij bedoelde. Het was toch ook verbijsterend, die plotse dood van Arie. De onverwachte kans die deze dood bood. Het geluk dat eraan kwam. Ineens was alles mogelijk.

Zij zei niets. Hij drong aan, zei zacht:

'Ik kan er met mijn verstand niet bij.' Maar zij, verstrakt, met ogen zo groot dat ze dat toch al zo smalle, zo Engelse gezichtje helemaal opaten, zweeg.

Papa drong aan.

'Ik zal er altijd voor je zijn. Dat weet je. Dat weet je toch? Dat heb ik in dat café je ontelbare keren beloofd. Ik had er vrede mee toen je voor Arie koos. Ik moest er vrede mee hebben. Ik durfde niet voor jou te kiezen. Hoe vaak heb ik in dat groezelige café niet vergeefs op jou gewacht?'

Hij speelde met een haarlok, wond zijn vinger eromheen, streelde de tere huid achter haar oor, kende geen terughoudendheid. Hij pakte weer haar handen, begroef zijn gezicht erin. 'Lief meisje, zeg dat het goed komt. Dat het al goed is. We zijn vrij, wij beiden! Mijn vrouw weg en nu Arie. Wie had dat kunnen denken? Binnen een jaar.' Hij wist niet eens dat hij al die woorden bedacht. Ze werden door zijn tong bedacht. 'Het huwelijk met Arie heb ik je nooit nagedragen. Dat weet je ook. Ik ben op je blijven wachten. Bij jullie kwamen geen kinderen. Omdat je van mij hield en op mij wachtte.'

Zij schudde ontkennend het hoofd. Nee, zo was het niet.

'Ik heb tijd nodig.'

Hij nam haar hoofd in zijn handen en hief het naar het plafond. Hij moest denken dat daar de hemel was, de blauwe hemel, zo blauw als het absolute geluk, en zei: 'Eén keer heb ik mijn kans voorbij laten gaan. Dat overkomt mij niet een tweede keer. Als die twee zouden wegvallen... Het was onze droom. We dachten eraan. We spraken er in bedekte termen over.'

Zij ontkende heftig.

'Zo hebben we er niet over gesproken. Dat is onmenselijk.'

Clara had moeten ingrijpen. Ze keek toe, wilde niets missen. Ze had misschien beter voor hem op moeten komen, maar het kon ook zijn dat ze niet tussenbeide wilde komen omdat ze hem dit openlijke vertoon, dit uitzinnige vertoon van harte gunde, en het ook de afstand tussen deze man en haarzelf verkleinde.

Het rumoer bij de deur nam toe. Er werd nadrukkelijk gekucht. Wat daar gebeurde, was hoogst ongepast. Twee medewerkers kwamen op hem af. Hij moest direct meekomen, verstoorde dit droevige samenzijn.

'Lief,' zei hij nog snel, 'alles heb ik geaccepteerd. Je eiste de brieven op die je mij had gestuurd. Je hebt ze teruggekregen. Allemaal.'

Daarna ging hij gewillig mee. Hij leek voor dit moment zich te schikken. In de hal liet men hem los. Hij rende terug, recht op haar af, riep dat hij van haar hield, dat niets hen meer in de weg stond...

Buiten gaf Clara hem een arm. Hij leek nog in trance.

'Clara,' zei hij en bleef staan, 'jij was erbij, in het begin. Ze zei wat tegen hem in de kist.'

'Ja,' zei ze. 'Ik heb het gezien.'

'Maar wat zei ze? Heb jij het gehoord?'

'Ik kon het niet verstaan.'

Hij sprak in zichzelf terwijl ze naar de auto liepen:

'Ik zal te weten komen wat ze zei. Ik wil het weten.'

'Hou je zo veel van haar?'

'Ja, kindje.'

Hij zag er doodmoe uit.

'Papa, je moet haar de tijd geven.'

## 27

Om dichter bij haar vader in Den Haag te zijn ging ze studeren in Leiden. Ondanks alle aandrang tijdens de open dagen was ze geen lid geworden van een gezelligheidsvereniging. Het kwam nu voor dat ze zich in weken niet sneed. Ze had altijd een mesje of schaar bij zich. Dat maakte rustig, weerhield. Het was een klein, gemeen kartelmesje, dat diepe, rafelende wonden kon maken. Ze had leren leven met de littekens op haar onderarm, in de palm van haar hand, in haar hals. Ze verborg ze zo goed mogelijk. Niemand tot nu toe was het waard geweest ze te tonen. Habich en alle efemere minnaars hadden dat beschouwd als een vorm van preutsheid, een laatste rest schroom van huis of van geboorte meegekregen, die gerespecteerd moest worden. De cliëntèle van het bordeel had er een nog niet eerder vertoonde en daarom des te prikkelender perversie in gezien.

Heel nauwgezet volgde Clara alle colleges, was plichtsgetrouw, ijverig, werd door de docenten geprezen om haar perfectionisme, stiptheid. Geen docent die niet openlijk zijn begeerte toonde voor deze mooie, ontoegankelijke studente. Een vrouw met zulke benen. Ze dachten aan hun vrouw thuis. Geen student die geen werk van haar maakte. Clara zag hun avances aan, ging er niet op in. Ze werd er slechts begeerlijker door.

De seksuele extravaganties had ze kort na de verhouding met Habich achter zich gelaten. Clara had zich op het eindexamen geconcentreerd en was als beste geslaagd. Tijdens de diploma-uitreiking in de aula was ze door de rector van het Spinoza op het toneel geroepen en door hem toegesproken. Ze had een voor studenten geannoteerde editie van Spinoza's *Ethica* ontvangen. De filosoof had dit werk voltooid in zijn huis aan de Paviljoensgracht, op honderd meter van de school. Het applaus was aarzelend en mager geweest voor dat meisje in die stijlvolle, zwarte jurk. Haar blik was hooghartig geworden. Geen enkel examenfeestje had ze bezocht.

Bij goed weer studeerde ze bij voorkeur in het Van der Werfpark. Er waren gladgeschoren gazons, bomen, fonteinen, een pompeus standbeeld van de burgemeester tijdens de Spaanse overheersing en een schattig theehuisje.

Op haar buik liggend probeerde ze zich de stof eigen te maken, maakte notities over de Spaanse romans die ze moest lezen. Ze had bij vlagen grote moeite om zich te concentreren. Wat ze bij zichzelf vaststelde, was de snelle, vluchtige ontroering die haar onverwacht kon bevangen. Clara kon vreemd aangedaan raken door de prijzende opmerking van een docent, door een oud echtpaar dat hand in hand, voortstrompelend, de weg overstak, door een juf met een schoolklas of door een duif die van het standbeeld vloog. Ze keek hem dromerig na tot hij uit het zicht verdwenen was en besefte dat ze tranen in haar ogen had.

Ook een vogel in het park die zong, onzichtbaar in de boom boven haar, dan ineens ophield, kon haar van streek maken. Of een miniem toefje roestbruin korstmos op een rest oude muur dat trilde in een onmerkbare wind. Zulke kleinigheden. Futiliteiten. Alweer tranen.

Sinds de dood van Arie Hooykaas was haar vader met ziekteverlof. In het weekend kwam ze altijd thuis. Vaak ook één of twee keer op een doordeweekse dag voorzover de colleges het toelieten. Soms trof ze hem achter de piano, met tedere, droevige aanslag Schumann of Schubert spelend, voor hém de componisten die het einde van een liefde, de intense wanhoop die je deed verschrompelen, voelbaar wisten te maken. Zijn spel was voor haar, die nu vrij was, en die haar vrijheid niet gebruikte. Annets nutteloze vrijheid. Annet leek ommuurd. Hij kon er niet doorheen breken. Voor zijn postzegels leek hij alle belangstelling te hebben verloren.

Ze aten buitenshuis. Bij voorkeur in Indrapoera aan het Buitenhof, naast de ingang van de Passage. De bedienden waren Javanen en droegen hun inlandse kleding. Ze zaten samen in de serre met de rotanstoelen en keken naar passanten. Clara was attent voor hem, vertelde over de boeken die ze las. Soms gingen ze na het eten naar een concert in Diligentia. Na afloop liepen ze naar de auto. Ze gaf hem een arm. Soms begon ze over mama. Nee, over haar wilde hij niet praten. Er was maar één vrouw naar wie zijn gedachten uitgingen. Eén ontbreekt, en de wereld is leeg. Zo moest hij denken.

Ze dronken nog een kopje na in de Posthoorn op het Lange Voorhout. Zij herinnerde zich die keer dat ze op haar kamer in de Ryam-schoolagenda schreef, de dag dat ze gedwongen werd het met de zieke Jonathan uit te maken: 'Ik haat mijn vader en mijn moeder. Ik haat ze voor altijd.' Ze had het met een dikke zwarte viltstift neergeschreven. Van die puberale haat was niets meer overgebleven. Het deed haar goed om naast de studie voor hem te zorgen.

Ze heeft een keer een afspraak met Annet Hooykaas gemaakt. Ze wilde weten of haar vader nog een kans maakte. Annet had bekend dat haar liefdegevoelens, die ze wel degelijk gekend had, min of meer over waren.

Clara had haar vader niet op de hoogte gebracht van haar demarche.

## 28

Clara herinnerde zich de laatste scène met haar vader.

Ze zaten in de serre van Indrapoera. De Javanen droegen hun witte hoofddeksels, bewogen geruisloos. Clara vertelde over haar studie, de Spaanse poëzie die ze las.

'Mooi, kindje.' Hij probeerde wel geïnteresseerd te zijn, maar zijn gedachten waren er niet bij. Vaak stokte het gesprek en keken ze, nu en dan een slokje wijn nemend, naar de voorbijgangers.

Hij had op een keer het gesprek op Annet Hooykaas gebracht. Hij had slechts haar naam laten vallen en verder niets gezegd. Zij had gevraagd of Annet nog iets van zich had laten horen.

Nee, er was geen enkel contact. Zij wilde dat niet.

Clara had naar troostrijke woorden voor hem gezocht. Het zou zeker goed komen. Ze had tijd nodig, wilde de dode Arie niet verraden door met een ander een nieuw leven te beginnen, zo kort na zijn verscheiden. Dat was ook piëteitsvol. Het kon nog steeds dat zij op een door haar gekozen moment besliste bij hem terug te keren. Hij moest geduld hebben en wachten.

Dat had ze hem allemaal willen zeggen en ook nog dat hij tenminste kon bogen op een verscheurende, brandende passie. Wie kon dat zeggen? Ze begreep natuurlijk ook wel dat die gedachte hem niet blij kon maken. Hij had aan die passie geproefd. Die was heerlijk, genotbrengend. Hij wilde háár terug. Wat heb je aan de herinnering aan een passie? Ze had hem ook nog willen zeggen dat hij, wat haar betrof, qua uiterlijk, verzorgde kleding, in de liefde voor de muziek en literatuur – het was misschien en schrale troost –, ver uitstak boven een Arie Hooykaas of een Wim Zeewüster, tegen wie haar vader in zekere zin altijd zo had opgekeken. Zij had hem willen zeggen, een hand op zijn arm: 'Papa, dat waren uiteindelijk toch tweederangs figuren. Vrienden met wie je nauwelijks gezien wilde worden. Beiden hadden iets heel onsmakelijks, iets louche. Dat droop van hen af. Jij wilde dat niet zien. Mama zag het geloof ik wel.'

Zo had ze hem willen verdedigen, troosten. Al die geruststellende woorden had ze voor zich gehouden. Ze had op het punt gestaan ze uit te spreken, had die keer min of meer met haar stoel gedraaid, met haar rug naar het Buitenhof gezeten en had zicht op een deel van de Groenmarkt.

Op het moment dat ze over het glazen blad van de rotantafel heen haar hand wilde uitsteken om haar vaders arm aan te raken en die aardige gedachten aan hem wilde meedelen, zag zij vanuit de Passage Annet en Wim Zeewüster, hand in hand, verliefd kennelijk, een stel duidelijk – maar wat voor stel! –, hun kant op komen.

Nog enkele seconden en ze zouden vlak langs de beglazing van de serre lopen waar zij nu zaten en slechts die paar millimeter glas zouden hen scheiden. Keek haar vader nu op, hij zou hen al zien.

Dat moest voorkomen worden.

'Pa,' zei ze, 'wat gek. Die vaas daar zie ik voor het eerst,' en ze wees de zaak in. Hij richtte zijn blik die kant op. 'Die immense rode vaas met pauwen. Ik wil hem aanraken. Ga je mee?' Ze trok hem uit zijn stoel. 'Het eten zal direct wel komen. Daarvóór gaan we kijken.'

Ze gaf hem een arm en voerde hem haastig mee de schemer van het restaurant in; ze liepen richting de meer dan manshoge vaas die al jaren in de zaak stond, maar wel verplaatst leek. Clara ging met haar hand over het matte opaline, het vermiljoen, het indigo van de pauwen. Haar vader liet zijn hand over de hals van de vaas gaan, die zeker een diameter van vijfentwintig centimeter had.

Clara zag Annet en Wim Zeewüster langs de serre lopen, naar binnen kijken. Het was heel goed mogelijk dat ze in Indrapoera wilden gaan eten. Clara vroeg haar vader hier te blijven wachten. Zij wilde naar het toilet. In plaats daarvan begaf ze zich met een omweg naar de uitgang, sprak beiden aan, die op het punt stonden naar binnen te gaan, en legde de situatie uit.

Ze toonden begrip, zouden verderop, voorbij de hoek, tegenover het Binnenhof wel wat anders vinden.

Clara was dankbaar, keek ze na. Hoe kon zo'n Annet, die er niet onaardig uitzag, voor die vreselijke Zeewüster kiezen? Misschien had ze al vóór de plotse dood van haar man voor de pianoleraar gekozen. Was die veronderstelling waar, dan had haar vader nooit een schijn van kans gehad en in dat licht werd zijn gedrag tijdens de condoleance nog hopelozer, nog vergeefser.

# 29

Het eten in Indrapoera werd opgediend. De bediende schepte witte rijst op. Papa zei:

'In de tijd dat ik met Annet in het geheim omging, hebben we veel brieven gewisseld. Ze trouwde met Arie en eiste alle brieven terug.'

'Je hebt ze haar teruggegeven, zei je na het condoleancebezoek. Waarom? Die brieven zijn jouw eigendom.'

Het duurde lang voor hij antwoord gaf. Misschien overwoog hij zelfs helemaal geen antwoord te geven. Misschien besloot hij ineens er het zwijgen toe te doen, dit alles voor zichzelf te houden.

'Kindje, dat kan niet. Ik heb me verzet. Ze stond erop. Ze zou alle contact verbreken, zou ook niet meer bij ons thuis komen. Hoe had ik dat mama moeten uitleggen?'

'Ik had het niet gedaan.'

'Ze zou me anders zijn gaan haten. Onverdraaglijk. Ik kan niet iets doen wat haar niet zint.'

'Wel een heel klein beetje laf, lieve papa.'

Hij gaf het direct toe. Zijn droge lippen schoven snel over elkaar. In zijn ogen lagen wanhoop en berusting. Ze had gelijk. Hij had voor de gemakkelijkste weg gekozen. Dat had hij in zijn leven altijd gedaan. Hij begon over zijn heilige inertie die hem zijn leven lang parten had gespeeld.

'Met mama had ik nooit moeten trouwen. Op een bepaald moment waren we verloofd.'

Ze had hem aangekeken. Het zou de laatste keer zijn dat ze in levenden lijve samen waren. Clara dacht: die man onttrekt zich aan zichzelf, als aan die vrouw. Alles ontsnapt hem. Dat zal mij niet gebeuren.

Ze had op dat moment, met hem aan tafel, gehuiverd. Het was nog sterker geweest. Een siddering trok door haar schouderbladen alsof daar grote spinnen liepen. Zo'n diepe beving die de dood van de ander, van een naaste aankondigt. Haar vader, trouw aan zijn karakter, had toen gezegd:

'Ja, alle brieven heb ik teruggegeven. Een paar heb ik er eerst achtergehouden. De mooiste. Uit de begintijd. Die wilde ze ook terug. Ik begrijp haar ook wel. Zij wilde alles uitwissen wat tussen ons geweest is.'

'Papa, je gaat toch ook geen cadeaus teruggeven?'

'Kindje, ik begrijp je heftigheid. Je reageert trouwens precies als mama.'

'Ik wil niet als mama reageren. Ik begrijp jou óók wel.' Ze had een lievere toon aangeslagen.

Ze strekte haar hand naar hem uit, wilde zijn arm even liefdevol aanraken, maar hij haalde uit zijn binnenzak een mapje foto's. Het waren afdrukken van de foto's die hij van mama in de kist gemaakt had.

Clara schudde haar hoofd. 'Nee, ik wil ze niet zien.'

'Ze zijn voor jou. Doe ermee wat je wilt. Ik had ze je al veel eerder willen geven.'

Clara borg ze op.

Ze keek haar vader aan, zag het beeld dat hij haar bood, dat van een bescheiden, werkzaam en uitzonderlijk laf leven. Ze dacht dat ze op dat moment meer dan ooit om hem gaf. Zo'n moment had ze voor haar moeder niet gekend.

Ze gingen terug naar zijn huis in de Kruisbessenstraat. Ze was nog even in de kamer bij hem gaan zitten. Ze verlangde alleen te zijn en had afscheid genomen. Buiten, aan het eind van de straat, had ze het mapje foto's in een afvoerputje laten glijden.

Vanuit Leiden belde ze hem om goedenacht te wensen. Hij nam niet op. Ongerust waarschuwde ze de buren, die een sleutel bezaten. Ze vonden hem op de overloop. Papa had zich verhangen aan de haak van het luik naar de zolder. Er was een korte afscheidsbrief. Hij had hem in alle kalmte geschreven. Die avond in Indrapoera had hij, al vóór zijn dochter, Annet en Wim Zeewüster gezien. Hij had het gewaardeerd dat zijn dochter het verliefde stel voor hem verborgen had willen houden.

De wind rolde over de Groenmarkt, woei blad op. Clara werd onrustig van die draaiende, tollende wind, van de herinneringen vol doden die opdoken en deden alsof ze nog leefden.

In de verte gleed, over het plein, een onduidelijke massa voorbij. De stemmen in het restaurant en de geluiden van buiten versmolten tot een donker op- en neergaand gonzen. Ze besefte wel dat ze zich nauwelijks helder bewust was van de omgeving, eerder buiten zichzelf, zo diep was ze die weelderige, duistere poel van het verleden in gezogen. Ook bijna verlangend naar het vervolg van deze oude taferelen.

# 30

Achteraf heeft Clara zich vaak afgevraagd of ze bij zichzelf iets bijzonders bemerkt had.

Ze studeerde die warme avond in het haar zo vertrouwde park, met de doodstille, met kroos overdekte gracht en de dichte lindebomen met hun beschermende kronen. Bij het theehuis stonden de tafels en stoelen buiten. Verderop, over de gracht, lag het hoge bruggetje met de reling van fijne, witte spijlen. Er waren veel studenten geweest. Had ze niets opmerkelijks bij zichzelf waargenomen?

Het antwoord daarop was dat ze hoogstens nog sneller geroerd was dan anders door het betoverende zomerweer, de elkaar kruisende banen licht, het onbestemde wit van de hemel, het groen van de bomen. En, eerst slechts in de pink, lichte tintelingen die sterker werden. Later ook in de andere vingers.

Ze had nog wel een boek opengeslagen maar het was al onmogelijk geweest een letter te lezen. Ze had, dacht ze, de schuld gegeven aan het wazige licht, aan de ondertoon van herfst die al voelbaar was onder de warmte. Clara had kort haar ogen dichtgeknepen om weer wat meer bij haar positieven te komen, op geen enkele wijze vermoedend wat haar boven het hoofd hing.

Hoe zou ze dat ook kunnen?

Ze ging liggen. Je zou zeggen dat ze zich even aan de late zon wilde uitleveren. Ze kwam direct weer overeind.

Een eend streek neer en trok een kaarsrecht spoor in het kroos. De blik gericht op de donkere barst overviel haar zo'n diep, verterend verdriet dat ze in tranen uitbarstte. Clara draaide zich snel op haar buik, verborg haar gezicht in het gras. Toen het huilen ophield, durfde ze schichtig in het rond te kijken. Het park was veranderd. Ze keek beter om zich heen. Een paar studenten, niet zo ver van haar vandaan, lazen in een boek. Aan hen was niets veranderd. Het plantsoen zelf was niet langer aanlokkelijk, gastvrij, maar grauw, als onder dikke lagen stof. Dit zo vertrouwde decor was als bij toverslag even dood als alle verwachting voor de toekomst. Deze beschermende plek, deze zo veilige hortus conclusus, zat haar boos, ja vijandig aan te staren.

Haar?

Wie was precies 'haar'? Clara zag zichzelf op het gazon liggen en die Clara, hyperbewust, keek volkomen onbewogen toe.

Nu voelde ze duidelijk tintelingen in haar voeten, in haar mond, vreemde, kriebelende gewaarwordingen die niet eens onaangenaam waren. Het was alsof daar pijnloos fijne naalden in gestoken werden. Ze begon hevig te transpireren en hoorde haar ademhaling die sneller en korter werd.

Clara zag toe en de Ander lag in het gras. Ze voelde de spieren van haar kuiten en armen verkrampen. Het ademen kostte meer moeite. Haar keel werd dichtgeknepen en ze dacht te stikken. De Ander groeide in haar, zwol op, zwol op. Dat kon zo niet doorgaan. Ze zou uit elkaar spatten. De Ander wilde alle ruimte. Ze stikte en tegelijk kon ze helderder zien. In die versterkte luciditeit leek het of ze een extra stap naar achteren had gezet ten opzichte van zichzelf. Om zich nog beter van buitenaf te kunnen bekijken.

Daar lag ze.

Clara Hofstede keek naar zichzelf en kende geen gevoelens meer. Noch afkeer, noch liefde of genegenheid voor wie dan ook, voor de levenden of de doden. Slechts onverschilligheid. Ze zat onder een glazen stolp, het omringende leven trok aan haar voorbij en ze was er op geen enkele manier deelgenoot van. Met een onhoorbare klik was ze van de werkelijkheid afgesneden. Clara's innerlijk was zo leeg als wat. Berooid en uitgestorven.

Ze tekende om te pogen bij zichzelf terug te komen achten in de lucht, wilde hiermee ophouden, maar ze zag dat haar wijsvinger bleef doorgaan achten in de lucht te schrijven.

Ze besefte haar nervositeit, dacht aan vroeger als ze de fiets moest opbergen. De totale onzekerheid die daarmee gepaard ging. Ze heeft zich in die tijd ook afgevraagd: wat heb ik toch? Wat is er met mij aan de hand? Kennen anderen dat ook? Ze had het bij anderen nooit waargenomen. Kennen die anderen ook dat hardnekkige? Ook daar was ze niet achter gekomen.

# 31

Ze was alleen met zichzelf, op de bodem van zichzelf. Ze kon niet meer oordelen. En dan? Daarna? Ging ze sterven? Waarschijnlijk moest ze ergens boete voor doen. Iets had ze niet goed gedaan.

Ze heeft het fijne kartelmesje en schaartje uit haar tas gehaald. Haar blik was tegelijk scherp en vaag, ook een beetje wraakzuchtig. Ze ging de Ander pijn doen.

Clara drukte het vlijmscherpe lemmet tegen de grond, deed het buigen. Nu was het net of zij zat te loeren. Met de andere hand, in een fijn, delicaat gebaar (dat gevaar moest bezweren?), woei ze zich elegant enige koelte toe. Het waren afleidingsmanoeuvres. Ze sloeg haar slanke benen over elkaar, legde ze direct weer naast elkaar, boog het lemmet weer door. Je zou zeggen dat ze nadacht. Ze dacht niet. Gedachten vielen uiteen tot stof. Clara was al verpletterd, verloren, Clara waarde rond in zichzelf. Op zoek naar iets wat zich onttrok. Een innerlijk verstoppertje. Aan het mes kon ze zich niet onttrekken. Het werd naar haar toe gezogen.

Ze stak.

De huid spleet van de pols tot aan de elleboog, in een razendsnelle, feilloze beweging, en een kort moment trok een lelijke grijns over haar gezicht.

Eerst, heel kort, slechts die dunne, witte kloof, waaruit hier en daar kleine druppeltjes bloed tevoorschijn kwamen.

Ze keek toe. Rondom had niemand iets in de gaten. Snijden was haar veilige eenzaamheid. Met het schaarblad drukte ze tegen de wond. Over de hele fissuur bruiste nu bloed. Ze maakte een tweede, een derde snee. Het was zo gemakkelijk en het gaf verdoving en een uitweg aan alle hoog opgestapelde spanning. Ze was toch zonder toekomst. De toekomst was een leeg woord. Ze was ook zonder leeftijd.

Ze was niets. Helemaal niets.

Ja, ze was dat bloed. Ze keek naar haar bloed. Bijna trots. Bloed dat langs haar arm stroomde, in haar handpalm wegvloeide. Ze kon niet eens zeggen dat ze zich schaamde, zichzelf haatte. Ze voelde niets. Toch was er tussen haar en de Ander ook iets van solidariteit en liefde, ondanks alle geweld, maar die liefde was gulzig, vraatzuchtig, veeleisend.

Haar gezicht was veranderd. Ze voelde zich anders, voelde zich zo zacht, zo sponzig vanbinnen. Net als haar verwonde arm, haar handpalm. De arm, het mes, de lindeboom, de donkere spleet in het kroos, de vijver. Clara dreef in een ruimte zonder contouren. Alle samenhang in en buiten haar was verdwenen. Ze was al in een wereld zonder merkbare beweging alsof ze al halverwege tussen leven en dood was, nog net in de ene, met een been in de andere.

Ze kerfde met de punt van de schaar over de verse wonden van de arm, wist niet meer wat ze deed, ging kriskras over haar gezicht, kerfde, kraste, stak.

Ze schreeuwde, hees. Door het suizen van het blad in de avondwind van de boom boven haar en hier en daar het geroezemoes van stemmen of lawaai van ver verkeer werd ze niet direct gehoord.

Vlak daarna ontstond rumoer om haar heen. Een student knielde bij haar neer, riep dat het alarmnummer gedraaid moest worden. Hij had beide handen nodig om de slagader in de hals dicht te drukken.

Een kring vormde zich in de al gevorderde schemering, van studenten en wandelaars die hun hond uitlieten. De honden roken bloed, likten zich de tong. Sommige aanwezigen hielden van afschuw een zakdoek voor hun gezicht. Iemand zei:

'Ze moet buiten zichzelf geweest zijn.'
Een ander:
'Zo'n mooie, jonge vrouw. Waarom doet iemand zich zoiets aan?'
Een derde:
'Walgelijk. Confronterend. In je eigen gave huid snijden. Zo veel leed dat door een ander wordt aangedaan. Christus is aan het kruis geslagen voor onze zonden. Daar komt het op neer: Predik Christus en Dien gekruisigd.'

# 32

Clara dacht lang na.

Ja, er waren momenten dat ze in de spiegel keek, aan haar eigen gezicht voelde en zich afvroeg of zij het wel was.

'Ik vroeg het me hardop af: ben ik het nou of is het een ander? Ik betastte mijn gezicht, besefte wel dat ik mijn huid aanraakte, maar had daar geen gevoelens bij. Ik was blij noch verdrietig. Niets. Op een gekke manier was ik me daar heel bewust van.'

Charlotte wierp een lok sluik haar die voor haar ogen hing met een snelle hoofdbeweging terug. Zij begreep Clara.

Op dat precieze moment was bij Clara de herinnering aan de zwemles in het Zuiderbad opgekomen. Op die bekentenis was ze gaan huilen.

'Meisje, wat heb jij het zwaar gehad.'

Clara wilde haar tegenspreken, kreeg geen kans.

Ze had altijd flink moeten zijn, had tussen haar vader en moeder heen en weer gerend om ze bij elkaar te houden en na die woorden was Charlotte teruggekomen op het zwembadverhaal. Al die niet-gehuilde tranen waren naar binnen geslagen, hadden zich vastgezet en die verdubbeling veroorzaakt, omdat de werkelijke bestemming van tranen – 'gehuild' te worden – niet had kunnen plaatsvinden. Op dat muurtje in het zwembad was ze gesplitst, was een tweede Clara geboren. Vanaf dat moment zouden beide Clara's samen op weg gaan, onafscheidelijk. Een ridder met zijn page. Zo zou je het kunnen zien. De laatste draagt voedsel en wapentuig. Samen trekken ze de wereld in.

Clara luisterde, wist niet goed wat zij met deze redenering, dit zo heldere duiden, aan moest.

'Ik heb wél gehuild vroeger,' wierp Clara tegen. 'Dertig, veertig keer had ik op een avond vergeefs mijn gebed opgezegd. Nooit zuiver genoeg. Mama kwam boven. Ik stond voor mijn bed. Ze vroeg waarom ik huilde. Ik kon het haar niet uitleggen, had er geen woorden voor. Toen niet. Mama begon eerst te vleien. Ik zweeg. Ze smeekte. Ik bleef zwijgen. "Zeg 't me! Zeg 't me dan! Ik wil het weten." Ze schreeuwde, sloeg met de vlakke hand op het bed, verscheidene keren achter elkaar. Op dat moment wist ik heel zeker dat ik later niet wilde zijn zoals zij. Ik schaamde me wel voor die gedachte. Zoiets mocht niet eens in je opkomen. Ik werd heel bang omdat ik zoiets gedacht had. Toen al, geloof ik, vond ik haar leven zo vergeefs, zo voor niets. Heb ik haar weleens vrolijk gezien? Echt vrolijk?'

'Heeft hij weleens aan je gezeten?'

'Wie?' Ze hield zich van den domme. 'Over wie heb je het?'

'Je vader.'

Clara viel tegen haar uit.

'Nee natuurlijk. Nee en nog eens nee. Dat heb je al zo vaak gevraagd. Zo'n man was het helemaal niet. Ja, had hij maar aan mij gezeten. Mij gezoend op mijn mond, mij gestreeld, had hij mijn borsten maar aangeraakt, licht over mijn vagina gestreken. Ik had het in zekere periodes niet eens onaangenaam gevonden. Wel puur eigenlijk. Dan had ik tegen hem kunnen zeggen, met een quasi dronken, donkere stem: Ja, pap, je hebt van mij een verwarde vrouw gemaakt. Je vader. Zonder hem was je er niet eens. Mijn vader deed niets. Hij deed eigenlijk nooit wat, behalve corrigeren. Zeker niet gevoelens tonen. Nee, dat is ook niet helemaal waar.'

Dan, zachter, zich beheersend: 'Mama ligt in de kist en hij staat zich daar uit te sloven met zijn fototoestel. Ik kon me niet van mama's lippen losmaken. Daar waren vaak zo veel boze woorden vanaf gekomen. Hij staat daar maar foto's te maken. Steeds vanuit een andere hoek. Met een grote precisie. Belichting, tijd instellen. Het was allemaal zo treurig. Hoe graag had ik die twee een liever, een tederder leven toegewenst.'

'Boog je moeder zich weleens naar je toe? Trok ze je weleens lekker tegen zich aan? Had ze handdoeken opgewarmd als je doornat van school thuiskwam? Wond ze haar vingers om je zachte, donkere haar?'

'Die warme handdoeken herinner ik me zeker. Ze las ook vaak voor. Soms met een vreemde stem. Ze deed de dieren, heksen en trollen van het verhaal na. Daar kon ik niet goed tegen. Dan was ze mijn moeder niet. Ze deed wel heel erg haar best. Ze overdreef, maar ze dacht dat ze het goed deed.'

Nu kon Clara even niets meer zeggen, slikte om haar tranen in te houden. Van die verdrongen tranen, daar geloofde ze niets van. Het klonk wel geloofwaardig. Die vrouw tegenover haar moest eens weten hoeveel ze gehuild had. Vaak was ze huilend wakker geworden.

Of ze als klein meisje wondjes openkrabde? Misschien wel. Net als alle kinderen. Ze wist niet meer of ze het aangenaam vond. Ze wist het gewoon niet. Ze herinnerde zich nu wel een ander moment dat ze erg gehuild had. Ze wilde haar fiets in de schuur wegzetten, maar kon zich niet van haar fiets losmaken. Ze zat aan dat ding vastgeklonken. Toen was ze hard gaan huilen, gehurkt tegen het voormalige kolenhok waarin papa het tuingereedschap had opgeborgen. De deur had ze dichtgetrokken. Niemand hoorde haar. Allemaal tranen om het blinde instinct dat haar zei die nutteloze handelingen te verrichten. Misschien ook omdat haar ouders hiervoor geen oog hadden. Of zonder het te beseffen wreed voor elkaar waren. En zij wreed voor zichzelf. Ze wist het niet.

'Met het snijden zou ik mezelf willen straffen, zou ik mijzelf willen verminken omdat ik mij schuldig voelde tegenover mama? Wilde ik zo het mooiste wat zij bezat van haar afnemen?'

Die Charlotte kon alles zo mooi verklaren. Clara was ook geneigd om met haar gedachten mee te gaan. Ja, natuurlijk, hierop had haar jonge leven wel moeten uitdraaien. Ze was verrast noch geschrokken. Nu deze stoornis – het woord 'ziekte' werd angstvallig vermeden – zich bij haar had geopenbaard, geloofde Clara dat de vorm overeenkwam met wat ze had kunnen verwachten. Hoe langer ze naar deze vrouw luisterde, hoe afdoender ze alle uitleggingen ging vinden, alleen al omdat ze zich niet kon voorstellen dat er betere te bedenken vielen. Geen kindertijd. Geen puberteit. Veel gemist in een normale ontwikkeling. Ze zou zich als het ware terug moeten ontwikkelen naar haar kind-zijn om een zekere schuld met zichzelf te vereffenen.

Charlotte wierp om de haverklap het blonde, sluike haar terug. Dat vergeefse gebaar kreeg iets fascinerends voor Clara. Ze bewonderde de hardnekkigheid ervan. Je kon het haar toch eenvoudig met een kam of speld vastzetten?

Wat zei ze nu? Had Clara nog nooit van iemand gehouden?

Dat kon ze ook gemakkelijk weerspreken. Haar liefde voor Jonathan dan? Maar Charlotte vond dat die niet telde. Een kalverliefde. Nee, Clara had niet het flauwste benul van de liefde. Ze hield niet eens van zichzelf.

Hier kon Clara werkelijk niets op zeggen. Ze mompelde meer tegen zichzelf dan tegen de vrouw op de grijze wandbank tegenover haar:

'Je moest eens zien hoe liefdevol mama een cadeautje voor een jarige inpakte, hoe ze een pop van papier-maché aankleedde. En die keer dat ze crêpe suzette gemaakt had. Het was papa's verjaardag. Hij hield zo van crêpes, vooral als mama ze gemaakt had. Zij bestrooide ze met een dikke laag poedersuiker. Buiten brandde de zon. Je kon niet bij het schuurtje zitten. Door de gaasdeuren keken we naar buiten de Kruisbessenstraat in. We zaten met z'n drieën te genieten van de pannenkoekjes die mama gemaakt had.'

# 33

Clara was in Leiden na drie jaar therapie genezen verklaard. Maar haar gedrag bleef onvoorspelbaar. Het kon zijn dat ze direct de kasseien ging tellen van het plein. Ze had haar studie weer opgepakt. Alle verloren tijd moest worden ingehaald.

Die dag had ze een moeilijk tentamen historische fonologie. Goed voorbereid, deels op het glooiende gazon van het Van der Werfpark, had ze zin haar docent te laten zien waartoe ze in staat was na dat lange intermezzo. Hij stelde een vraag. Zij gaf zich. Hij onderbrak haar niet. Ze kreeg een tien voor dit tentamen. De hoogleraar vermeldde nog dat hij voor dit zware onderdeel nog nooit het hoogste cijfer had gegeven.

De dag erna deed zich een ongekende sensatie voor. Ze werd vrolijk wakker. Haar stoornis leek werkelijk overwonnen. Ze verkeerde in een gemoedstoestand – versterkt door het hoge cijfer – waarvan ze lang had gedacht dat hij nooit meer voor zou komen.

Clara ging de stad in, genoot van de zon, de flanerende mensen, de volle terrassen en ze liep zomaar zo'n vol terras op, heel zelfverzekerd, alsof haar niets kon gebeuren en wat kon haar gebeuren? Ze was ziek geweest, ernstig ziek, en ze was genezen.

Ze had geluk, vond een leeg tafeltje dat door iedereen over het hoofd was gezien. Er kwam snel een ober. Ze had hem niet eens hoeven roepen. Clara bestelde een glas witte wijn, voelde een lauwe bries langs haar benen strijken, besefte dat ze trots kon zijn. Trots op haar lichaam, trots op alles. Een tien voor fonologie. Het feit al dat ze er zo'n genot aan beleefde.

Ze zou het – van grote afstand bezien – zo kunnen zeggen: de normale, plezierige dingen begon ze, misschien voor het eerst in haar leven, als plezierig te ervaren. Er was een tijd dat het haar nauwelijks kon schelen of de regen neerkletterde als ze opstond, of de wereld in dichte mist gehuld was of stralend blauw. Nu was ze in staat te genieten van de zon, van de wijn, van het ijsklontje dat tinkelend brak en keek ze even een beetje sip, een beetje pruilerig, zelfs bijna boos, toen steeds meer wolken voor de zon dreven. Nu kon de sombere opwelling aan het weer verweten worden en verdween dat gevoel als vanzelfsprekend toen de zon weer tevoorschijn kwam.

Dit was een hoogst kostbaar moment.

Ze hoorde haar stem in zichzelf, haar intieme stem die zij alleen kon horen. Die stem zei:

'Zie je nou wel! Jij kunt wel om jezelf geven.'

Een kort, heftig allesverzengend geluksgevoel. De gelaats- en halsspieren trokken. Ook die van haar schaamstreek.

# 34

Even later kwam een man het terras op. Ze had net met haar ogen dicht in de zon gekeken. Hij zag dat aan haar tafel een plaats vrij was en vroeg of ze het bezwaarlijk vond als hij bij haar kwam zitten. Ze was verrast door zijn stem, vriendelijk met strelende stembuigingen.

Zo had ze Edwin van Hoogstraten leren kennen. Hij was werkzaam als corrosiespecialist bij Shell Nederland en met verlof in Den Haag. Over twee maanden zou hij teruggaan naar Venezuela. Hij reisde de olievelden van de wereld af.

Ze dronken wijn. Hij had alle tijd.

Zij ook. De zon scheen in hun gezicht. Clara tikte met de middelvinger tegen haar mond. De vinger plette haar lippen. Ze dacht: de liefde. De liefde is tussen ons. Of was het zo dat ze geen weerstand had kunnen bieden aan zijn krachtige, gebruinde gezicht, zijn elegante kleding, de verre exotische streken die hij tussen neus en lippen even noemde. Of zocht ze geborgenheid? Edwin was vijftien jaar ouder, had een eerder huwelijk achter de rug, dat van korte duur was geweest en kinderloos was gebleven.

Na die eerste ontmoeting hadden ze snel een nieuwe afspraak gemaakt, troffen elkaar op hetzelfde terras. Lichte tinten, lichte parfums. De hemel was blauw, de ramen van de etalages aan de overkant van de straat waren hemelsblauw. Mensen wierpen een goedkeurende blik op dat knappe stel. Die beiden samen, dat moet in sommige geheugens gegrift zijn.

Hij vertelde uit een gereformeerd nest te komen. Om precies te zijn gereformeerd synodaal. Dat laatste zei Clara niets. Hij wilde zich nog steeds gelovig noemen. Overal in de wereld waar hij werkte, was bij de Hollandse Club wel een kleine protestantse kapel. Als hij niet te diep in de woestijn zat op een olieveld, volgde hij de zondagse dienst. Een kerk, zeker de gereformeerde, was toch ook een perfect mechanisme. Alles daar was orde, heil en sloot angst uit. Er was natuurlijk de dood. Daar moest je doorheen. Daarna was je verzekerd van het eeuwige heil. Daar klampte hij zich aan vast. Hij was dankbaar in zo'n gezin geboren en opgegroeid te zijn.

Clara wist niet zo goed wat ze daarop moest zeggen. Het voorrecht waar hij over sprak, bezat zij niet. Ze had eigenlijk niet zo veel zin om hierover te praten. Ze was licht teleurgesteld over de zelfverzekerde toon waarop hij sprak. Clara zei alleen dat ze uit een ander soort gezin kwam. Haar ouders hadden weinig of niets met religie op. Zijzelf keek daar anders tegen aan. Ze overwoog hem te vertellen van haar verbeten, aanhoudende bidden, maar hield het voor zich. Clara zei wel:

'Later, als ik kinderen krijg, zal ik veel met ze praten. Ik zal ze zo veel mogelijk ideeën aanbieden. Daaruit kunnen ze zelf later kiezen.'

'En?' vroeg hij, haar hand pakkend, 'als wij kinderen krijgen, zou je ze dan willen laten dopen?'

Clara wist niet zo gauw een antwoord.

Wat ze daar nu over zeggen kon, was dat ze alles zou aangrijpen om haar kinderen te beschermen. In die zin zou ze niet tegen de doop zijn.

# 35

Voor het eerst toonde zij een man haar hele lichaam. Overal de roofjes van littekens. Edwin was niet geschokt, toonde als reactie zijn rug. Littekens van een derdegraadsverbranding, opgelopen op een olieplatform. Over haar ziekte, die helemaal genezen was, wilde hij geen details horen, wat Clara vreemd vond, maar ook sterk.

Voor het eerst ook had Clara's hartstocht meer tijd nodig dan voorheen. Ze moest in rustig tempo helemaal wakker gemaakt worden alsof de passie sinds haar genezing wat dieper, in zacht wit bont, verborgen zat. Ze trachtte zo goed mogelijk zijn tempo te volgen, maar bleef altijd min of meer onbevredigd, kende niet de duizeling, het troebele van de roes.

Hij deed het snel, zwijgend. Op momenten, ineens een subiete tederheid. Meer die van een kind in de armen van zijn moeder. Hij was ook nooit geroerd. Misschien vond hij het voor een man, zeker in dit beroep, onwaardig geroerd te worden door de liefde.

Daarna stond hij op, ging een sigaret roken, was afstandelijk, maar nooit kwetsend, denigrerend. Slechts licht tegenvallend, teleurstellend.

'Hij is teder,' zei ze tegen zichzelf. 'Hij verbergt zijn tederheid, uit schroom, uit melancholie. Ik kan het terughoudende, het koele van hem wel accepteren, juist omdat ik dat door de therapie zelf min of meer lijk te hebben overwonnen.'

Zo redeneerde zij bij zichzelf.

Die reserve, het ontbreken van lieve woordjes, de koelheid, hadden anderzijds juist haar begeerte aangewakkerd. Als hij zich uit haar had teruggetrokken, begon haar hart pas van lust te kloppen. Ze keek naar hem als hij, met zijn benen opgetrokken, de rug naar haar toe, lag te slapen. Ze streelde zijn getekende rug, bevochtigde haar borsten met zijn zweet, kon een snik van ontroering niet onderdrukken.

Zij paste zich aan, maar niet helemaal. Zij dwong hem een voor- en naspel op. Zij leidde. Hij was onzeker, werd snel boos. Dan gaf ze toe en voelde hij zich beschaamd. Hij was zwakker dan zij.

In zijn hart was hij, ook wat betreft het vrijen, trots op deze prachtige vrouw. Edwin nam haar mee naar partijtjes in het roodstenen hoofdkantoor aan de Haagse Zuid-Hollandlaan.

Na afloop van een feestje vroeg hij Clara met hem mee terug te gaan naar Venezuela. Hij wist dat zij sinds kort haar studie met succes weer had opgenomen. Meegaan met hem betekende ook dat zij eerst zouden moeten gaan trouwen. Shell gaf geen toestemming voor haar verblijf daar als ze niet getrouwd zouden zijn. Hij waarschuwde Clara ook voor het leven dat ze zou gaan leiden. Met de vrouwen van andere employés en hun kinderen zou zij wonen op het omheinde terrein van de Hollandse Club, in de hoofdstad. Hij zou naar de olievelden vertrekken, vaak honderden kilometers het land in, en vaak weken aaneen wegblijven. Soms bij zware branden, of lekkende pijpleidingen in zee, maanden.

Clara heeft geen moment serieus overwogen niet te gaan. Het pijnlijkst was het opnieuw afbreken van haar studie. Ze nam persoonlijk afscheid van enkele docenten die ze hoogachtte. Die konden hun teleurstelling nauwelijks verbergen. Ze zei dat ze haar studie ooit op de een of andere manier nog hoopte te voltooien.

Ze verkocht het ouderlijk huis aan de Kruisbessenstraat.

Sinds haar vaders dood was ze er niet meer geweest. Ze had zich er ook niet toe kunnen zetten het weg te doen. Het had met piëteit te maken, maar meer nog met de inertie die haar vader een leven lang parten had gespeeld. Nu was er alle reden die traagheid te doorbreken en definitief afscheid van dat huis te nemen.

Ze trouwden in de gereformeerde kerk. Hij wilde dat graag. Clara had daar geen moeite mee.

Ze was er zeker van dat ze van hem hield.

# 36

De Hollandse Club ligt in een park, omgeven door een hoge muur. Verderop, in de palmentuin, bevinden zich de Nederlandse ambassade en de internationale school. De aula van de school wordt zondags ingericht als kapel.

Overal oleanders, een plant om van te dromen met zijn weezoete geur, en om misselijk van te worden. Langs de gazons is er het lila van de hibiscus, het donkere geel van de kassia. In terracotta potten op het terras van Clara's huis, alweer oleanders. Elke dag is Clara opnieuw verbaasd over de massa uitgevallen bloemen op de tegels. Je zou bijna zeggen dat zojuist een bruid is gepasseerd en er met handenvol uit hengselmandjes is gestrooid. Clara is altijd weer verwonderd over de overdaad aan bloesem die de plant voortbrengt. De natuur is kwistig. Te.

's Morgens vroeg, in de koelte, veegt ze, ook als ze hoogzwanger van Aukje is, al die verwelkte verkwisterij bij elkaar. Dagelijks zal ze vele keren vegen. Een gruwel, een ongeveegd terras. Je bent nog niet weg of de rode plavuizen liggen alweer onder.

Er is naast de bloesem ook het onzichtbare stof. Je ademt het in, je eet het, je drinkt het. Het is zo fijn dat het niet eens knarst tussen je tanden of knerpt onder je voeten. Je wast je, je zet een stap, het bedekt alweer je gezicht, je handen. Je moet onophoudelijk iets doen om die stofregen van je af te schudden, als een lastig insect.

Bij haar aankomst in Venezuela leidde de Hollandse Club door een zwak bestuur en een sterk wisselend personeelsbestand een kwijnend bestaan. In lange tijd was aan de tennisbaan, het zwembad, de gazons geen zorg besteed.

Clara was lid van het bestuur geworden, ook om een soms de kop opstekende lichte heimwee – maar waarnaar? – te bezweren en een knagend gevoel van spijt te onderdrukken over de zo gemakkelijk opgegeven studie. Ze was juist helemaal geen type dat op school in een leerlingenvereniging zat. Maar ze wilde iets omhanden hebben. Met haar goed verwoorde, redelijke kritiek op het onderwijs aan de school, op het culturele aanbod van de Club, en het gemak waarmee zij, tot haar eigen verbazing, dit alles onder de aandacht bracht, was ze, toen de vacature vrijkwam, tot presidente gekozen.

Ze hernieuwde contacten met de ambassade, sprong in als een docente afwezig was, verwelkomde Shell-personeel en buitenlandse gasten op doorreis, toonde trots de kortgeschoren gazons, de vertrekken voor de officiële party's.

Clara bemoeide zich met alles, wilde die kleine groep Hollanders bij elkaar houden, beslechtte conflicten, organiseerde pianorecitals, bereidde de diensten in de kapel voor. Aan de leerboeken Spaans kwam ze niet toe.

Geen moment voor zichzelf. Een dag mocht geen leeg moment bevatten. Van een lege plek in haar agenda zou ze in paniek raken.

Dat eeuwig bezige. Ze zag zichzelf.

Dan dacht ze: dat ben ik niet. Zo ben ik niet. Dat vitale. Dat flinkige. Ze zag het en schaamde zich. Ze was onecht. Ze hield helemaal niet van deze Clara.

# 37

Maar je moest toch ook overal achteraan zitten? Je kon toch niets aan een ander overlaten?

Over enkele dagen was er een lezing in de kleine zaal van de Club, voorafgegaan door een borrel, en later op de avond gevolgd door een lopend warm buffet. Dit keer had zij een Nederlandse schrijver uitgenodigd die een belangrijke literaire prijs gewonnen had. Zij had ervoor gezorgd dat zijn boeken aanwezig waren, zij zou de signeertafel inrichten, de microfoon testen, erop toezien dat de schrijver zijn honorarium kreeg, dat de niet-verkochte boeken werden teruggestuurd naar de uitgeverij. Zij zou de spreker inleiden, besteedde veel tijd aan de voorbereiding van haar praatje.

Zij is zo overdreven perfectionistisch. Ik weet niet wat ik van haar denken moet. Je weet ook niet precies wat je aan haar hebt. Zeker, ze werkt hard voor de Club. Dat staat buiten kijf. Maar... ja, hoe zal ik het zeggen? Ze ís de Club en tegelijk, het klinkt gek, staat ze er een beetje buiten. Ze doet voor spek en bonen mee. Ja, zo zou je het kunnen zeggen. Ze maakt zich zo druk omdat ze niet gelukkig is.

Clara wist wel hoe de vrouwen over haar dachten. Ja, maar ze voelde zich nu eenmaal verantwoordelijk voor de Club. Voor het eerst voelde ze zich verantwoordelijk voor iets wat buiten haar stond. Er waren de bazaars, de bingoavonden voor goede doelen.

Was er geen pianist voorhanden, dan speelde zij zelf. Dagelijks controleerde ze de tuinlieden, ze wilde gladgeschoren gazons en geen verwelkte bloesem op het terras. Dat verdroeg ze nu eenmaal niet. Daarin ging ze te ver. Iets wat bloeide, verwelkte noodzakelijkerwijs. Ze was steeds aan het vegen, besefte dat ze haar man en anderen daarmee ergerde.

Ze was doorgaans ongevoelig voor wat de vrouwen van haar vonden. Op verloren momenten dacht ze erover na, probeerde de blik van de vrouwen op haar zo helder mogelijk voor zichzelf te formuleren. Ze keken haar op een bepaalde manier aan. Met een glimlach. Je zou zeggen: welwillend. Nee, bijna welwillend, alsof zij, wat ze ook deed, van geen enkel belang was. Bij alle welwillendheid namen hun gezichten een licht spottende, koele uitdrukking aan, een beleefde nieuwsgierigheid, die Clara op zijn minst ontmoedigde. Ook bang maakte. Een oppervlakkige waarnemer zag dat niet. Zij zag het.

Op zwakke momenten had Clara de aanvechting hen hierover aan te spreken. Die aanvechting was soms nauwelijks te weerstaan. Ze zou als zij willen zijn, erbij willen horen. Tegelijk wilde ze dat ook niet. Zij was anders. Op die momenten kwam het voor dat ze op haar benen stond te trillen.

Hecht je niet te sterk. Dat advies had ze bij aankomst van meerdere zijden meegekregen. Je kunt je hart wel bij iemand uitstorten, maar twee weken later kan die ander naar Aden of Oman vertrokken zijn. Er zijn altijd veel mutaties.

Clara zou zich soms graag willen uitspreken, zich aan een ander willen uitleveren. Je deed het niet. Je had de moed niet. Er werd veel gepraat. Niet over zaken die ertoe deden. Zoals de lange afwezigheid van de mannen en hun gedrag bij terugkeer. Nee, dit was niet de geëigende plek om vriendinnen voor het leven te maken. Was Holland daar dan zo'n geëigende plek voor geweest? Was zij daar met een vaste vriendin uit haar school- en studententijd gekomen?

# 38

Waar de laatste tijd alleen maar over gesproken werd? Clara's langdurige, hardnekkige bidden.

Na de dienst in de kleine, witte kapel, op zondagmorgen, was er in de consistoriekamer een gezellig samenzijn met koffie en gebak. Daarna ging iedereen naar huis. Clara niet. Er was altijd nog iets op te ruimen. Zij wilde dat alleen doen. Zij zou wel afsluiten. Op een zondag had een van de gemeenteleden haar tas in de kapel laten staan, was teruggekeerd en had haar, verzonken in gebed, aangetroffen. Dat was direct rondgegaan. Het kon met haar zwangerschap te maken hebben, hoewel die toch zonder problemen verliep.

Clara bad. Ze geloofde dat de Eeuwige weet had van het kind dat zij droeg, dat ze al voelde bewegen. Clara gebruikte geen woorden. Het ging er haar om op te gaan in een volledig onbelangrijk worden van alle dagelijkse zorgen, in het wegvallen van berekenen, plannen maken. Wat ze wilde was, hoe kort en onvolkomen dan ook, het aanraken van de Eeuwige, de Ongeziene. Omwille van het ongeboren kind. Het kind moest beschermd worden.

In het gebed wilde ze, zonder woorden te gebruiken, daaraan alleen denken. Het was moeilijk in absolute zuiverheid te bidden. Ze besefte dat de overgang van het profane naar het heilige niet vanzelf ging. Ze kon niet zomaar van de ene sfeer in de andere overstappen, alsof er twee afgesloten psychische systemen waren. Daarom, tijdens de gezellige nazit, onttrok ze zich al zo veel mogelijk, nam ze zo weinig mogelijk aan de gesprekken deel, stond om de haverklap op om de ruimte te verlaten en de kapel in te lopen, zogenaamd om nog iets op te halen of iets te regelen. Dat kwam de gebedsaandacht die ze straks, als iedereen weg was, nodig had, ten goede.

Alle bezoekers waren vertrokken. Ze had zich aangeleerd resoluut en onmiddellijk met het gebed te beginnen. Dwaalden haar gedachten snel af, dan riep ze zich tot de orde: 'Ik wil niet afgeleid worden. Ik zet alles opzij.' Die korte aanmoedigingen gaven kracht en duurzaamheid aan de aandacht.

Clara Hofstede bad. Juist op het moment dat de aandacht volledig was, drong zich een gedachte op die ze niet wilde: de afkeer van sommige vrouwen, de onnozele conversatie die ze zojuist had moeten aanhoren. Ze was bang voor deze ongewenste 'slechte' gedachten. Ze kneep haar gevouwen handen krampachtiger samen, sprak tegen zichzelf: 'Ik wil dit niet,' bewoog het hoofd, verwrong het gezicht.

Hoe ingewikkeld, hoe ondoenlijk dit oefenende, zuiverende bidden! Hoe afmattend!

Ze bedacht een nieuwe techniek. De Eeuwige had vele eigenschappen: liefde, almacht, alomtegenwoordigheid. Aan elke eigenschap dacht ze vijf seconden. Dat lukte. Daarna probeerde ze die ultieme concentratie gedurende tien seconden vast te houden. Twintig seconden. Een halve minuut.

Als haar man afwezig was, bad ze op die wijze ook dagelijks voor het slapengaan.

Clara dacht: ik moet proberen vrolijk te zijn. Zo mooi mogelijk proberen te denken. Het leven licht maken. Het leven is licht. Ik heb de baby in mijn buik voelen bewegen. Nooit ben ik zo positief, zo optimistisch, zo vrolijk geweest. Ik heb de baby in mijn buik voelen bewegen. Alles is veranderd. Ik ben in een ander leven beland. Ik ben scheep gegaan voor een ander avontuur. Iemand gaat komen die ik meer zal liefhebben dan wie ook. Ik ben er zeker van dat het een meisje is. Ik heb de baby in mijn buik voelen bewegen. Aan niets anders denken. Alleen daaraan. Ik heb de baby... O, Onuitsprekelijke. O, volstrekt Andere. O, God.

# 39

De nacht voor het kind geboren zou worden, was het erg onrustig. Clara had het gevoel of ze over steeds hogere golven werd getild. Ze sprak tegen het kind in haar buik:

'Lief hummeltje. Lief hummeltje. Het komt heus goed.'

Ze streelde haar buik, bleef maar kalmerende woordjes spreken, drong vergeefs een herinnering aan haar moeder terug. Mama, in vredesnaam, wat doe je hier? Mama had weer eens ziek op bed gelegen en was over papa aan het klagen. Bekende opeens: 'Jij, Claar, moest geboren worden. Ik had al persweeën en die vader van jou zat gewoon rustig op zijn kamer te werken. Ik vroeg hem de dokter te bellen. Het interesseerde hem helemaal niet. Hij wilde dat ik doodging. Toen, Claar, ben ik gaan gillen en is hij langzaam naar de telefoon in de huiskamer gelopen. Zo vreselijk langzaam. Talmend. Treuzelend. Alles om mij dwars te zitten.'

Clara's vader was in ieder geval nog aanwezig geweest toen zijn dochter werd geboren.

Edwin was afwezig. Op dat moment had ze hem wel graag bij zich gehad, maar Clara had allang begrepen dat verre olievelden afgronden waren waarin zachte gevoelens verzonken als wegvloeiende olie, én onverwacht buitengewoon hevig konden oplaaien. Daar, in die afgrond, moet ze hem – al vrij snel na aankomst –, voor de geboorte van Aukje, zijn kwijtgeraakt.

De nacht blies een vlaag droge woestijnwind over het terrein van hun huis. De wind uit het zuiden kwam via de kale bergen tot aan de stad, wierp stofwolken op die tot over de hoge toppen van de heuvels rolden.

Clara luisterde naar het gemompel van de wind die probeerde haar kamer binnen te komen. Gemompel dat sterker werd, afzwakte, nooit helemaal verdween. Het terras zou overdekt zijn met een laag zand en bloesem. Clara wierp een blik naar buiten. De Melkweg was een diepe scheur, waaruit bleekwit licht viel.

In de vroege ochtend waren de weeën begonnen. De gewaarschuwde arts toucheerde haar en constateerde dat het kind die nacht was gedraaid.

Clara was niet bang voor de bevalling. Ze zou een gezonde baby ter wereld brengen ondanks de stuitligging.

Bij de geboorte zat de navelstreng om de hals van de baby gedraaid, maar ze heeft voldoende adem kunnen krijgen. Het hoofdje had niet te lijden gehad.

De arts bekeek nauwkeurig de nageboorte, knikte goedkeurend. Die was prachtig doorbloed. Dit was de placenta van een kerngezonde vrouw. De baby zoog hartstochtelijk op zijn duim. Clara had direct gezien dat ze haar mond, haar neus, haar ogen had. Het was haar kind.

De ochtend dat Aukje werd geboren had Clara de opmerkelijke sensatie dat de geur van de oleanders en de hibiscus intenser dan anders was, alsof alle knoppen tegelijk waren uitgekomen. De kraamhulp maakte zoete thee, die Clara opdronk tot de laatste druppel. Ze zoog het vocht van de glazen rand naar binnen.

Ook bij de doop was haar man niet aanwezig geweest. De voorganger besprenkelde met rein water het voorhoofd en sprak de eeuwenoude woorden van het doopformulier: 'In de naam van de Vader, de Zoon, en de Heilige Geest.'

Clara voelde zich op dat moment nauwer dan ooit verbonden met het transcendente. Zij geloofde sterker en anders dan haar gelovige man, bezig op een olieplatform, omdat zij het kind gedragen en gebaard had. God bestond. Ze geloofde niet. Ze wist.

Hij zou extra op haar letten. Geen haar van haar hoofd zou gekrenkt worden. In gedachte droeg ze het kind op aan de Onveranderlijke. In veiliger handen kon het niet zijn. Clara wilde met deze doop haar dankbaarheid jegens het mysterie van het leven uiten.

Aukje kreeg een tekst voor haar leven mee uit psalm 119. De tekst had ze samen met Edwin uitgezocht. 'Uw woord is een lamp voor mijn voet, een licht op mijn pad.'

Een stem, zwak, maar toch, drong zich in haar hoofd naar voren.

'Godsnakende onzin.' Dat was papa. Zij was tijdens die zinvolle doopplechtigheid in die grote zekerheid van gevoelens. Die vader kon voor de doop slechts één woord bedenken. Ze verachtte hem hierom. Waarom kwam hij op dit moment haar gelukzalige gedachten verstoren?

Haar keel, bij het slikken, maakte kleine, ridicule geluidjes.

# 40

Van de kleurige stoffen die ze op de markt in de binnenstad kocht, maakte ze fraaie jurkjes voor Aukje. Ze wilde dat haar dochter zich onderscheidde van de andere kinderen. Ze gaf haar al heel jong pianoles, las veel voor, deed spelletjes, probeerde haar zo veel mogelijk kennis bij te brengen. Aukje moest later de beste van de klas worden. Clara kreeg opeens spijt van dit drijven, knuffelde het kind, overlaadde het met kussen, drukte het opnieuw tegen zich aan, fluisterde steeds maar in haar oor dat ze zo van haar hield, dat ze de enige hier was van wie ze werkelijk hield.

'Aukje, zeg maar wat we zullen gaan doen. Wat zou je graag willen?'

Dan liet ze het meisje ineens los, was boos op zichzelf, ook verdrietig, beseffend dat ze net zo overdreven, op het hysterische af, bezig was als haar moeder vroeger. Dan zei ze in zichzelf steeds maar 'sorry, sorry', en tegen het meisje: 'Kom, lieverd, we gaan zingen bij de piano. Je hebt ook zo'n gekke moeder,' en dacht aan thuis, waar niet eens gezongen mocht worden. Ze was eens vrolijk van school thuisgekomen, liep zingend de trap op, en toen riep mama: 'Hou alsjeblieft op met dat gezing. Ik kan er niet tegen.'

En omhelsde het meisje weer. Ze zongen liedjes bij de piano, het meisje op schoot. Ze zoende haar in de hals en daarna stonden ze op en gingen de tuin in, ze tilde haar op de schommel.

'Goed vasthouden, liefje.' Er zou toch iets met dat kind gebeuren. Ze was al verlamd als ze daaraan dacht.

'Nog harder!'

'Ik wil niet dat je hoger gaat.'
'Mama, harder!'
'Niet zo dwingen, lieverd.'

Ze gaf een klein duwtje, wierp een blik op de zandvlakte: buiten de omheining, met mos bedekte bomen, kromgegroeid onder de vurige zon en van een hard wit onder het blauw van de hemel.

Vanochtend tegen vijven was ze al buiten geweest, had de lucht diep ingeademd, naar de lage duinenrij gekeken, nog gehuld in het duister. Een moment later was puur licht opgestegen. Toen meende ze aan de horizon vlammen te zien. Het was de rode schittering van de opkomende zon, weerspiegeld op de heuvels. Dan de explosie van licht als de zon opdook en alles, de omheining, de gazons, het huis, de binnenplaats, zijn gewone vertrouwdheid hernam. Dan kreeg Clara altijd tranen in haar ogen en zag haar moeder met driftige bewegingen in de keuken bezig. Om vijf uur in de ochtend het eten voorbereiden voor de avond. Och arme mama.

Vanmorgen vroeg had Clara het niet kunnen laten om van de kleinste oleander de bloemen te gaan tellen. Ze had zich steeds vergist, telde bloemen die ze al geteld had. Het was onbegonnen werk. Clara sloeg van gêne haar ogen neer, keek om zich heen of iemand haar zag.

Ze stelde haar condities bij. Wilde van één scheut weten hoeveel knoppen en bloemen die bezat. Dat lukte. Nam zich die concessie kwalijk, nam een tweede, langere zijscheut, vergiste zich.

Het werd tijd om Aukje wakker te maken. Clara slaagde er opnieuw in de knoppen en bloemen van één tak feilloos, zonder bijgedachten, te tellen, rende op het huis toe.

De kracht van de zon was al zo groot dat het roze van de bloemen helblond werd.

# 41

Een welkomstreceptie in een van de kleinere elegante vertrekken. De snel draaiende plafondventilatoren suisden. In het begin hadden ze haar nerveus gemaakt. Ze was niet in staat geweest zich tijdens een gesprek te concentreren, moest de neiging bedwingen omhoog te kijken.

Clara, in een nauwsluitende, lange jurk van zwarte zijde, een witte stefanotis in een lok haar boven haar rechteroor gestoken, hertelde de gasten die al binnen waren. Ze had geprobeerd zich aan de zelfgegeven opdracht te onttrekken. Het kwam zelden voor dat je je gemakkelijk aan de dwang kon onttrekken. Ze vergiste zich bij het tellen, zocht een strategischer plek tussen de overhangende Hollandse varens op de twee consoles.

Ze besefte dat ze daar alleen stond. Ze was altijd alleen. Niemand kwam op de gedachte naar haar toe te lopen.

Edwin, een dag eerder teruggekeerd na zes weken, donkerbruin verbrand, sprak aan de bar met twee collega's. Vaktermen vielen. Transkristallijnen corrosie. Je zou zeggen dat ze over een kostbaar edelgesteente spraken. *Season cracking*. De mannen hadden dit keer zware branden moeten bedwingen. Lekkages door spanningscorrosie.

Clara wierp een rondgaande blik over de gasten. Ze was mager geworden. Dat viel alle aanwezigen op. De magerte liet nog sterker de fijnheid van haar gezicht uitkomen. De oogleden leken heel dun, bijna transparant. Ze zag er ook zo bleek uit. Het kon van de verpletterende hitte komen. Je kon vanmiddag het licht heen en weer zien ketsen. Aan de horizon joegen auto's krijtwit stof op, uit de hemel leek hete damp neer te dalen.

Wat zou er met Clara aan de hand zijn? Je zou zeggen dat ze een hevige emotie niet tot zich toelaat of met moeite bedwingt. Er ligt ook angst in haar ogen. Alsof een innerlijke vijand aan haar vreet. Ze heeft zo'n schattig dochtertje. Ze besteedt heel veel tijd aan het meisje, maar je zou zeggen dat ze zich tegelijkertijd nog drukker met de Club bezighoudt. Ze kan niet anders. Ze zou anders willen. Dat zie je. Zo overactief. Op het obsessieve af. Ze wordt gedwongen.

De vrouwen, op afstand, keken elkaar veelbetekenend aan, gingen in die niet te grote ruimte dichter bij elkaar staan.

Weer Clara's rondgaande blik. Haar lippen bewogen. Nu lachte ze toch, groette een genodigde die juist was gearriveerd. Clara, de volmaakte gastvrouw, gaf instructies aan het bedienend personeel, transpireerde, bette haar gezicht met een klein door haar moeder geborduurd zakdoekje. In elke hoek een kleine, donkerblauwe c.

Een heel lichte schok ging door haar heen. Ze had het tellen bedwongen, vroeg om een glas. Een windvlaag bolde de vitrage, sloeg het glanzende, krullende blad van de varens neer. Ze wierp een blik naar buiten. De maan was bijna vol. De gazons lagen erbij als uit donkerblauw sitspapier gesneden, glad als een spiegel.

# 42

Er was altijd als de avond viel het moment van de plotse verschijning van de sterren in de rechthoek hemel, omlijst door het raam van de ontvangstzaal, waar Clara op de piano oefende.

Vanavond trad ze op. De eerste donderdag van de maand was voor de cultuur. Er was goed op ingeschreven. De gecontracteerde pianist had wegens ziekte af moeten zeggen.

Die kleine zaal, geraffineerd ingericht, met de donkergele wandbanken en, in de hoeken, de zitjes met rode pluche, was het meest intiem. Het publiek zat heel dicht bij je. De stoelen stonden in concentrische cirkels.

Ze oefende.

Clara speelde. Na Chopins kleine *Nocturne in c*, na de *Impromptu* van Schubert, en het vierde deel van Messiaens *Visions de l'Amen* – 'Amen du désir' –, dat Clara de laatste tijd steeds vaker speelde, omdat het haar rustig maakte, en na het applaus, waren de ventilatoren weer aangezet.

De hitte was om te snijden.

Clara voelde zich opgelucht omdat het optreden achter de rug was. Ze had al snel gevoeld dat het goed zou gaan. Een puur gevoel had haar overvallen. Ze wist niet waar het vandaan kwam. Ze wist dat ze helder voelde, helder zag. Geen zenuwen als anders. Niet het haastige afroffelen. Ze was boven zichzelf uitgestegen, als opgetild. Geen moment van verzwakking. Een aandachtig luisterend publiek. Die te warme avond, gevolgd op die te dampige ochtend. Beide kondigden of nog grotere hitte of zware, tijdelijk opgeschorte onweersbuien, vernielde gazons en perken aan. Ze bekende zichzelf:

Een puur gevoel. Vrij zijn. Met Aukje terug naar Nederland. Haar dochter kon naar een gewone school gaan, Clara zou misschien haar studie Spaans kunnen hervatten. Vrij zijn. Meer wenste ze niet. Gedachten die haar eigen spel had opgeroepen.

Een jonge Shell-employé, recent afgestudeerd in Delft, op doorreis, maakte Clara een compliment over haar spel, in het bijzonder over haar keuze voor Messiaen. Hij had zelf een streng katholieke opvoeding genoten en had veel affiniteit met deze door de mystiek geïnspireerde muziek. Clara voelde dat het compliment gemeend was, bedankte hem.

Hij stelde zich voor.

'Ik ben Stefan Speklé. Wat u speelde, klonk heel zuiver.'

Clara had het haar opgebonden. De fijne trekken, de gave huid, vielen nog meer op.

'Dank u. Het is een prachtige piano. Maar in dit jaargetijde is hij bijna altijd ontstemd. Een piano kan hier in één nacht volkomen ontstemd raken. Het is vlak voor de regenmoesson.' Ze hoorde de opwinding in haar stem.

Er kwamen nieuwe gasten. Ze waren door een zandstorm opgehouden. Clara kwam hen opgewekt tegemoet. Haar spel was goed gegaan, de gedachte vrij te zijn om met haar dochter vanhier weg te gaan... Of was ze zo vrolijk vanwege deze jonge employé op doorreis, die haar complimenteerde?

'Wat wil jij drinken, Clara? Witte wijn? Je hebt het verdiend.' Had iemand dat ooit weleens tegen haar gezegd? Dat heb je verdiend? Ze kon het zich niet herinneren.

Ja, ze wilde graag een witte wijn.

Een chardonnay. Die bracht je sneller in een roes dan de sauvignon. Dat was haar ervaring tenminste.

Stefan kwam terug met twee glazen witte wijn en ze klonken, tussen de beide consoles met Hollandse varens. Met zijn wijsvinger lichtte hij een takje op. Hij zei dat het adiantums waren. Hij streelde het zachte blad, waarover een goudkleurige glans lag.

Clara was nog nooit iemand tegengekomen die de naam van deze planten kende. Stefan zei dat zijn vader ze kweekte. Hij was in Poeldijk geboren. Het was de moeilijkst kweekbare varen en een langzame groeier. Maar je zag dat ze het hier naar hun zin hadden.

'Dankzij jouw groene vingers,' zei hij.

Clara was aangenaam verrast door de liefdevolle toon waarop hij over deze planten sprak. Het feit op zich al dat hij deze planten *zag*. Ook dat hij haar *zag*. Zij was toen over de bloemen in de tuin begonnen. De fabelachtige bloei van de oleander, de kassia, de hibiscushaag, de dieplila tint van de laatste.

Ze nam een slok van de wijn. Hoe vaak was Clara niet op partijtjes aanwezig, door haarzelf georganiseerd, die haar hoegenaamd niet interesseerden, haar nauwelijks aangingen. Zelfs al speelde ze piano. Ze stond erbuiten. Vanavond niet.

# 43

Clara wierp vanuit de feestzaal een blik op het terras van rode flagstones. De pergola was versierd met lampions en gekleurde lampen. De gasten prefereerden ondanks de hitte binnen te blijven.

Hij reikte haar een nieuw glas aan.

Clara's trekken waren ontspannen. Het was plezierig om in zijn gezelschap te zijn. Ze spraken over muziek, hij vroeg naar haar dochter en begon weer over haar pianospel. Ze had met overgave gespeeld. Haar ziel had ze in het spel gelegd. Ze had een mooie ziel, vond hij, ontvankelijk voor het absolute dat muziek toch in zich droeg. Zo gevoelig, zo teder had nog nooit iemand tegen haar gesproken. Hij had mooie ogen, grijsgroen, helder en kwetsbaar. Ze vroeg zich af of hij het zou redden in deze kille, harde wereld van de olie. Hij was zacht, had een groot hart. Stefan vroeg naar haar opleiding. Ze zei dat ze Spaans had gedaan, maar haar studie had onderbroken.

'Ik heb me laten meeslepen, hiernaartoe.' Ze sprak de woorden licht spottend, met een glimlach uit. 'Ik had een man leren kennen.' Ze keek om zich heen, wilde Stefan aan Edwin voorstellen, maar zag hem niet.

Stefan zei dat hij net twee dagen hier was, maar waar hij kwam, viel haar naam. Er was respect voor haar. Hij streek over het fluweel van de varen. Door een open deur, in een aangrenzend kleiner vertrek, zag ze Edwin, in druk gesprek.

De staat van verwarring waarin ze zich sinds enige uren bevond, dompelde haar onder in zorgeloosheid.

De conversatie in de overvolle zaal werd levendiger, gesmoorder, verraderlijker. Verlangens, verwachtingen ontstonden, die in de benauwde ruimte aangroeiden. Kansen werden herinnerd die er geweest waren, die verloren waren gegaan door te veel bedachtzaamheid.

Clara's gezicht gloeide. Ze bekeek haar donkergelakte nagels. Stefan pakte haar hand, bracht die naar zijn mond. Uit haar verwarde gedachten maakte zich een beslissing los. Ze besefte nog niet dat ze al een beslissing genomen had.

Zo onopgemerkt mogelijk werd naar haar gekeken. Je zou toch zeggen dat ze er ondanks haar magerte nu goed uitziet. Ze is ook zo vrolijk. Altijd houdt ze zich in met drinken, maar nu drinkt ze meer dan bij andere gelegenheden. Die knappe, veelbelovende ingenieur is direct na het pianospel op haar toegelopen, heeft haar geprezen. Ze speelde ook heel mooi. Werkelijk heel mooi. Misschien heeft ze niet eens zo veel meer gedronken, maar de wijn is sneller naar haar hoofd gestegen. Ze heeft werkelijk meer kleur.

Ze voelde de blikken, stelde Stefan voor naar buiten te gaan. Op het terras luisterden ze naar de fameuze stilte, keken in de richting van de tennisbaan, waar het volkomen duister begon.

Hij vertelde dat dit zijn eerste baan in het buitenland was. Als antwoord haalde zij de benen kam uit het haar, bewoog haar hoofd en al dat donkere haar dwarrelde om haar hete gezicht. Ze verlieten het terras, liepen hand in hand over het glooiende gazon.

Zij stelde voor terug te gaan, wilde een glas wijn. Ze gingen de ontvangstzaal binnen waar ze gespeeld had. Edwin was daar niet meer. Noch in de aangrenzende, kleinere zaal. Ze had geen idee waar haar man uithing.

# 44

Kijk dan toch!

Clara en die jonge employé stonden op het punt elkaar te zoenen. Wat ging hier gebeuren? Zij had zeker vijf of zes glazen niet al te lichte wijn op. Bij deze vochtige lucht steeg die nog sneller naar het hoofd.

Edwins silhouet verscheen uit het donker op de drempel. Het leek of hij niet naar binnen durfde te gaan. Hij keek hun kant op. Het was zeker dat Clara hem gezien had. Zij wendde zich van hem af met een snelle, gracieuze beweging van haar lichaam, dat hem vanaf de eerste ontmoeting bekoord had. En nog steeds.

Edwin keek even toe, en toen Clara die kant op keek, was hij verdwenen.

Die twee stonden dicht bij elkaar.

Ze spraken. De tijd ging voorbij. Die twee hadden elkaar vast veel te vertellen. Ze zouden het zeker niet hebben over de man die daarnet nog op de drempel stond van de glazen tuindeuren.

Kijk!

Die twee kusten elkaar. Ze gingen volledig in elkaar op. Haar man is weer op de drempel verschenen, zag een moment toe hoe zij zich gaf. Hij wilde niets meer weten, wilde niet nog meer lijden, draaide zich snel om, verdween in de duisternis. Een moment later is hij weer teruggekomen, heeft weer even toegekeken.

Zij was hem vergeten. Als de jonge ingenieur haar zou vragen hoe haar man heette, zou ze in haar geheugen moeten zoeken. Ze zou zijn voornaam kwijt zijn. Ze was zijn bestaan vergeten.

Clara lachte in de armen van Stefan, drukte een lang moment haar lippen tegen zijn slaap, leek onverschillig voor alles en iedereen. Nam grote risico's. Had ze enig idee van de gevolgen? Ze was met een verboden spel bezig. Begeerte voorbij het decorum. Daar stond straf op. Wat mankeerde haar?

Nu liepen ze, vertraagd, op zo'n smalle, met geel cretonne beklede wandbank toe en gingen, elkaar vasthoudend, zitten. Zij sloeg speels een been over zijn knie, voelde zich puur en wulps, stelde zich zijn naakte lichaam voor, de naakte geuren en bespiedde hem tussen haar lange wimpers door. Ze kende het verleidelijke spel, trok haar jurk wat omhoog, had de finesses van de verleiding leren beheersen op de middelbare school, met Gerben, met de Antilliaan en al die anderen. En had er genot uit geput. Niets was haar in het leven handiger afgegaan dan dat. Was er iets mooiers te bedenken om handig en gewiekst in te zijn? Ze deed zo verleidelijk. Dat kon ze.

Dat kon ze. Als geen ander.

Haar hand streelde hem. De andere hand lag even, als vergeten, op de smalle leuning van het verfijnde bankje met gedraaide poten.

Wist ze wel dat haar man nu rond de gebouwen zwierf, in grote verwarring moest zijn, gesignaleerd was bij het tennispark, bij het zwembad, in radeloosheid heen en weer rende, alle bezinning verloren leek te hebben? Edwin van Hoogstraten, zo geëerd in die kringen, wist niet waar hij het zoeken moest. Ja, als je zo door je vrouw vernederd, gekleineerd werd!

Die twee geliefden liepen, in trance, als gedragen, naar de bar. Zij reikte, als mechanisch, haar lege glas in de richting van de barkeeper, liet het volschenken. Sauvignon? Chardonnay? Wat maakte het uit? Als het maar de roes bracht, het kunstmatige paradijs. De barkeeper had de hele fles wel in het glas kunnen leegschenken. Ze zou het niet in de gaten hebben gehad.

Maar wat drong nog wel tot haar door?

Rondom haar werd gesproken. Haar man zou in het park, bij de lila hibiscushaag, luid gekrijst hebben, wankelend langs de muur van de cour lopen, in de *overarm* van een beschonkene. Als het ware tegen de stroom in.

Hij zou er eeuwen over doen om te arriveren waar hij wilde. Het was buitengewoon wat daar werd gepresteerd. Het kwam dit keer niet van het snelle drinken. Hij, ging het verhaal, zou bloemen hebben afgerukt en vertrapt.

Op die manier je man buitensluiten! Hem de risee maken, onder zijn ogen het aanleggen met... Op een publiek feest. Dat was in die mate niet eerder gebeurd. Edwin van Hoogstraten was werkelijk niet de eerste de beste. Gereputeerd corrosiespecialist, over de hele wereld gevraagd. Bemind door wie onder hem werkten. Het was geen lieverdje. De meedogenloze wijze waarop hij de liefde bedreef. Geen opening onbenut liet. Het onmatige drinken. De dagen dat hij thuis was, begon hij 's morgens al. Gereformeerden konden goed drinken. Dat was bekend. Je kende die uitdrukking toch? Ze hebben de Zuiderzee leeggemalen, maar een Zuiderzee aan jenever daarbij leeggedronken.

Kijk nou!

Ze kuste hem, kuste hem onstuimig, fluisterde iets in zijn oor. Ze zoende zijn hals, verwijlde daar, ze ging tekeer als een heet, tochtig beest.

Zonet verscheen Edwin op de drempel van deze chique ontvangstzaal. Heel even maar. Hij keek en je zou zeggen dat hij alles en iedereen aan diggelen kon slaan. Daarna stapte hij achterwaarts het terras op, verdween. Boven hem, heel laag, als een lamp boven de huiskamertafel, de maan. Je zou zeggen: aan een glazen hemel. Zag je dat, in zijn ogen? Die blik? Het waren ogen die naar een definitief verlies keken. Een blik op iets wat onherroepelijk verloren was. Ja, maar ook een blik die alles kapot kon slaan wat op zijn weg kwam. Wie kon voor hem instaan? De gevolgen. Hoe moest dit aflopen? Of lag er berusting, begrip, in zijn blik? Zij ondervroeg Stefan met haar ogen, leek hem te raadplegen over een te nemen beslissing.

Later was hij zigzaggend op het uitgestrekte, hier en daar verlichte terrein gesignaleerd.

# 45

Zij, op zijn schoot, verstrengeld, versmolten, in een roodpluchen stoel. Zij was vanbinnen van pluche, zacht en warm, en fatalistisch. Het donker buiten was zo dicht, zo verblindend blauwig.

Hij glimlachte naar haar. Ze waren beiden roerloos. De gebeurtenissen bewogen zich één richting uit. Clara keek toe, keek naar die impressie van avontuur.

Er waren nog maar weinig gasten.

Hier en daar een klein groepje, samenklonterend, de blik zonder gêne op hen gericht. De maan was al aan het verdwijnen, de sterren schitterden valer aan de monotoon glanzende hemel.

Clara wist dat ze zou moeten boeten. Ze zou gestraft worden. Ze was met zichzelf overeengekomen dat ze hiervan geen spijt zou hebben. Het was lang geleden dat ze zo dicht bij een man was geweest.

Waren er ten slotte nog gasten in de ontvangstzaal? Er waren altijd hardnekkige drinkers. Ze kon er niets zinnigs over zeggen. Edwin had ze al lange tijd niet meer gezien. Hoe lang? Ze had geen idee.

Buiten was de lege duisternis. Zij voelde zich in een vijver van leegte.

De lampions op het terras bewogen in de ochtendwind. Zij had het gevoel dat de pergola met de oleanders, de ficussen, de kassia's, de hele wereld, in een werveling raakte. De hemel kantelde. Zij voelde zich in een holte, onbeschermd, ontheemd.

Ze was alleen. Waar was die knappe, jonge minnaar? Hij

was door een collega, om hem te redden, meegenomen naar de ambassade, waar hij sliep.

Clara liep het terras op, aarzelde het terras over te steken. Wat was dat? Haast maniakaal geconcentreerd bleef ze staan. Zette een stap, wist niet waar ze bang voor moest zijn.

Nog een stap. Hoorde iets onder haar voeten kraken. Kleine, venijnige explosies. Clara had geen idee wat er aan de hand was. Ze liep in de schaduw, zette nog een kleine stap, voorzichtiger. Hetzelfde heldere kraken, kapotspatten. Ze bukte zich, zag dat de tegels op die plek bezaaid waren met grote, zwarte torren. Hun blinkende schilden spatten onder haar voetzolen uiteen.

Een stem was hoorbaar in haar hoofd. Het was niet zo'n duidelijke stem. Hij was hees en hijgerig. Ze herkende haar moeder. Clara vroeg:

'Wat doe je hier? Op dit moment?'

'Ik wilde je zien, kindje. Ik mis je zo. Er is hier niemand op wie ik kan steunen. Nooit heb ik iemand gehad... Ik ben zo alleen.'

'Maar mama, wat denk je van mij? Wie is meer alleen dan ik? Mama, hoe gaat het met mij? Met jouw lieve Claar. Heb je je dat weleens afgevraagd?'

Clara kleedde zich uit in de hal van hun huis, liep op haar tenen de slaapkamer binnen, kroop in bed. Zij hoorde aan Edwins ademhaling dat hij niet sliep.

'Edwin,' vroeg ze, 'zeg wat. Ik weet dat je niet slaapt.'

Hij lag met de rug naar haar toe.

Doodstil. Zijn zwijgen, de onrust over zijn reactie, de angst, de ban van de nauwelijks bedwongen hartstocht, beletten Clara in te slapen.

# 46

Zij stelde zich het gezicht van haar man voor. Het was onaandoenlijk vaag. Onbewogen. Hij keek haar wel aan, maar staarde naar elders, dwars door haar heen, naar iets ver buiten Clara. Zo had ze hem nog nooit zien kijken.

Ze stelde zich voor dat hij zei:

'Wat heb ik je begeerd vannacht! Meer dan ooit. Je gaf je aan die ander. Die veelbelovende man die zijn carrière nu al om zeep geholpen heeft. Wat heb ik naar je verlangd, liefste lieveling! Kun je je dat voorstellen? Als een dwaas heb ik om het gebouw heen gezworven, in diepe vertwijfeling. Ik durfde niet meer naar binnen te gaan, was bang om wat ik te zien zou krijgen. Ik ben tot aan het tennispark gelopen, heb met beide handen aan het gaas van de omheining staan rukken. Ik heb daar lopen dromen. Ik stelde me voor dat ik je vastbond aan het pas vernieuwde, zo mooi strakgetrokken, fijne, blinkende gaas. Jij in je fabuleuze zwarte, zo nauwsluitende feestjurk, en ik, allerliefste, besprenkelde je met benzine, even later, wham, dat oplaaiende vuur. In de ochtend zou ik de as van dat hoerige, verkrachte lichaam opvegen en verstrooien over de verwelkte bloesem op het terras.'

'Edwin, zeg wat tegen me.' Ze vroeg het met een zielig, gebrekkig stemmetje. Ze had op dat moment geen andere stem bij de hand.

Hij deed nog steeds of hij sliep.

Zij, in haar halfslaap, maar toch vol aandacht, meende voetstappen te horen. Moest zich vergist hebben, keek naar zichzelf. Met een blik die alles zag en niets, als met de ogen van een blinde.

Ze had zich niet vergist. Ze was in haar doodop-zijn zo helder van geest. Op de drempel stond hun dochter, in haar beide handen de knuffelbeer. Ze was wakker geworden. Van een boze droom? Had Clara toch meer lawaai gemaakt, bij het uitkleden in de hal, dan ze gedacht had?

Het meisje wilde bij hen in bed komen. Clara gebaarde haar stil te zijn, om het bed heen te lopen, bij haar te komen. Ze sloeg het laken al terug om haar te ontvangen. Haar dochter zag het gebaar niet of negeerde het. Edwin had zijn handen naar het meisje uitgestoken en nam haar bij zich in bed, bleef met de rug naar Clara liggen, trok het kind dicht tegen zich aan.

# 47

Clara werd die ochtend laat wakker. Flarden van de afgelopen nacht doken op. De toevallige ontmoeting, het genot, de onmogelijke liefde. Bij de eerste beelden werd het decor al minder precies. Bij de herinnering aan het moment dat Edwin hun dochter bij zich in bed had genomen, viel het decor helemaal uit elkaar.

In het zwembad hoorde ze Edwin en Aukje. Ze waren elkaar aan het natspatten. Het meisje gilde van plezier.

Hij riep:

'Kom. We gaan ons aankleden. Vandaag wil ik wat eerder vertrekken.'

Het was de gewoonte dat ze – de keren dat Edwin thuis was – zaterdagmiddag met z'n drieën naar de markt in de binnenstad gingen om boodschappen te doen.

De stem van haar man, zonet in het zwembad, had normaal geklonken. Clara kwam haar bed uit, begon zich snel aan te kleden, merkte dat zij menstrueerde, een paar dagen eerder dan verwacht. Bij overgangsweer ging haar menstruatie altijd gepaard met hevige aanvallen van migraine. Dat was nog niet het geval. Het kostte tijd de pillen te vinden die ze nodig had. Hoe zou hij haar tegemoet treden? En zij, hoe zouden haar eerste woorden klinken? Hoe zou haar blik zijn? Ze was ongerust. Maar had ze wel reden voor die ongerustheid? Hoe vaak had zij hem niet zien flirten, na de eerste glazen, net terug uit de woestijn? Dat kon ze toch ter verdediging zeggen als hij tegen haar zou uitvallen? Wat had ze te vrezen? Als hij werkelijk boos was, zou ze hem voor de voeten kunnen werpen: 'Ben je ooit lief voor mij? Haal je me aan? Je bedrijft de liefde met me alsof je ervoor betaald hebt.' Ze zou ook tegen hem zeggen dat die Stefan helemaal niets betekende, dat ze geen enkele tederheid voor hem voelde. Ze wist het zeker: deze dag zou voorbijgaan, als alle volgende dagen. Ze zouden erover praten op een moment dat Aukje er niet bij was. Het was zeker dat ze zich niet al te veel zorgen hoefde te maken. Wie weet zou het gesprek hen dichter bij elkaar brengen. Hij was niet onredelijk in de discussie, waardeerde haar inzet voor het kerkenwerk. Ze zou als ze hem zo meteen zag, gewoon doen, hem begroeten, en afwachten. Het simpelste was dan om te zwijgen, slechts antwoord te geven als uitleg gevraagd werd. Het was zeker dat Edwin, in aanwezigheid van het meisje, over het gebeurde zou zwijgen. Ze zouden samen naar de markt gaan, in de stad eten, als altijd.

Zij hoorde dat hij op de binnenplaats de auto startte, dat Aukje over het grind naar de auto rende. Clara was zich nog aan het opmaken, liep zo snel mogelijk naar buiten, zag de poort opengaan. Edwin hielp Aukje in de hoge landrover. Zij riep dat ze bijna klaar was, eraan kwam, opende haar mond om nog wat te zeggen, maar zweeg, deinsde terug. Ik wil zo graag mee, wilde ze zeggen. Ik heb er spijt van. Ik had het niet zo bedoeld. Het ging vanzelf, buiten mij om.

De auto reed de binnenplaats af, de poort onderdoor, die zich achter hen sloot. Door de schittering van het licht kon ze de uitdrukking van Aukjes gezicht niet goed zien. Clara kon het zich niet goed voorstellen, maar was er bijna zeker van dat de blik afwerend was geweest. Ze had ook geen hand opgestoken. Had Edwin haar iets verteld, hun dochter tegen haar opgezet?

Clara gilde tot ze geen kracht meer had, om dit gewelddadige vertrek. Haar huid was glad van het zweet. Clara rilde, klappertandde, drukte de nagels diep in haar arm. Was er iets ergers mogelijk dan dit negeren, dit onverschillige? Ze bestond niet. Beiden hadden strak voor zich uit gekeken.

Aan de horizon hing een lichte, trillende mist die de vurige zonnestralen dempte.

# 48

'Aukje, lieve, lieve schat.' Ze droeg het jurkje van een rode katoenen stof dat Clara onlangs voor haar gemaakt had. Het stond haar zo schattig. Boven alles hield ze van haar kind, kon ze zich niet voorstellen ooit van haar gescheiden te zijn. Hoewel ze het liefst wilde dat haar verhouding met het meisje intiem en exclusief was, merkte ze aan alles dat ze naar haar vader trok, ondanks alle tijd die zij aan haar besteedde. 'Wanneer komt papa weer terug? Ik wil dat papa thuis is.' Maar het was bekend dat dochters van die leeftijd nou eenmaal naar hun vader trokken.

De hoofdpijn kwam opzetten, altijd links boven haar ogen. Dan trok de pijn naar haar slaap. Ze liep het huis in, zwierf van het ene vertrek in het andere, liep het huis uit, schopte tegen de laag verwelkte bloesem, voelde zich zwaar en tragisch.

Clara heeft toen al begrepen dat iets zich aan het voorbereiden was, iets onvermijdbaars. Eerst was dat nog een tamelijk vage gewaarwording die gepaard ging met een vervelend misselijk gevoel.

Er was niemand aan wie ze zich kon toevertrouwen. Het eenzame kleefde aan haar als aan de leverlijder de gele gelaatstint. Niemand was in staat iets voor haar te betekenen. Ze stond stil, midden op het glooiende gazon, probeerde zich een troostend woord van haar man te herinneren.

Ze bedacht toen ze het huis binnen ging: als hij straks thuiskomt, zal ik zeggen dat ik zijn houding begrijp.

De barstende hoofdpijn vond haar linkerslaap, sloeg splinters in haar schedel. Ze voelde haar maag, bedwong een opkomende golf misselijkheid door met één hand over haar buik te strijken.

Clara hoorde in de verte, richting de heuvels, een zacht grommen, dat luider werd. De plots opstekende storm joeg massa's fijn stof op. Ze zag de zon, midden op de dag, verdwijnen. De hoge, blinkende ficusbomen namen als eerste de tint van de schemer aan. De gele muren van de binnenplaats werden nog kort verlicht als door het laatste, voorbijgaande schijnsel van de zonsondergang.

'Mijn lieve Aukje,' zei ze zacht. Er kwam geen antwoord. Ze nam een slok uit een glas koude thee. De thee smaakte haar niet.

Clara ging op bed liggen. In de slaapkamer hing een onwerkelijke sfeer, een duizelingwekkende roerloosheid, versterkt door de abrupte verschijning van de wind, het heftige bewegen van de lange, puntige ficusbladeren, de bijna volledige zonsverduistering.

Ze was in de steek gelaten. Ze verdroeg het niet zich verlaten te voelen. Die verlatenheid was, net als de zojuist opgestoken storm, iets wat van ver kwam, uit de diepte, uit een onbekend gebied, en gaf de angstige sensatie dat een donker laken over haar heen werd getrokken. Iets verschrikkelijks stond te gebeuren dat door niets tegengehouden kon worden. Die wind. De donkerte die van de dag een nacht maakte, de weer opwellende misselijkheid, de hoofdpijn die haar schedel spleet. Allemaal voortekenen. Met een rondgaande blik door de kamer mat ze de weg die haar gedachte had afgelegd. Clara twijfelde niet aan haar interpretatie.

De tong gleed langs haar bovenlip.

En opnieuw. De tijd die voor haar lag was onafzienbaar. Elk moment behelsde onheil.

Ik word gek.

Ze staarde naar de houten vloer, dacht dat hij bezig was krom te trekken, dat hij zich aan het oprollen was, geloofde toen dat hij van gebarsten glas was, durfde niet op te staan om erop te lopen. Clara wierp een blik naar buiten, er was geen tuin meer. De tuin met alle struiken en hagen was opgelost. De binnenplaats had geen contouren meer.

Clara, in haar jurk van dezelfde rode stof, zag zichzelf als een grote, rode vlek op het witte laken, geloofde dat zij zichzelf had bedacht, dat het niet waar was dat zij bestond.

# 49

Ze hadden nu toch terug kunnen zijn. Nu reed hij over dat laatste stuk gloeiend hete, bijna donkere weg. Waar blijven ze? Ze had vanmorgen eerder moeten opstaan. Dan had ze ook tijd gehad om in de staartjes van Aukjes haar een strik te binden, ook van dezelfde rode stof als het jurkje, als Clara's jurk. Ze waren inderhaast vertrokken vanmorgen. Normaal gingen ze tegen één uur op weg. Edwin wilde weg zijn voor ze wakker was.

Ze hadden allang terug kunnen zijn. Ze wilde beiden zien en voelen. Als ze eerst maar thuis waren.

De wind gromde, floot om de hoeken van het huis. Clara stond in de hal van kille, blauwe flagstones, kreeg een opvlieger. Clara was van vuur, was opgebouwd uit vlammen. Ze hadden allang thuis moeten zijn. Er was iets met Aukje, met haar lieveling, gebeurd. Ze was er zeker van. Ze had het in het begin van de middag al gevoeld. Ze wist het zeker. Ze voelde zich zo leeg als het leeggehaalde ouderlijk huis na papa's begrafenis.

Clara ademde onregelmatig, bukte zich omdat ze dacht dat een zwarte tor over de grond, aan haar voeten kroop. Ze ging op haar knieën zitten, vlak achter de deur, om beter te zien. Het was een vertrapt takje. Ze peuterde het uit de ondiepe gleuf tussen twee flagstones, voelde zich kruipend gedierte, een droevige krab in een restaurant-aquarium, met een diep, stil verlangen, of een zwarte doodgetrapte tor, kwam overeind, keek geschrokken in het groenachtige schemerlicht buiten.

Vlagen zand werden met kracht tegen het huis gesmeten.

Ze wilde roepen, schreeuwen. Ze riep, ze schreeuwde. Geen enkele klank is uit haar mond gekomen. Clara kauwde op haar kreet. Halverwege haar keel zat een brok van hevige angst die ze niet kon doorslikken, die ze ook niet kon uitspugen.

Clara voelt dat Aukje nu alleen is, aan het dwalen geraakt. In de binnenstad lijkt elke steeg dood te lopen op een muur. De stegen in Caracas zijn verstikkende tunnels.

Clara, rood aangelopen van de zenuwen, hoorde de auto, rende het huis uit. Edwin reed de binnenplaats op. Ze zag zijn ontstelde gezicht. Hij was zonder het meisje.

De wind vulde de lucht als een dichte zwerm vogels.

Clara slaakte een lange, smartelijke kreet, als bij een barenswee, die toen hij op z'n luidst was, ineens ophield. Ze dreigde te stikken.

Ze schopte naar hem. Hij was de grote vijand van hun kind, had het kind, om haar, dood gewild. Dat feit plaatste ze helemaal op de voorgrond van haar gedachten.

Haar tong leek te zwellen. Na een korte, wanhopige stilte begon ze over te geven, maar was zo verstijfd dat het braaksel terugliep in haar mond.

De vrouwen van de Hollandse Club omringden haar, hielden Clara vast. Zij, buiten zinnen, rukte zich los, liet zich op het gazon vallen, de handen voor zich uit, naar wat, ogenschijnlijk, in haar verbeelding, het levenloze lichaam van haar kind was, bewoog alsof ze zich uitstrekte over het meisje waar slechts gras was.

Ze gilde noch schreeuwde. Maar de scherpe doorns van de pijn drongen nog dieper door in haar vlees. Had ze daarom een dochter? Om haar kwijt te raken? Zo'n kind liet je op zo'n drukke markt toch niet los? Dat deed je toch niet? Clara's mond zat vol slagtanden. Wat kon ze daarmee uitrichten?

Edwin vertelde wat er gebeurd was. Hij had een beker vers

mangosap voor haar gekocht en rekende af. Iemand had op zijn schouder geklopt. Een bekende had hem aangesproken. In die ondeelbare fractie moet het gebeurd zijn. Hij had zich omgedraaid, handen geschud, opzij gekeken. Aukje had naast hem gestaan, drinkend van het sap. Ze was natuurlijk naar de volgende kraam, met speelgoed, gelopen. Dat had hij tegen haar gezegd. Daar mocht ze straks wat uitzoeken. Hij was eigenlijk niet in paniek geweest. Die kant was hij op gegaan. Hij had haar niet gezien, was gaan rennen, misschien juist de verkeerde kant op. Hij had kooplui aangesproken, het meisje beschreven. Sommigen hadden haar gezien. Ze was opvallend genoeg in dat rode jurkje. Hij had de politie gewaarschuwd. Men had hem gerustgesteld. Meisjes die zo verdwenen werden altijd teruggevonden. Hij was weer gaan rennen, een andere kant op.

Clara was naast het kind gaan liggen. Heel kort. Ze leek weer op te staan. Het was slechts om een betere houding te zoeken, om het dode kind beter te kunnen vasthouden. Ze strekte zich opnieuw uit, langs het kind, kroop in elkaar, schurkte zich zo dicht mogelijk tegen haar kind aan, kuste het op haar gezicht, greep haar vast, drukte haar lippen op de mond van het kind, vouwde haar handen. 'O, Almachtige, breng haar terug. Breng haar terug. O, Eeuwige, het is mijn kind. Amen. Amen. Amen. O, Onveranderlijke, een klein schijnsel, licht hen bij. Amen. Breng haar terug. Mijn leven wijd ik aan U, elke gedachte wijd ik aan U.'

Edwin en de anderen keken neer op de bidrazernij. Clara zou nooit meer ophouden. 'O, Heer.' Haar handen klemden zich om het gezicht van het kind. Ze zou het nooit meer loslaten. Ze kon het, al zou ze willen, nooit meer loslaten. Haar vingers verstijfden. Haar hele lichaam verlamde.

Ze wist.

Ze wist dat ze haar nooit meer zou terugzien. Ze wist het. Het was al beslist in de eeuwen der eeuwen voor haar.

# 50

Clara aan haar tafel aan het raam in 't Goude Hooft zag de beelden bewegen en vroeg zich af: wat moet ik met al deze herinneringen die ik als het ware in de vlucht opvang en opstapel? Wie stuurt ze mij? Ik vraag er niet om, ik kies ze niet uit. Ze bieden zich aan en als ik ze goed bekijk – als ik het goed zie –, verschillen ze heel weinig van elkaar. In alle zie je de liefde, de catastrofe van de liefde. Die is onmogelijk, verboden, hysterisch of helemaal afwezig. Clara was in verwarring. Je zag het aan de manier waarop ze keek, bewoog.

Ik heb direct een afspraak met een man. Waarom, in hemelsnaam, duiken ze nu op? Steekt daar iets achter? Willen die herinneringen mij iets vertellen? Wordt er iets buiten mij om beraamd?

Haar vingers speelden over het zachte, rode leer van de handtas. Ze beefde licht. Elke keer als ze ademhaalde, kwam een klein rauw geluid diep uit haar keel.

De ober keek van enige afstand toe. 'Hoe laat is het eigenlijk?' vroeg Clara. Ze durfde niet op de klok boven de bar te kijken.

'Nog geen vijf uur, hoor, mevrouw. Hij loopt iets voor. Dat had ik u nog willen zeggen.'

Clara zag in haar nabijheid een vrouw een stukje cake voorzichtig in haar koffie dopen. De cake viel in de koffie uit elkaar. Clara bekeek haar nagels en vond dat zij ze niet symmetrisch geknipt had. Ze viste een vijl uit haar tas, begon haar nagels bij te vijlen.

Nieuwe gasten kwamen binnen. Ze werden hartelijk begroet door een echtpaar dat achter in de zaal zat. De vrouwen kusten elkaar, de mannen sloegen elkaar op de schouder. Clara zag het aan, het hoofd tussen haar schouders. Is er bij haar op dat moment de zekerheid geweest dat ze vergeefs wachtte? Die gedachte in ieder geval overviel haar met zo'n bruuskheid dat ze zelfs vergat de trekken op haar gezicht te veranderen, desnoods een niesbui te simuleren, om de tranen die uit haar ogen liepen te rechtvaardigen.

Een meisje van een naburig tafeltje liep vlak langs Clara en keek haar met grote ogen onderzoekend aan. Ze liep terug, trok haar moeder aan de mouw, wees aarzelend op Clara: het toch altijd weer ontwrichtende schouwspel van iemand die alleen is in een openbare gelegenheid en geluidloos snikt.

Clara stond op het punt om overeind te komen. Ze ging afrekenen. Hier hield ze het niet langer uit. Waar was de ober? Als je hem nodig hebt, is hij er niet. Zo is het altijd met obers. Ze keek voorzichtig om zich heen. Niemand schonk meer aandacht aan haar. Het restaurant was steeds meer op een diep hol gaan lijken. De kleur van de stoelen deed pijn aan haar ogen.

Nu meende ze duidelijk voetstappen van buiten te horen, vlak bij de draaideur, haar richting uit komen, hoorde haar naam. Dat was zijn stem. Maar ze wist dat ze zich voor de gek hield. Ze kon er even om glimlachen. Ze keek opgewekt om zich heen, leek weer meester over zichzelf.

Het liep langzamerhand tegen vijven.

Ze had het ook geweten als de ober haar niet op de hoogte had gebracht.

Nu kon hij elk moment komen. Je spreekt om vijf uur af en vlak voor die tijd komt de ander binnen. Zo gaat het doorgaans. Ze zouden elkaar aankijken, elkaars hart raken in die blik en direct op haar voorstel deze gelegenheid verlaten. Hier had ze lang genoeg gezeten. Ze nam het zakspiegeltje weer in de ene, het fluwelen foedraal in de andere hand, schudde haar hoofd om nieuwe herinneringen die zich alweer verdrongen geen kans te geven.

Zodra Oscar kwam, verlieten ze direct dit restaurant. Het was misschien zelfs beter om Den Haag te verlaten, langs de Zeeuws-Vlaamse en Belgische kust naar het zuiden af te reizen. Een hotelkamer in Nieuwpoort, vermaard om zijn visrestaurants, of Zuydcoote. Dan was je al in Noord-Frankrijk, vlak bij Duinkerken. De kamer met wijd open ramen rook naar de zee. Ze hadden een fles wijn en twee glazen en ze dronken zonder haast, de schrijver en zij. Onder hun raam passeerden toeristen op de zeeboulevard. De glimlach op haar lippen droeg het te verwachten genot al in zich. Met haar wijsvinger volgde ze nauwgezet de contouren van Oscars mond. Ze boog zich en kuste die verbeelde mond. Daarna de echte, vol overgave en toewijding. Ze kreeg steeds meer zin in hem.

Zijn lippen waren zacht en bereidwillig. Clara liet Oscar los en kwam weer bij hem, kuste zijn slapen, zijn neusvleugels, zijn lippen. Ten slotte zou hij haar voor het eerst van haar leven het genot doen kennen. Niet zomaar het plezier. Het echte, diepe genot. De schreeuw. Het wankelen. De onnoembare afgrond, waarin ze zou vallen.

Buiten was het plein met grote plassen. Een nieuwe bui viel. Mensen liepen onder paraplu's vlak langs het raam waar de terrasstoelen stonden opgestapeld.

Met haar wijsvinger tikte ze zo achteloos mogelijk tien keer driemaal op de tafel, probeerde aan niets te denken. Dat lukte niet. Ze gebruikte andere ritmes, andere vingers, probeerde zich leeg te maken, zich te ontledigen en gaf dertig lichte tikken met de pink. Vanuit de verte keek de ober toe.

Ze dwong zich tot vrolijkheid, tot het heerlijke feestje dat ging komen, verheugde zich op het weerzien, op de eerste woorden die gezegd zouden worden en alles wat daarna zou komen. Ze had geen idee hoeveel tijd de schrijver voor hun afspraak had uitgetrokken. Het was zeker dat de afgelopen week met alle lezingen die hij gehouden had, ter sprake zou komen. Alle artikelen waarin zijn naam voorkwam had ze uitgeknipt. Oscar zou ook naar haar week vragen. Nog even wachten. De tijd zou nu snel gaan. Clara stelde zich dat alles heel precies en heel vaag voor.

Ze zou opkijken en zijn mooie, bezorgde gezicht zien. Clara en Oscar zaten tegenover elkaar aan de restauranttafel. Zij liet haar hand in de zijne glijden. Hij drukte zijn hand toe. Zij boog het hoofd tot op haar handen, die brandend heet werden. Haar borsten deden een beetje pijn.

De ober onderbrak haar gedachten:

'Het rommelt in de verte boven de Hofvijver. Het onweer komt opnieuw deze kant op. Er is zojuist op de radio voor de rest van de dag zwaar weer voorspeld.'

Ze zagen tegelijk de eerste lichtflits.

Ja, de middag van het onweer. Zo zouden ze daar later over spreken. Herinner je je nog? O ja, toen. Ze huiverden van geluk. Het was de geur die met de wind meekwam, net voor de regen. Zij wachtte staand aan het raam en zag hem vanuit de richting van de Passage komen. Op dat moment was het onweer boven de Groenmarkt begonnen. De luiken van de ramen begonnen te slaan. De zware wind. Het lawaai. De lichtflitsen, de opeenvolgende donderslagen. De neerslaande regen. In dat geweld was hij het restaurant binnen gekomen. Ze kon zich niet voorstellen dat ze zo'n noodweer had meegemaakt. Had dat onweer een rol gespeeld? Misschien. Ze had zijn arm om zich heen gevoeld. Wat ze toen voelde, had ze evenmin eerder gekend. Het geweld van de hartstocht. Ze wist niet dat het zo krachtig in haar was. Ze kon er zelfs achteraf nog niet in geloven. Het moest met het zware onweer te maken hebben. Ze was gek geworden. Hij had haar bijna genomen in het restaurant. Ze waren beiden zo smoorverliefd geweest, zo dwaas. Ze bleef maar mompelen in zijn oor: 'Ik hou zo van je. Ik hou zo van je.' Niets kon hun liefde tegenhouden. 'Ik hou zo van je, lief. Lieveling. Je bent er. Natuurlijk ben je er.' Nooit zou ze hem opgeven. Hoe vaak spraken ze later niet over die middag van het onweer. Hij ook liet geen moment voorbijgaan om er een toespeling op te maken. Ze waren beiden zo heerlijk dwaas geweest, waren zo volkomen onverschillig geweest voor de omgeving.

Clara nam een slokje van de thee en schoof het glas van zich af, bang dat ze het in een onverwachte beweging omver zou stoten.

Clara veegde haar warme voorhoofd af. Ik heb een kop als vuur, dacht ze en voelde aan haar wangen. Dát had ik ook niet moeten doen, dacht ze. Ik had het tevoren kunnen weten. Ik zou vinden wat ik daar zocht. Wat ik zocht, was onvindbaar.

De dag na de boekpresentatie was ze naar de boekwinkel teruggekeerd. Ze was die kant op gelopen. Ze wilde niet naar binnen gaan, maar ze was voortgestuwd. Bij de Hofvijver had ze naar de zwanen staan kijken. Even later was ze in de boekwinkel geweest. Het ging ook zo lang duren voor de week om zou zijn. Ik ga er even rondlopen, dacht ze, een moment nog iets van de dag ervoor opsnuiven.

Maar zonder het feestelijke van de presentatie had de winkel er zo anders uitgezien. Het was dezelfde winkel niet meer. Waar het podium was geweest, stonden nu tafels met boeken.

Ze groette een medewerkster die ze herkende. Het meisje leek haar niet gehoord te hebben. Ze voelde zich vreemd en onwennig in de stille ruimte. Een klant bladerde in een kunstboek. Uit een deur waarop 'privé' stond, kwam onverwacht de boekhandelaar. Zij groette hem. Ook hij negeerde haar, wendde zijn hoofd af, liep snel door. Ze was niet welkom. Haar woorden waren ook bij de boekhandelaar verkeerd gevallen. De muren van de oude zaak leken hoger te zijn geworden, ze naderden elkaar, en zij zat op de bodem van een put. Ze had het tevoren kunnen weten, maar ze had voor ze de winkel binnen ging nou juist het gevoel gehad dat ze bezig was een moment van haar leven mee te maken dat van een kostbare, zeldzame kwaliteit was.

In haar ogen lag paniek. Ze moest de winkel uit. Hier had ze niets meer te zoeken. Hier kwam ze nooit weer, hoe indrukwekkend dat schild van hofleverancier boven de deur ook was.

Hoe kwam ze hier weg?

Ze gaf zo ongemerkt mogelijk zeven kleine tikjes op de centrale boekentafel. Nergens aan denken. Zeven kleine tikken van grotere hoogte, op het hout van de tafel, tussen de hoge stapels *Clara* in. Zo nonchalant mogelijk, tegelijk boektitels lezend. Aan niets en niemand denken. Zich voor de zoveelste maal helemaal leeg maken. 1-3-5-7-7-5-3-1. Andere variaties. Met de pink. Het kostte een uitputtend halfuur.

Buiten liep ze direct terug naar de Hofvijver, leunde over de reling, staarde in het glinsterende water. Thuis was ze, om het geluksgevoel terug te vinden, in de voorkamer op de bank gaan liggen, had haar rok opgestroopt, haar onderbroek uitgetrokken, begon lief voor zichzelf te zijn, met het beeld van een naakte Oscar voor ogen. Maar door het gebeurde in de winkel had het haar moeite gekost dit beeld vast te houden, het beeld was gaan flakkeren. Ze had het zonder hem geprobeerd, alleen met de fijne mechaniek van haar vingers, was toen, omdat ze niet tot een hoogtepunt kwam, teruggegaan naar een liefkozende, en ineens hard penetrerende Oscar. Ten slotte was er wel een orgasme gekomen, maar dat was, nauwelijks tot wasdom gekomen, aan zichzelf ten onder gegaan, was een zachte dood gestorven als een ingezakte soufflé, was vervlogen zonder enig genot teweeg te brengen. 'Heb ik daar nou al die moeite voor gedaan, alle tijd aan verspild?' had ze zich hardop afgevraagd, was nog even blijven liggen, licht versuft, verdrietig, was overeind gekomen, had haar kleren in orde gemaakt.

# 51

Het restaurant begon met het smerige weer aardig vol te lopen. Zij luisterde met haar hele lichaam, met alle mogelijke aandacht, met alle verbeelding, naar zijn voetstappen in de massa die bezit van 't Goude Hooft begon te nemen, hoorde vlak achter haar zijn stem: 'Hier ben ik. Ik heb je toch niet laten wachten? Het is op slag van vijven. Ik werd opgehouden. Lieveling.' Ze glimlachte. O, ik, ik, geluksvogel. Oscar verdiende straf om zijn precisie. Zij lof om haar geduld.

De glimlach trok schielijk weg. Hij was er nog niet, maar kon echt elk moment binnenkomen. Ze keek het restaurant in, toen naar buiten, dronk thee. Tijd ging voorbij.

Het was vijf uur geweest. Vijf over vijf. Ze wilde zichzelf niet kunnen verwijten zich zorgen te hebben gemaakt.

Een krakend geluid boven haar. Daar liepen mensen. Op de eerste etage waren ontvangstzalen. Weer dat kraken. Het klonk als thuis, wanneer papa met de haak het zolderluik met de vlizotrap opentrok. Papa kon uren op zolder rommelen, doof voor ieder.

Met de donkerte buiten was het of de dag al voorbij was. Het was dag noch nacht. In het restaurant, op het plein, hing een tijd van afwachting, van opgeschorte tijd. Een tijd van suspense. Maar was opgeschorte tijd niet juist absolute tijd waarin zich het wonder voltrok? Een wonder dat al had plaatsgevonden in de Surinamestraat en slechts bevestigd moest worden?

Het geluid van een snelle auto nadert. Op het plein mogen helemaal geen snelle auto's rijden. De auto stopt, vlak voor de ingang van het restaurant. Ja, ik zie dat hij uitstapt, mij wenkt, mij uitnodigt snel plaats te nemen. Hij mag hier niet staan. Ik kan niet eens zeggen dat ik droom of een nachtmerrie beleef. Ik hoor werkelijk, objectief, de auto, zie zijn wenkende hand waaruit haast spreekt.

Weer een seconde voorbij. Een nieuwe seconde is gekomen. Een seconde als alle andere. Nee, toch niet. Tijd is hoop. Meer dan ooit.

Clara reikte naar de koude thee. Nee, thee heeft ze nu genoeg gedronken. Direct gaan ze samen iets sterkers nemen. Een heerlijk glas witte wijn.

Boven haar weer dat geloop. Iemand sloeg een noot op de piano aan. Boven zaten vaak luidruchtige gezelschappen. Ze hoorde papa pianospelen. Dan moet het een zondagmiddag geweest zijn. Hij had zo'n harde aanslag. De piano trilde en beefde. De stem van mama: 'Ik ga weg. Die piano. Dat beest. Een kakofonie. Ik word horendol.'

'Baba Jaga...' Dat was mama die voorlas. Tussendoor zeurde mama soms over haar eigen moeder. Ik ben nooit voorgelezen. Mijn moeder was daar te lui voor. Te lui, Claar, hoor je dat? Dat zal mij niet overkomen.

'Mama las heel veel voor, deed alle stemmen na.'

'Brrr, wat een grauw en grimmig weer.' Dat was de ober. 'Alsof de zon voor altijd slaapt.' De ober heeft een manier om me aan te kijken die me alles bij elkaar (het magere pierlalalijf, de bleke ingevallen wangen) steeds meer angst aanjaagt. Ik zou moeten zeggen: verdwijn uit mijn blikveld. Ik durf het niet.

Clara streek een beetje over haar handtas, deed hem open, keek er nadenkend in, zich afvragend of ze iets zocht.

Ze schudde het hoofd.

'Nee, ik zoek niets.' Ze zei het zacht, maar haar stem klonk niet zoals ze had verwacht. Het wachten ging nu te lang duren. De tijd was op. In de lucht hingen dubbelzinnigheden. Boven haar was steeds het geloop, het kraken van de vloer, soms een pianotoon. Iets onbenoembaars, iets louche, droop van de wanden naar beneden.

'Is het nou zo veel donkerder geworden, ober?' Haar stem verraadde angst.

'Buiten wel, mevrouw. Binnen zijn de schemerlampen toch aan. Die aan de wand en op tafel. Bij u ook. Het maakt het binnen intiem.'

'Maar...'

Ze zweeg. Ze wilde zeggen dat er duidelijk iets verdachts in al het grijszwart om haar heen was.

Nu trachtte het zwakke in Clara – of het hardnekkige, het heel sterke – het tafereel gade te slaan, alsof dat op afstand plaatsvond en niets te maken had met deze vrouw, die slechts voor de goegemeente een eenvoudige, gewone bezoekster was, een kopje thee drinkend. Tegelijk schaamde Clara zich diep toen ze zichzelf zag. De hitte van de schaamte verschroeide haar. Ze voelde zich kleiner worden, nog minder, nog verlatener.

De ober bracht nieuwe thee. Had ze daarom gevraagd? Ze kon het zich niet herinneren, kon zich de laatste slok die ze genomen had niet herinneren.

Hij zette het glas thee met de munt voor haar neer. Zijn gebaren waren licht en gemakkelijk, door de jaren geijkt. Hij leek om haar heen te redderen alsof zij een zieke was. Hij had toch wel wat anders te doen met die plotse toeloop?

'Nou kijkt u me weer zo aan?'

'Ik ben sprakeloos, mevrouw. Ik zou niet weten wat ik zeggen moest. Ik weet alleen dat het weer buiten er niet vrolijker op wordt.'

'Met een blik alsof...'

'Alsof wat, mevrouw?'

'Nou ja, laat ik het maar eerlijk zeggen. Met een blik alsof u met mij te doen hebt.'

'Die gedachte is verre van mij, mevrouw. Dat lange gewacht is natuurlijk vervelend voor u. Ik leef met u mee. De tijd kruipt als men op iemand wacht.'

Ze had haar stoel iets verschoven. Ze kon nu het plein in de gaten houden zonder haar hoofd te draaien, alleen door een minieme verschuiving van de blik zou ze zijn komst kunnen waarnemen.

# 52

'Mevrouw?'

Clara dacht dat het de ober was en had geen zin om hem aan te kijken. Ze veegde een paar tranen weg met haar arm. Maar uit haar ooghoek zag ze dat niet de ober aan haar tafel stond. Het was een oude dame die ze een tijdje geleden het restaurant had zien binnen komen. 'Mevrouw, excuses dat ik u stoor. Ik zie u zo vaak hier, bijna altijd schrijvend. Nu toevallig niet. En met papieren voor u. Ik heb me zo vaak afgevraagd: u schrijft. Maar wat? Een roman? Een verhaal? Een brief? Ik hoop het eerste. Ik ben, ik weet het, ongepast nieuwsgierig.'

'Och, ja,' zei Clara verstrooid. Ze had geen zin om met die onbekende vrouw te praten. Haar ogen waren groot en vaag van onbewogenheid. Van die vrouw wilde ze af. Oscar Sprenger kon elk moment binnenkomen en zijn komst wilde ze niet missen. Clara had haar kunnen zeggen dat ze was genezen van de betovering om een roman te schrijven. Dat was inmiddels gebeurd. Ze kon ook genoeg redenen opnoemen die haar geruststelden: er was een heldere afspraak gemaakt, met een niet mis te verstane locatie en tijd. Clara moest ook toegeven dat ze aan het eind van alle geredeneer slechts angst vond.

De onbekende bleef in afwachting bij de tafel staan. Clara zei:

'Ik kan niets loslaten.'

Ze had het gevoel dat ze een hevige strijd moest voeren. Maar waartegen?

'Mag ik dan uw naam weten? Dan kan ik thuis aan mijn

zieke vriendin vertellen dat ik u ontmoet heb. U komt mij bekend voor. Zij kent alle schrijvers.'

'Nee, nee, mijn naam is niet belangrijk,' zei Clara, in een vurige drang tot zelfverdediging.

Met een onaangenaam gevoel keek ze langs de vrouw heen. Ze verdroeg op dit moment niets wat haar afleidde van de schrijver, maar voelde zich ook beschaamd omdat ze zelf helemaal geen schrijfster was. Ze wás Clara. Ze nam het die onbekende kwalijk op haar afgestevend te zijn.

De onbekende bleef bij haar tafel staan. Clara keek naar buiten en zei zacht: 'Ik wil dat u weggaat.'

Na een paar tellen zag ze dat zij, die haar in zekere zin belaagd had, de jas aantrok en het restaurant zonder verder naar Clara om te zien verliet. Het was zeker: die vrouw was gekwetst. Vanuit haar vaste plek overzag ze het restaurant. De gasten hadden geen weet van haar gedachten en ze had de sensatie tegelijk superieur aan hen te zijn én gepijnigd, vanwege de onverschilligheid die uit hun onwetendheid voortkwam.

Een man passeerde dicht langs het raam van 't Goude Hooft waarachter Clara zat. Ze zag hem van opzij, kreeg een indruk van zijn dikke, vlezige lippen en had hem daarna op de rug gekeken. Die zware, massieve man kende ze. Ze had op het punt gestaan om naar buiten te rennen. Daar liep oom Arie Hooykaas. Ze had ook een glimp van zijn gezicht opgevangen en je zou toch zeggen dat het een man was die altijd problemen met zijn gebit had.

Oom Arie was al zo lang dood.

Op Clara's gezicht verscheen een glimlach. Dat was nou eens een mooie herinnering die opdook. Het werd tijd. Clara zat met haar ouders op het terras van dit restaurant en ze keken naar de mensen die op de Groenmarkt voorbijkwamen. Dan passeerde een onbekende die mama's aandacht trok. Ze keek papa aan, vaak pakte ze hem ook bij zijn arm.

'Nou, op wie leek hij?' Ze keek papa vol verwachting aan.

Dan zei papa:

'Ja, je hebt gelijk. Hij deed mij, toen ik hem zag, ook sterk aan Arie denken. Ja, met dat massieve lichaam, het sluike haar dat altijd voor zijn ogen hing. Het was hem precies.'

Mama was het helemaal met hem eens. Ze dacht precies als hij. Dan kwam het voor dat ze elkaar van plezier weer even aanraakten. Daarin, merkwaardigerwijs, vonden ze elkaar, hadden er schik in in willekeurige voorbijgangers bekenden te zien. Daar, Wim Zeewüster, daar die slanke, rossige, precies Annet Hooykaas. Daar... Die lijkt op...

En daar!

'Hé, Clara.' Oscars stem werd tegengehouden door het dikke, gelige glas en klonk als een vreemde uithaal.

Er was helemaal niemand.

## 53

Eerst schoot de tijd niet op. Nu rende hij voor zichzelf uit.

Clara maakte snel haar ogen op, keek in haar zakspiegeltje. Ze zou even naar het toilet moeten, maar durfde niet te gaan. Je zou zien dat Oscar dan net de zaak binnen kwam, rondkeek, haar niet zag, ook de ober was druk bezig. Hij zou het plein weer op gaan, ondanks het slechte weer. Het zou een avond van misverstanden worden. Niets ergers dan een misverstand.

Ze leek zich iets te herinneren. Je zou zeggen dat een verblindend licht haar ogen opende.

Er is een misverstand gaande. Ik zie hem zo. Hij wacht in zijn auto voor mijn huis. Dat ze daar niet eerder aan gedacht heeft. Hij wacht op mij. Hoe lang al? Hij wacht, weet dat het goed komt. Straks zal hij alle door haar bedachte hitsigheden van de afgelopen week bevredigen. Ik zal hem zien. Ik ben incompleet zonder hem. Ik ben altijd incompleet geweest. Ik heb nooit een thuis gehad. Ik kom thuis. Hij completeert me. Hij maakt me heel. Hij schrijft. Hij heelt. Hij zal alles wat me moeite geeft, wat me bezwaart, de dwang van het tellen, het... Er is zo veel. Hij zal het neerslaan. Dat is het. Ik wacht hier maar. En hij...

Ze mompelde in zichzelf. Daar was hij. Zijn naam kwam haar door de lucht tegemoet. Clara was al zo aan hem gewend geraakt.

Zij zat eindeloos te wachten. Hij ook.

Daar was hij.

Ze dacht dat de ober ergens achter in het restaurant was. De gasten bewogen wel hun mond, maar ze kon geen woord verstaan. Werd er wel hardop gesproken? Zojuist, of al enige tijd geleden, had de ober haar gezegd:

'Mevrouw, de natuur doet er ongemerkt een schepje bovenop.'

'Ik begrijp u niet,' had ze gezegd. Ze had hem ook niet begrepen. Ja, het regende hard. Wat zou dat? Clara, op dat moment, hield op het leven te zien. In plaats daarvan was er alleen nog de tijd. De tijd had het leven opgeslokt.

Hè, nou viel het zakspiegeltje uit haar handen. Clara schoof haar stoel iets naar achteren, ging per ongeluk op het spiegeltje staan, dat in duizend stukken uiteenspatte. Ze dook onder de tafel, begon de scherfjes met de hand bij elkaar te vegen. Ze had er een handvol van.

Clara, onder de tafel, begon te rillen, had grote moeite met ademhalen, kneep zo hard dat de splinters en scherven diep in de palm van haar hand drongen, drukte haar gesloten handen tegen haar slapen, meende dat de wereld zich hermetisch om haar sloot.

Ze zat hier onder de tafel, vlak bij de ingang, en Oscar zou nu net kunnen binnenkomen. Ze zou zeggen met een geinig gezicht: 'Ja, ik zit onder de tafel, net nu je binnenkomt. Uren heb ik aan de tafel gezeten. Nu onder de tafel. Geen gezicht. Heerlijk dat je er bent. Ik dacht aan je en je staat voor me. Een feestje.'

Jammer dat het fluwelen foedraal van het spiegeltje nu boven op de tafel lag. Ze had het graag in haar hand gehad. Het contact met de zachte stof zou geruststellend zijn geweest. Het zou me zo goed hebben gedaan.

Ze zette kracht, klemde de handen op elkaar, voelde geen pijn. Ze draaide haar hoofd weg van de kant waar hij vandaan zou moeten komen en ze hoorde duidelijk:

'Och lieverd, lief, lief meisje, je moest zo lang wachten. Het was overmacht. Je wist toch dat ik zou komen? Het verkeer zat vast. Ik kon geen kant op. Ik had je nummer niet. Je wist toch dat ik eens zou komen? Ik had het beloofd. Wachten duurt ook zo lang.'

Clara drukte haar achterhoofd tegen de zware, gedraaide achterpoot van de tafel. Massief meubilair in 't Goude Hooft. In eeuwen niet veranderd. Ze sloeg met haar achterhoofd tegen de tafelpoot om wat verlichting te krijgen. Haar vingers begonnen te tintelen, ze voelde het bloed tussen haar vingers plakken.

Ze rilde. Ze had het zo koud. Waarom was het zo koud hier?

Met haar linkerhand raapte ze een glasscherf op, schuurde ermee over de bovenkant van de arm tot de huid openging. Ze kerfde over de open huid. Het gaf verlichting en genoegdoening. Als hij nu binnenkwam, kon ze hem haar opengehaalde arm, de opeengeklemde hand tonen die aan alle kanten onder het bloed zaten. Hij zou zich schuldig voelen. Ze zou zeggen: Jouw schuld. Dit doe ik me aan. Zoveel ben je waard voor mij. Je hebt me gekleineerd, wat kan ik anders doen dan wat ruimte scheppen in mij? Voorzover mogelijk op die manier een beetje smoren wat ik voel.

Ze vond kleinere scherven, veegde ze met beide handen bij elkaar, perste ze in haar handen samen. Krijste en huilde tegelijk, perste met zo veel kracht en onstuimigheid dat van alle kanten het bloed tussen haar vingers door sijpelde. Daarna voelde zij zich gloeiend heet en slaperig worden. Het krijsen en huilen heeft ze niet gehoord. Evenmin de stem van de ober:

'Maar mevrouw, alstublieft, wat doet u daar onder de tafel?'

Hij riep om een dokter, belde het alarmnummer. Hij haalde haar onder de tafel vandaan, legde haar languit op de grond. Haar armen en benen schokten, de beide handen zaten verkrampt om het glas. De ober liep naar buiten, riep om een dokter over het plein.

Er was snel een arts bij. Haar ogen draaiden weg naar opzij en omhoog, leken niets te zien. De ademhaling stokte, rillingen trokken over haar gezicht. De vingers van beide handen bleven verstijfd.

De arts vroeg om lauw water en een spons, sprak geruststellende woorden tegen haar, keek naar de klok boven de bar. Hij depte haar gloeiende gezicht, dat om de mond een blauwe kleur kreeg. Hij bleef onophoudelijk zacht geruststellende woorden spreken.

Geleidelijk aan verdwenen de stuipen.

Hij bleef haar gezicht sponzen en bebroesde de huid, keek weer op de klok, controleerde de ademhaling die geleidelijk rustiger werd. Ook in haar blik kwam meer rust. De vingers verslapten iets, maar de arts kon ze nog losmaken van de handpalm. De nagels hadden zich diep in de huid gedrukt.

Een ambulance reed het plein op. Twee broeders kwamen binnen met een brancard.

'Een vrij hevige stupor. Hij heeft bijna vier minuten geduurd. Dat is normaal. Ik ga met jullie mee. Het Westeinde. Dat is het dichtstbij.'

# Drie

*Och Clara.*

*Je kunt het, zoals men zegt, bijna zo niet bedenken.*

*Maar nu? Wachten is erg. Niet langer wachten is erger.*

*Ik wil hier wel bekennen dat ik lang ben teruggeschrokken voor het boek dat ik bezig ben te schrijven. Te pijnlijk.*

*Ook omdat ik voel dat het waarschijnlijk mijn laatste boek is. Haast heb ik dus niet. Integendeel. Zolang ik schrijf, heb ik het bijgeloof gehad – maar is bijgeloof ook geen geloof? – dat God of het Universum, dat Wie of Wat over mijn leven beslist, mij een eenmaal begonnen roman zal laten afmaken. Het is zelfs geen geloof, het is een weten. Voor het eerst in mijn leven heb ik niets gejaagds over me.*

*Ook het einde van deze roman zal zich vanzelf schrijven. Ik hoef geen moeite te doen. De woorden zullen uit mijn pen vloeien. Ze liggen als verwachting in mij. Mijn denken is vrijwel uitgeschakeld.*

*Hierna ga ik definitief uitrusten en kan ik haar eindelijk loslaten. Kan ik mijzelf loslaten.*

*Ik ben Clara.*

# I

Klaar is Kees. Dat kon je bij dit werk nooit zeggen. Het was nooit klaar. Je had nummer 45 gedaan, je keek achterom. Nummer 43 lag alweer onder het stof, dor blad of zaadpluizen van bomen uit de achtertuinen of van omliggende straten.

De Buys Ballot (*bûwi ballô* volgens bewoners met enige pretentie) is een boomloze straat. Ze is niet meer dan twee aaneengesloten huizenblokken van drie of vier hoog, en verbindt in kaarsrechte lijn de Valkenboslaan met de Edisonstraat. Er zijn geen voortuinen. Wel is hier en daar onder de erker of naast de voordeur een stoeptegel weggehaald. Daarin groeit bijna altijd een stekelige vuurdoorn. Soms een stokroos.

De straat is in die zin bijzonder dat waar haar nummering begint (vanaf de Valkenboslaan) zij door het mindere allooi van de huizen (met nogal wat sauna's van een onduidelijk karakter), de smalte van het wegdek, soms een motor zonder wielen, met zijn assen rustend op kisten, juist het einde van de straat lijkt. Het echte einde, met als hoogste huisnummer 99, uitlopend op de kruising Edisonstraat-Ampèrestraat, geeft een duidelijk ruimere indruk.

Clara Hofstede woont op nummer 99. Het heeft op de eerste en tweede verdieping zo'n typisch Haags, uitpandig balkon. Rond 1880, toen de straat werd ontworpen, heeft de architect in dit huis willen wonen. Hij stierf voor de straat af was.

Clara is er gaan wonen na haar terugkeer uit Venezuela, meer dan dertig jaar geleden. Het stond te koop. Ze kon het goedkoop krijgen. Het geld dat de verkoop van het ouderlijk huis had opgeleverd stak ze in dit huis. Ze hield zelfs nog iets over om een tijd van rond te komen.

Het is te groot voor een vrouw alleen.

Op de eerste verdieping slaapt ze. Een zonnige hoekkamer naast haar slaapkamer heeft ze ingericht voor de dochter die nooit is teruggekomen. Eén of twee keer per week gaat ze er naar binnen om stof af te nemen en een knuffeldier in de hand te nemen, of een van de poppen van papiermaché die zij en Aukje samen gemaakt hebben en in een rij naast elkaar op bed liggen. Op de etages daarboven komt ze nooit.

In Leiden heeft ze haar studie alsnog afgemaakt en ze werd voor tien lesuren per week docent aan het Descartesgymnasium aan de Laan van Meerdervoort. Dat was in de tijd dat elke middelbare school de leerlingen facultatief Spaans mocht aanbieden, zodat zij naast Engels en Frans kennis konden nemen van de derde wereldtaal. Dat heeft maar heel kort geduurd, hoewel de belangstelling van de zijde van de leerlingen groot was. Bezuinigingen kwamen en het Spaans verdween.

De dagen dat Clara zich stabiel voelde, ging het lesgeven haar goed af. Ze had hart voor de leerlingen, corrigeerde op tijd hun proefwerken, was in alles punctueel. Toen haar vak werd afgeschaft, verdiende ze haar geld met vertalen, privélessen. 's Avonds werkte ze bij huiswerkinstituut Noctua.

Van Edwin heeft ze zich laten scheiden. Jaren later had hij contact met haar gezocht. In een lange brief uitte hij zijn bezorgdheid voor haar. In die brief deelde hij ook mee dat hij een vaste kantoorbaan in Londen had aangenomen en daar een vrouw had ontmoet. Deze nieuwe geliefde had hem in contact gebracht met het beroemde medium Ena Twigg. Zij kreeg met een zekere regelmaat composities van Liszt en

Bach door, die kenners als authentiek beschouwden. Tijdens een seance had zij met Aukje gesproken. Zij verbleef in de andere wereld in een 'Healing Center', in een tijd- en ruimteloos lentelandschap. Soms hoorde het medium muziek op de achtergrond. Aukje had haar ouders laten weten dat het goed met haar ging.

Edwin kon haar met dit medium in contact brengen. Clara was niet op zijn verzoek ingegaan. Ze hoorde al genoeg stemmen in haar eigen hoofd. Het paranormale stond haar tegen.

## 2

Op een dag, weken na de afspraak in 't Goude Hooft, is ze met een bezem, stoffer en blik en een nog opgerolde plastic vuilniszak het huis uit gelopen.

Het was vijf uur in de ochtend. Er viel een druilerige regen. Wegdek en trottoirs waren een glinsterend spiegelend oppervlak. Ze droeg een oude verschoten regenjas die ooit appelgroen was geweest en een hoofddoekje.

Die nacht, als alle voorgaande nachten, had ze geen oog dichtgedaan.

Buiten had ze om zich heen gekeken. Er waren nauwelijks gedachten in haar. Ze deed een paar kleine passen, in de richting van de verwaarloosde bloempotten van de gemeente, bewoog de bezem. Ze liet de schaduwen op de muur dansen.

Clara veegde eerst haar eigen stoep, ondanks de nog pijnlijke handen. De arts van het Westeinde-ziekenhuis had zo veel mogelijk glassplinters uit haar handen gehaald, maar had niet kunnen garanderen dat ze er allemaal uit waren. Ze waren diep doorgedrongen. Het idee van het vegen was deze nacht zomaar in haar opgekomen. Ze had het als een opdracht beschouwd, die vervuld moest worden. Ze had gehoorzaamd, het hoofd gebogen, bij voorbaat al bereid.

Haar stoep was klaar. Het dunne hoofddoekje en het haar daaronder waren al kletsnat. Ze kon niet meer ophouden. Ze pakte het trottoir van de buren erbij, die van de buren daarnaast. In de straat, op dat uur, hing een veelvormige, ongrijpbare, oorverdovende stilte. Ze vermeed naar het einde van de straat te kijken om zich door de lengte niet te laten ontmoedigen. Ze liet zich heus niet zo gemakkelijk uit haar verdoving verjagen. Ze voelde wel dat ze in dit tempo zeker de helft van de oneven nummers vandaag schoon zou kunnen krijgen. Morgen de andere helft. Dan de overzijde.

Die vroege ochtend is dat totale, absolute, uitputtende vegen begonnen. Onverzorgde, smerige trottoirs zijn onverdraaglijk.

Een wapen, ook deze waan. Ze weet het.

Voor een strijd die niet te winnen is. Welke strijd dan toch? Is Clara een vrouw die zich steeds weer verliest in dezelfde droom?

Ze werkte kalm en precies, geordend, als mechanisch. Een goed geoliede machine. Alsof ze geen herinneringen meer had, haar leven slechts een blinkende film was geweest van vlakke, nietige momenten, slechts momenten van een heden, door niets getekend, uitgehold, uiteengevallen.

Clara Hofstede had slechts één obsessie: zich geen vragen meer stellen, geen enkele, gelaten de onvermijdelijke gang van zaken accepteren. Ze moest bewegen. Haar denken wachtte op de geringste adempauze, op elke aanzet tot ontspanning om boven op haar te springen, als een wreed beest in haar te bijten. Ze wist naar welke beelden de gedachten haar in een onverbiddelijke aaneenschakeling zouden brengen. Daden opstapelen tegen dit denken.

Soms, even haar rug strekkend, opkijkend tegen de natte, donkere gevels, dacht ze verbaasd: ik geloof dat ik alles heb bedacht. Is er in Den Haag een Surinamestraat? Heb ik ouders gehad? Ben ik wel in Venezuela geweest? Dan bukte ze zich weer, trok met haar hand een dor blad los waarop de bezem geen greep kreeg.

## 3

Voetstappen. Een schaduw.

'Mens, wat doe je nu? Je bent de hele straat aan het vegen. Alsjeblieft, hou hiermee op. Laat ze hun eigen straatje schoonhouden. Daar ben jij te goed voor.'

Clara haalde nauwelijks merkbaar haar schouders op. Die woorden gingen haar niet aan. Ze ging door met haar werk, trachtte, op haar hurken, grip te krijgen op een in de struik gewaaide krant.

Jeanne pakte haar bij de arm.

'Lieve meid, ik wil niet dat je dit werk doet. Je bent helemaal van streek. En als je het niet bent, maak je je wel van streek. Kijk me eens aan. Praat tegen me. We gaan samen naar mijn huis. Ik ga koffie voor je maken.'

'Laat me.' Clara maakte een geërgerd gebaar. 'Ik doe waar ik zelf zin in heb.'

De avond toen ze thuiskwam, na behandeld te zijn in het ziekenhuis, had de overbuurvrouw even later aangebeld. Clara had niet opengedaan. Wat had ze moeten zeggen? Jeanne wist van de afspraak. Hoe kon ze haar in de ogen kijken? Had ze haar vernedering moeten vertellen? Haar moeten uitleggen waarom beide handen in het verband hadden gezeten? In de rechter zaten meer dan tien hechtingen. Het was zeker dat de buurvrouw het goed bedoelde. Ze had een zachtmoedig karakter. Dat hoorde je aan haar stem, dat kon je aan haar ogen zien, al staarde Clara, verdoofd, naar een vaag punt naast de vuurdoorn. Maar ze had geen zin zich door haar te laten dwingen.

Toen Jeanne stoffer en blik pakte en ook Clara's bezem

wilde overnemen, had ze voldoende reden om boos te worden. 'Bemoei je met je eigen zaken. Je houdt me van mijn werk af.'

Clara wist precies wat ze deed. Ze had geen hulp of bijstand van anderen nodig. Aan een vriendin had ze ook geen behoefte. Ze had drie vriendinnen: bezem, stoffer en blik. Natuurlijk was dat armoede. Ja, het was de armoede zelf. Dat besefte Clara ook wel.

Jeanne verwijderde zich, kwam weer terug, zei dat ze er altijd voor Clara was, dat ze altijd bij haar kon aankloppen.

'Ik hou toch wel een oogje op je. Dat kun je me niet verbieden. Clara, je hebt het koud, je staat te rillen.'

Clara, op haar hurken, ging met haar hand als een fijne kam door de doornige struik heen, om hem helemaal te ontdoen van blad en andere ongerechtigheden die er zich in hadden vastgezet. Een blik met afval deed ze in de plastic zak. Een Clara onbekende bewoonster in haar peignoir keek vanuit de erker hoofdschuddend toe. Jeanne was op enige afstand blijven staan, hopend dat Clara met haar mee zou gaan.

Begrepen beide vrouwen dan niet dat ze ergens voor gestraft moest worden? Clara had God gebeden. Hartstochtelijker bidden was niet mogelijk. Haar gebed was niet verhoord. Ze wilde de armzaligste mens zijn die je maar bedenken kon.

Het is schitterend, een kind. Wat heb ik haar gekoesterd! Een kind zet de heilige ordening voort. Die prachtige aaneenschakeling van de doden en de levenden. Mama, ik, mijn eigen dochter. Ik voel op dit moment niets. Mijn gezicht is nat. Toch regent het vandaag niet. Ik huil. Kleine, bescheiden, bijna zuinige tranen. Ik had het zelf niet in de gaten. Tranen die proberen echte tranen te zijn. Ik weet niet wat het is. Ik heb pijn die geen pijn doet. Ze is zacht noch hard. Het is of het over het verdriet van een ander gaat. Wat zei

Jeanne net toen ze wegliep? 'Och, lieve, trieste Clara.' Zo denken ze in de buurt. Ze heeft verdriet. Dan komt het goed uit dat ik huil. Ik weet niet of ik om mezelf huil of om wat ik ben kwijtgeraakt. Het gaat, denk ik, om een veel ouder verdriet. Ik heb het nu ineens ijskoud en besef dat ik klappertand. Toch is het niet koud buiten en de straat is op dit moment zo zacht en week. Ik kan er zo in wegzakken. De straat is van veen.

Clara moest betalen. Ze had in haar leven iets niet goed gedaan en ze eiste van zichzelf dat ze boete deed. Zou die, in alle vrijwilligheid, zichzelf opgelegde straf zich over heel haar verdere leven uitstrekken? Dat leek haar wel. Wanneer zou je tegen jezelf kunnen zeggen: Ik heb genoeg betaald?

Clara stond daar een tijdje, als versteend, beschouwde haar beide handen, die ze voor zich hield, als om iets te ontvangen. Van boven? Uit de hemel die zwart en donker was?

# 4

De Haagse Surinamestraat. Die hersenschimmige Surinamestraat.

Daar zat ze, roerloos als het standbeeld van Couperus, zichtbaar in het licht van een straatlantaarn. Bewoners wierpen vanuit hun huis een blik op haar, trokken, licht verontrust, snel de gordijnen dicht. In hun straat, toch de meest elegante van de stad, hield zich een zwerfster op. Dat was nog niet eerder voorgekomen. Ze hadden ook al snel begrepen dat ze niet de klassieke zwerfster was, omringd door volgepropte plastic tassen. Je kon ook niet zeggen dat ze niet goed bij haar verstand was. Er lag niets van waanzin in haar ogen.

Ze had zichzelf beloofd dat Oscar Sprenger nooit een zwak moment van haar zou zien. Deze bezoekjes aan de straat, altijd 's avonds laat, zag ze niet als zwakheid. Het was pijnlijk om hier te zijn. Hier had zij hem voor de eerste keer ontmoet. Het was geen toeval. Het was een *gebeurtenis*. Ze geloofde ook niet dat ze hem hier opnieuw zou tegenkomen. Over haar lippen kwamen onvaste woorden die zoiets betekenden als: 'Ja, zo gaat het nu eenmaal. Zo gaat dat in de liefde. Dit blijft er nu van over. Dit wat hier in een oude regenjas tegen middernacht op een parkbankje zit.'

Ze keek in beide richtingen de straat af. Aan haar linkerhand, heel dichtbij, was de Javastraat, waar ze heel kort had gewoond, direct na haar terugkeer uit Venezuela. Rechts, veel verder weg, voorbij de dierenkliniek, de Laan Copes van Cattenburch.

'Wat kan ik nog doen?' mompelde ze. 'Zal ik iets van me laten horen? Hoe hem te laten weten wat ik die middag in het restaurant heb doorgemaakt?' En als ze woorden voor zich heen mompelde, hoe zou ze dan weten dat hij ze hoorde? Hoe zou hij weten dat ze woorden sprak die hoorbaar waren en niet, zoals die in een droom, wegzakkend in de leegte?

Ze zocht in haar jaszak, haalde er een brief uit, die ze openvouwde en begon te lezen.

*Lieve Clara,*

*De afspraak is door mijn hoofd gegaan. Ik voel me daar heel schuldig over. Ik ben niet iemand die een afspraak niet nakomt. Zeker niet na je opmerkelijke reactie op mijn roman. Ik zit ermee en stel voor dat wij elkaar morgen zien. Zelfde tijdstip, zelfde locatie. Ik ben er, ruim voor de tijd. Hier vind je mijn 06-nummer. Schroom niet om te bellen.*
*Je Oscar*

*PS*
*Ben ik een auteur die zich niet om zijn personages bekommert? Ik koester ze. Ik lijd met hen. Ik ben hen.*

Die brief. Hoe graag had ze die ontvangen! Clara keek naar het huis waar Couperus zijn *Eline Vere* geschreven had. 'Ik ben Eline Vere. Nee, ik ben Clara.' De lantaarns in de straat straalden oranje licht uit. Haar stem klonk heel gek in de oranje nacht. Haar lippen krulden een beetje op. Een gehaaste passant zou bijna zeggen dat ze lachte.

Schrijf mij, Oscar. Ik wil weten. Ik wil weten waarom je niet gekomen bent. Schrijf. Vertel over je werk. Op dit nachtelijk uur is de sterrenhemel imponerend. We hebben elkaar ontmoet. Dat was niet voor niets. Je moest op dat moment in mijn leven komen. Schrijf. Zeg eerlijk hoe je over me denkt. Ik ben ook eerlijk. Geen woord in jouw roman dat ik niet heb onderstreept.

...

O Clara, ga naar huis. Wat doe je in die dodelijk saaie, levenloze Surinamestraat? Je schiet er niets mee op. Doe een poging de dagen en nachten die elkaar zijn opgevolgd sinds die lange middag in 't Goude Hooft, opzij te schuiven. Dat hele intermezzo, hoe afschuwelijk ook, maar toch ook hoe weinigzeggend in een leven, laat het los. Neem je oude bestaan weer op. Er zijn mooie exposities. De serie Bachcantates in de Kloosterkerk, een hondje in huis. Je krijgt alle verdriet onder controle. Clara, die Oscar Sprenger deugt niet. Je hebt dat toch ook moeten zien? Aan een bepaald gebaar, een bepaalde blik. Hij nam je niet serieus. Dat was duidelijk. Hij wilde je niet meer zien na de presentatie in de boekhandel: je was daar te ver gegaan. Je was misschien ook verblind. Door het belang dat je had om jezelf te verblinden om zo helderder te kunnen zien. Denk na, Clara. Je weet ook dat hij je niet werkelijk een zevende hemel beloofd heeft. Al heeft hij je op de drempel nog mooie dingen over de vrouw gezegd. Alleen via de vrouw viel het raadsel van de wereld te ontsluieren. En hou op met dat vegen. Je sleept zo'n zak met straatvuil achter je aan en je denkt zijn voetstappen te horen.

# 5

Zorgt ze wel goed voor zichzelf? Het gezicht is zo bleek en gegroefd. Ze moet in haar jeugd heel mooi zijn geweest. Dat kun je nog steeds aan haar zien. In die hoog dichtgeknoopte regenjas en met dat donkere hoofddoekje ziet ze er zo armetierig uit. Ze is zo mager. Je kunt met geen mogelijkheid meer aan haar zien hoe oud ze is.

Zo moet het begonnen zijn, zeggen de mensen in de buurt: ze maakte haar stoep schoon, trok wat onkruid uit de plantenbakken van de gemeente, wiedde ook het onkruid onder de vuurdoorn van de buren, nam die stoep mee bij het vegen. Allengs. Wat is er dan gebeurd in dat bestaan? Hoe heeft ze tot dat obsessieve vegen kunnen geraken? Dat moet haar toch uit het hoofd gepraat kunnen worden? Ze heeft gestudeerd.

De overbuurvrouw heeft de GGD gewaarschuwd. Dat is niet in goede aarde gevallen. Die buurvrouw heeft het definitief bij haar verbruid. Ze verdraagt geen controle. Dat valt nog te begrijpen. Ze verdraagt evenmin, zou je bijna zeggen, toenadering, enige vertrouwelijkheid.

Wat bezielt haar? Ze heeft Spaans aan het Descartes gedoceerd. Heeft ook gewerkt bij huiswerkinstituut Noctua aan de Laan van Meerdervoort. Ze is zo... zo afwezig, lijkt niets om zich heen op te merken. Wat een eenzaamheid. Je zou er bang van worden. De mensen van de GGD die een kijkje kwamen nemen, hebben trouwens gezien dat ze bij haar volle verstand is. Er is geen reden om in te grijpen. Ze is zeker niet ziek.

Maar zo afwezig. Zo verstrooid. Het zou met een roman

te maken hebben waarin haar leven zou zijn beschreven. De schrijver is daarover ooit geïnterviewd en heeft ontkend. Ze moet zich iets in het hoofd gehaald hebben.

Ja, wat bezielt zo'n vrouw? Wat gaat in haar hoofd om? Het zou ook om een onbeantwoorde liefde gaan. Niemand weet er het ware van. De liefde. Wat een ravage kan ze veroorzaken! De liefde. Die vrouw is zo mager.

En dat eeuwige geveeg.

Je zou zo graag ingrijpen in dat leven. Ze spreekt zo zacht dat je haar bijna niet kunt verstaan. Dat zeggen de winkeliers in de Fahrenheitstraat waar ze haar boodschappen haalt. Maar ze zwijgt als het graf als je het woord tot haar richt. Ze zwijgt en ze heeft geen blik. Je zou willen weten. Het is iets ongrijpbaars. Die blik van Clara Hofstede, zo afwezig en toch ook zo dat hij pijn doet, als de stompe punt van een mes.

Ze roept deernis op. Ze kijkt naar iets wat verloren is. Een mens zonder hoop. Ieder hoopt ook als er geen hoop meer is. Ieder wacht. Al valt er niets te verwachten. Je wilt toch in het wonder geloven. Haar ogen zijn op het niets gericht. Nee, op een elders. Je zou zo graag willen weten. Ze zou de schrijver van dat boek in een Haags restaurant ontmoeten. Daar heeft ze zichzelf iets aangedaan. Hoe precies en hoe ernstig is niet bekend. Je wilt zo graag alles tot in de kleinste details weten. Een grote, onbereikbare liefde. Eigenlijk weet men helemaal niets.

# 6

De trottoirs op dit tijdstip, net na middernacht, waren een verblindende vlakte. Na een regenachtige dag was er nu een wolkeloze hemel met volle maan. In dat maanlicht neemt het oog juist het meeste waar, wordt de kleinste oneffenheid in de straat zichtbaar.

Met kleine, voorzichtige streken veegde Clara stof op een hoop, liet haar blik over de stoep gaan, telde de rijen tegels. Die teldwang onder het vegen was onverwacht, na maanden, zojuist opgedoken.

Clara boog zich diep voorover om het zand op het blik te krijgen. Ze zag de maan tussen haar voeten schitteren.

Clara telde de rijen tegels, keek omhoog om van het tellen verlost te raken. De hoge huizen knabbelden een flink stuk van de hemel af. Clara wilde naar huis. Ze voelde dat ze het uiterst moeilijk ging krijgen. Drie regels tegels tellen zonder aan iets te denken. Als dat lukte, mocht ze naar huis. Of zou ze het zich lastiger maken? Vier regels. Of juist gemakkelijker? Twee regels. Ze was bang dat het haar tegen zou zitten, dat ze nog uren aan deze plek gebonden zou zijn.

Ze zette enkele kleine stappen om fris en nieuw tegenover die opdracht te staan. Nog een stap. De crêpezolen van haar schoenen zogen zich vast aan het vochtige plaveisel.

Het was beter eerst een andere poging te wagen. Waar kwam die kleine, maar dwingende waan vandaan? De zwakke plek in haar ziel moest op te sporen zijn. Ergens was een kleine barst ontstaan. Het belangrijkste was nu eerst om de ademhaling goed te regelen. Zich ontspannen. De geringste van haar spieren ontspannen, vooral die van haar buik. Ze had halverwege de avond even pijn in haar buik gevoeld, zoals vroeger bij haar menstruatie. Ja, nu ook. Ze had pijn in haar buik. Haar buikspieren waren zo verhard, zo verknoopt.

Wat soms ook hielp, was het rustig luisteren naar de vredige geluiden van de gewone alledaagse dingen. De ramen stonden met dit mooie weer wijd open. Iemand speelde piano. Op de balkons hoog boven haar spraken mensen. Alle geluiden 's nachts hebben de helderheid van klanken die je onverwacht opvangt.

Tegelijk rustig blijven in- en uitademen. Jezelf ontknopen. Losknopen. Proberen te begrijpen door orde aan te brengen. Wat te begrijpen? Welke orde?

Ondertussen telde ze een rij. Een schone rij tegels. Schoon voor hoe lang? Ergens in een van de achtertuinen stond een boom die katoenachtige vlokken verspreidde. Je veegde. Je veegde. Het was volop zomer. Je keek achterom en het trottoir was in een winters landschap veranderd.

In mama's keuken stond de vaat van een week.

'Ik kom er niet toe dat alles af te wassen. Ik sta er helemaal alleen voor.'

'Wat, mam? Ik kan je niet goed horen.'

'Lief kind, ik zei dat niemand van me hield. Hoe kan ik dan de vaat nog doen? De vaat verlamde.' Mama klemde, altijd als ze deze dingen te berde bracht, haar kaken op elkaar. Haar gezicht werd er nog breder van.

'Ach, mam, ik hield toch van je? Je Claar ben ik toch?'

Had ze van mama gehouden? Maar lag daar op dit moment het belangrijkste probleem? Dat dacht ze niet. Waar kwam die teldwang rechtstreeks vandaan? Met dat inzicht kon ze ver komen. Mama's verlamming tegenover de vuile afwas en Clara's gebrekkige liefdegevoelens voor haar moeder speelden vanzelfsprekend een rol. Nu ging het erom heel nauwkeurig de vinger te leggen op het moment dat de scheur in het oppervlak van de ziel was ontstaan en het beest uit zijn hok was gekomen. Daarna was het van belang die breuk of uiterst zwakke plek, zonder te verzwakken, op het gladde oppervlak van de ziel te blijven volgen tot... Ja, dat was een volgend probleem. Ja, tot hoever? Tot waar? Moest ze teruggaan tot het moment dat ze met haar kleine rode fietsje de eerste keer de keuken binnen kwam en haar moeder vroeg: 'Mam, dit is toch mijn fiets?' Dan speelde de vaat wel een rol. Want mama was toen het eten aan het voorbereiden en zo geprikkeld omdat alles vol stond met vuile borden en pannen en er geen plaats was om het vlees met zout in te wrijven. Of tot dat andere moment toen ze, achtergelaten, helemaal alleen aan tafel had gezeten, met de deels ontbeende kip. Papa was de voordeur uit gelopen. Boven Clara kraakte mama's bed. Clara klemde haar vingers om de dunne tafelrand tot ze wit zagen, tot ze pijn deden en ten slotte gevoelloos werden.

Is toen iets in haar ingestort? Trokken toen scheuren in het plafond als ooit in de muren van Jericho? Is dat plafond op haar nek terechtgekomen en heeft ze toen al vermoed dat ze hiervan nooit meer zou genezen? Nee, dat kon ze toen niet weten.

Clara bekeek die pijnlijke scènes, de ene na de andere, als bladerend in een album. Ze vroeg zich af: hebben ze mij iets geleerd op het moment dat ik ze beleefde? Wat hadden ze mij dan kunnen leren? Hoe had ik wijzer kunnen worden? Wat wil ik nou toch? Als ik die eindeloze barst volg, waar kom ik dan ten slotte terecht? Ik zit alleen aan tafel. Aan de voordeur wordt gebeld. Bezoek van Arie en Annet Hooykaas. Even later arriveert Wim Zeewüster, die te pas en te onpas opmerkte dat het leven zo gecompliceerd was, dat een kat er zijn jongen niet meer kon vinden.

Die taferelen heb ik me eindeloos voorgesteld. Waarom? Ik zoek iets. Ik zoek naar iets van mezelf uit die tijd. Een gebaar of een woord dat mij iets duidelijk maakt. Iets wat ik wel zag, maar weigerde te zien. Ik wil iets begrijpen. Ik zoek een blik, een liefdevolle blik misschien. Ik zoek een geheimzinnige vlam die een weg naar mijn bevrijding kan wijzen. Wat is mijn ware aard? Waarom ben ik die niet op het spoor gekomen? Er moet een parel in mij te vinden zijn. Ik had iemand kunnen zijn die een mantel van parels droeg.

# 7

Het vreemde is, dacht Clara, dat ik de laatste tijd onder het vegen een aangenaam gevoel van zachtheid ondervind. Ik heb de indruk dat ik word geobserveerd, dat van dichtbij een onzichtbare aanwezige mij aankijkt. Ik bedoel niet God. Ook niet een mens. Of bedoel ik God wel? Het heeft met vriendschap of liefde te maken. Het is niet in mij. De krachtige aanwezigheid van iemand buiten mij ervoer ik, een paar seconden geleden, zo sterk dat ik me moest bedwingen niet om me heen te kijken. Zelfs had ik de neiging mijn oren te spitsen en te luisteren. Ik begon te blozen.

Ze werkte nog even door. Daarna maakte ze aanstalten om naar huis te gaan, knoopte de plastic zak met vuil dicht. Op dat moment ontwaarde ze onder een erker een gebroken tegel. In de grillige spleet was een toef gras opgeschoten. Ze trok het onkruid uit de groef, dat ze in de plastic zak deed. Ze knoopte de zak dicht, tikte snel zeven keer tegen de muur onder het raam. Nog eens zeven keer. Nog eens zeven keer. Ze kon alle tijd nemen want de gordijnen waren dichtgetrokken. Nog drie keer zeven keer, knielde om met de handen wat zand op te rapen, tikte weer drie keer zeven keer tegen de muur, legde haar hoofd op de rand van de erker, als op een brede schouder.

De regen begon te vallen. Ze overzag de laatst gedane meters. Regendruppels liepen langs haar wangen. Met de stoffer ging ze over de muur, zogenaamd om hem van onzichtbare resten vuil te ontdoen. Tikte zacht zeven korte en zeven lange tikken. Niet aan hem denken. Ze mocht pas naar huis als ze twee keer zeven korte en zeven lange tikken gaf zonder aan Oscar te denken. Dat was een zware opgave. Ze wist het van tevoren. Om haar geest vrij te maken keek ze met een zeker welgevallen over het bleekgrijze oppervlak van een fragment trottoir. Twee keer zeven tikken. Kort. Lang. Kort. Lang. Alles loslaten. Ze moest van hem af zien te komen. Deze straat onberispelijk schoonhouden was een manier. Als dat lukte en ze dat dwaze tellen in toom kon houden, zou ze zichzelf misschien minder minachten en zou het zo kunnen zijn dat met het minder minachten het lijden zou verminderen. Alles loslaten. Kort. Heel kort. Lang. Heel lang. Stopte. Beet na de laatste tik heftig in de rug van de linkerhand. Beet door. Tot ze de smaak van eigen huid en vlees proefde, alsof die smaak het bittere van haar kon afwissen.

Werd er nu tegen haar gesproken? Er werd gesproken, maar ze kon er geen wijs uit worden. Onverstaanbaar gemompel dat gepaard ging met een afwisselend sissen en suizen. Wat kan er veel lawaai in een hoofd zijn. Wie was daar in het hoofd? Clara probeerde de stem te negeren, draaide haar hoofd opzij alsof daarmee de stem zou verdwijnen. Nu waren er alleen maar bulderende geluiden. Dit was een heftige aanval. Kon een hoofd zo veel geluid bevatten zonder uit elkaar te spatten? Dat gaat maar tekeer in mijn hoofd, dat houdt niet op met kletsen. Wat zou ik er niet voor geven dat te laten ophouden!

Ze hoorde duidelijk woorden.

'Moed houden, Clara. Wind je niet zo op. Er is een uitweg.' Clara klemde een zakdoek tussen haar handen, wiste haar ogen af. Was dat toch God die in een geruis van stormwind tot haar kwam en tot haar sprak? Deed Hij zich aan haar kennen? Was zij een uitverkorene? Zou ze bij Hem de zo lang gezochte verlichting en bevrijding vinden?

Boven haar was de lichte deining van de huizen, als van een hoog bos.

Clara geloofde. Ja, het was ook Gods wil als de mus niet

van het dak viel en op de dakrand bleef zitten tsjilpen. Het zinnige van het niet-vallen kon ze begrijpen. Het was zeer zinvol als het musje op het dak bleef. Maar dat het vallen zin had, begreep ze niet. Toch geloofde ze. God was zo groot dat je niet behoefde te bewijzen dat Hij bestond. God was tegelijk zo klein en nederig dat Hij zich liever schuilhield in Zijn schepping en zich vertoonde in een mus op de dakrand.

Of was het toch mama die ze hoorde, door al het tuiten en razen heen?

Je zou het bijna zeggen. Niet God, maar mama. Dat was een teleurstelling.

'Ben je daar, Claar? Claar, ben je daar? Wij, papa en ik, geven het eerlijk toe, het was te zwaar voor jou. We hebben daar te weinig oog voor gehad. Dat zien we nu in.'

'Och, mam, het is allemaal zo lang geleden. Met mij gaat het goed nu. Maak je vooral over mij geen zorgen. Over dat soort dingen... is, tijdens de therapie, wel gesproken. Maar het speelt niet meer.'

De stem in haar oren bewoog zich van omhoog naar omlaag. Ze klemde zich aan de erkerrand vast.

'Maar bedenk wel, lieve Claar...' Clara drukte haar oren stijf dicht. 'Bedenk wel dat alles wat ik deed – de poppen van papier-maché die ik voor jou maakte en beschilderde, in alle liefde –, alles was voor jou, voor jouw bestwil. De uren die ik voorlas. Herinner jij je nog Baba Jaga? De uren die ik voorlas... Dat ben je toch niet vergeten?'

Clara kwam overeind, verstijfd, kon vanaf deze plaats de platte daken van de Edisonstraat zien fonkelen. Op de dakranden zaten, ineengedoken, zeemeeuwen. Ze hadden de tint van geplette abrikoos.

'Gemakkelijk gezegd, mam. Weet je nog die keer dat ik echt vrolijk was? Ik kwam van school, ik was zo verliefd, zo vol van mijn vriendje. Ik zong. Wat zong ik? *Love letters in the sand.* Ja, ik was zo smoor op hem. Jij riep: "Hou op. Niet dat zingen in huis." Wat is dat voor moeder die het zingen van haar dochter niet verdraagt?'

# 8

Zou Oscar Sprenger zich eigenlijk schuldig voelen? Tussen ons was toch, onuitgesproken, iets wat leek op een pact? Ben ik nog in zijn gedachten aanwezig? Desnoods als degene die hij heeft laten zitten? Als degene die hij schaamteloos opzijgezet heeft?

In de keuken, waar ze een klein ontbijt klaarmaakte, staarde ze naar het geruite zeiltje en dacht aan de schrijver. Ze dacht: ik houd van hem, en ze verheugde zich over die gedachte. Ze stond abrupt op, ging met beide handen door het haar, haar mond vertrok zenuwachtig. Niet om hem alsnog te vervloeken of hem iets kwalijk te nemen. Clara had een aardig plannetje bedacht. De gedachte was, ze wist het nog precies, gisteravond laat in de doodstille Buys Ballotstraat ontstaan. Iets doen. Hij had toch op een dag de stap gezet haar op te zoeken en had zoals beloofd de roman gestuurd. Tussen hen moest iets zijn. Een intuïtieve aantrekkingskracht. Waarom zou zij, op haar beurt, ook niet het initiatief nemen? Een plan. Ze was wel even heel verbaasd geweest. Een plan bedenken, uitvoeren, als je gewend bent geraakt aan het dagelijkse veegwerk, dat juist alle initiatieven moet smoren. In die zin was het ook een daad, een arbeid van het altijd voorlopige, geweest.

De nieuwe dag ging ze gewoon aan het werk. Clara kende intussen precies de ligging van de trottoirtegels, herkende aan verkleuringen, een ander type tegel, hoever ze gevorderd was. Ze veegde in een rustig tempo over het trottoir, dat overal onder de vlekken zat. De donkerste waren die van olie gelekt uit geparkeerde auto's.

Het plannetje verdween naar de achtergrond.

Liet ze zich dan toch niet van haar zwakste kant zien als ze daaraan toegaf? Was ze daar niet te trots voor? Was die lange middag wachten niet voldoende krenkend geweest?

Clara Hofstede dacht aan alle tijd die nog komen ging. Die strekte zich fataal voor haar uit als een donkere tunnel waarvan ze blindelings de bochten zou moeten ondergaan. Kon je dat nou een echte toekomst noemen? Dat woord had heel kort een andere, rijkere, betekenis gehad. Nu was het verworden tot een amorfe vlakte van tijd.

Onstuimig weer vandaag. Het was voorspeld. De hemel was donker, de wolken waren dik en gezwollen. De wind woei de regen op, blies haar weg, kermde om de hoeken van de daken. Soms leek het of de hele Buys Ballot in een wervelstorm werd opgenomen. De huizen beefden. Door de wind stond de huid van haar gezicht zo strak dat die bijna barstte.

Drie tegelrijen vegen. Drie niet. Drie rijen. Drie niet. Dan zes niet. Zes wel. Verboden te lopen op de geveegde banen. Een ernstig spel. Bracht intussen veranderingen in de regels aan, stelde andere voorwaarden. Uitputtende, harde arbeid. Een keer zou het ophouden. Misschien had ze dan weer genoeg innerlijke rust om te lezen.

Clara, op haar hurken, veegde rommel op het blik. De tijd ging niet voorbij. Voor de anderen die passeerden en even opzij keken misschien wel, maar niet voor haar. Voor Clara leek het – tot dat kleine plannetje in haar was opgekomen, begeleid door kleine, plezierige gedachten – of de tijd nooit meer verstreek, dat met elke veegbeweging de tijd meer stolde.

Clara dacht: het moet met alle drukte door Oscars hoofd zijn gegaan, die afspraak, en hij had een excuusbriefje aan haar te gemakkelijk gevonden. Hij had zichzelf serieus beloofd haar weer op te zoeken als hij in de buurt zou zijn, met een mooi boeket. Door alle succes, de lezingen, de aandacht, was er niets van gekomen. Nog steeds was die Clara in zijn gedachten. Daar was ze zeker van. Maar zijn vaste bedoeling haar op te zoeken was in het slop geraakt. Het was plausibel. Zo redeneerde Clara, als een echte casuïste, die altijd een uitweg vond. Een vluchtweg.

Clara kwam overeind, leunde tegen de koude muur van een willekeurig huis en dacht, over haar vermoeide ogen wrijvend: hij is schuldig, maar weigert die schuld op zich te nemen. Hij zag het niet als zijn schuld, want zij maakte geen deel uit van zijn leven.

Clara zag de tram, leeg, met trillende lichten, de Fahrenheitstraat in zwenken. Zij droomde dat zij hem afwees. Die gedachte wekte een kortstondige blijdschap op. Een glimlach verscheen om haar mondhoeken. De glimlach zette door.

Dat mooie, stiekeme plannetje dat door haar hoofd tolde! Ze ging eraan toegeven. Op een affiche in de Fahrenheitstraat had ze gelezen dat Oscar Sprenger zou voorlezen uit *Clara* en in discussie met het publiek zou gaan. Locatie: de voormalige rooms-katholieke school voor meisjes, sinds kort cultureel centrum en muziekschool, hoek Hoefkade en Poeldijksestraat.

# 9

Het plan kreeg in haar hoofd steeds meer vorm. Ze kon juist van hem genezen door deze stap te zetten. Je kon toch ook genezen van een nabije, bereikbare, lichtende horizon? Los van deze gedachten kon het ook heel goed mogelijk zijn dat er een gruwelijk misverstand in het spel was, dat hij een heel andere dag in zijn hoofd had gehad, en wie weet, een week later op háár had zitten wachten.

Of was het toch beter die avond niet persoonlijk bij te wonen, maar slechts een eenvoudig briefje te schrijven en dat af te geven bij de ingang van het gebouw? In die korte brief zou ze hun ontmoeting in de Surinamestraat in herinnering kunnen roepen. Ook zou ze daarin kunnen schrijven dat ze tijdens zijn bezoek hem niet expliciet gevraagd had waarom hij bij haar was langsgekomen, maar dat die vraag voor haar gevoel wel afdoende was beantwoord. Hij moest zich, net als zij, de details nog herinneren. Ze hadden samen in de voorkamer gezeten. Het begrafenisdocument van Jipje had op tafel gelegen.

Dat briefje schrijven had ze al veel eerder kunnen doen. Ze hád hem al veel brieven geschreven, maar ze niet verstuurd.

Ze kon hem natuurlijk ook vóór de leesavond aanving opwachten bij de ingang en hem haar brief, met een klein pakje erbij, aardig ingepakt met een mooi lint (zoals ze dat zo vaak van mama had gezien), overhandigen. Ze kreeg het er warm van. Dat zou ze nooit durven. Nee, die confrontatie ging ze niet aan.

Die junidag zou heel mooi worden. De hemel werd boven

de Edisonstraat al bleekgeel, met lange, steeds breder wordende, bloedrode sporen.

Een grote kalmte overviel Clara. Bezem, stoffer en blik stonden in de hal bij de voordeur. Een gedeelte van de overkant zou ze vanmorgen kunnen afmaken als ze nu direct begon. Ze opende de voordeur, stak met haar spullen de straat over en zag op de stoep aan de overkant het lichaam van een witte duif die zich tegen het raam had doodgevlogen. Ze knielde bij het beest, waarvan de nek gebroken was. Op de veren lagen een paar druppeltjes bloed. Ze nam het dier voorzichtig in haar handen, ging het huis binnen en begroef het in de achtertuin. Daarna haalde ze de schoonmaakspullen op die ze in de straat had achtergelaten en borg ze weg in het schuurtje van de verwaarloosde achtertuin. Van de in lange stengels over de hele tuin voortwoekerende Oost-Indische kers plukte ze een klein bosje bloemen en zette dat binnen in een slank oranje vaasje. Dat had ze in lang niet gedaan. Ze bekeek aandachtig de in het glas ingegraveerde W van Wilhelmina. Het moest gemaakt zijn ter gelegenheid van de abdicatie in 1948. Ze had het ooit op een rommelmarkt gekocht.

Daarna begon ze aan de tuin, drapeerde de ranken van de Oost-Indische kers over de buxusboompjes, snoeide, wiedde onkruid. Ze nam zich voor in de loop van de dag of morgen geraniums en petunia's te kopen. De tuin zou er weer als vanouds uitzien.

Ze nam een lange douche, waste het haar, haalde uit de kast van de slaapkamer een leuk zomerjurkje, maakte zich op, verborg bloeduitstortingen en donkere korstjes van wonden opgelopen bij het schoonhouden van de straat onder pleisters, werd weer helemaal toonbaar voor de gewone mensenwereld.

Clara keek naar zichzelf, was verrast zichzelf zo aan te treffen, als ontwaakt uit een diepe verdoving.

In de keuken zette ze theewater op.

Ze zag zichzelf, hoefde daarvoor niet in de spiegel te kijken. Ze zag haar kleine, bleke hoofd met de rechte neus opdoemen uit een zilveren zee, had niet echt de indruk dat zij dat was, vond zich zo vreselijk fragiel.

Het water in de ketel kookte tevergeefs. De ketel kookte droog. Ze deed het gas uit, controleerde drie keer zeven keer of het gas uit was, slaagde er toch vrij gemakkelijk in het huis te verlaten.

Ze voelde zich zo rustig.

Op het kruispunt van de Edison- en de Ampèrestraat bleef ze stilstaan. Hier was het altijd druk. Je kon daar zonder dat het opviel even stil blijven staan. Niemand viel dat op. Je kon toch even om je heen kijken, of hier op iemand wachten? Jonge mensen spraken hier vaak af. Op het kruispunt stond een ginkgo die maar twee takken had. Een moest er vannacht door vandalen afgebroken zijn. De kleinste tak van deze Japanse boom was overgebleven. Ze telde drieëndertig bladeren. Ze had er bijna een uur voor nodig dit kruispunt te verlaten.

Snel naar het tweede kruispunt, dat veel drukker was: Fahrenheitstraat-Laan van Meerdervoort. Hier een explosie van lawaai en op een billboard, met ijzerdraad vastgebonden aan een lantaarnpaal, de affiche van Oscars optreden. De schrijver zal voorlezen uit zijn beroemde roman *Clara*.

Ze wilde de Fahrenheitstraat in lopen om bij de bloemenkiosk planten uit te zoeken, zag in de verte Jeanne aankomen en haastte zich de Laan van Meerdervoort in. De buurvrouw zou direct op haar toekomen en Clara zou haar metamorfose moeten verklaren.

Ze versnelde. Na een zestig meter was het gevaar geweken. Ze liep geen risico meer door iemand aangesproken te worden, was alleen met zichzelf.

Een veel beter plan kwam in haar op.

Clara bleef stilstaan. Alles zou nu afhangen van de komende dagen. Ze kon even niet verder lopen, verlamd door die gedachte. In de etalage van de lampenzaak waar ze voor stond, zag ze zich weerspiegeld in een metalen lampenkap. Ze zag nu pas hoe verschoten haar mooie, donkere ogen waren. Of viel het licht te cru op de lamp?

Op het moment dat ze de lampen begon te tellen, rukte ze zich los van zichzelf, rende bijna weg van dat oord des verderfs, sloeg bij de Valkenboslaan de hoek om, passeerde algauw de Buys Ballot, nam de volgende, de Columbusstraat, die op de Edison uitkwam. Zo vermeed ze Jeannes huis. In haar eigen straat trok ze snel de deur achter zich dicht.

Wat een energie. Een zalige, gelukmakende energie. Alles had zin. Alles was bijna zo helder, zo simpel, als in de tijd van de eerste kennismaking. Ze stond in de voorkamer van haar huis.

In een hoek van de bank lag het opgevouwen dekbed. Steeds vaker bracht ze de nacht hier door. Ze zei hardop tegen zichzelf:

'Ik had een man ontmoet. Hij was op slinkse wijze aan mijn adres gekomen. Hij had een roman geschreven over mijn leven. We hadden een afspraak gemaakt. Onze afspraak. Die middag was ik met de tram naar de stad gereden, uitgestapt halte Kneuterdijk en, via het Buitenhof, de Groenmarkt op gelopen.'

Haar blik zag dat alles. Scènes zo kunnen zien, zo scherp kunnen zien, houdt ondanks de afstand grote vertrouwdheid, nabijheid, in.

# 10

Op het Oranjeplein bleef ze even naar de kinderen kijken die in de omheinde, beschutte speelweide aan het schommelen waren, op een klimrek klauterden. Daarna liep ze de korte Fannius Scholtenstraat in en ontwaarde het massieve silhouet van het voormalige schoolgebouw, op het hoogste punt bekroond met een glazen koepel. Boven in de hoge voorgevel van donkere baksteen 'RK-Lagere school voor meisjes'. Ze stak de Hoefkade over, keek de Poeldijksestraat in, waar de hoofdingang van de school was. Ze zag twee nieuwe rijen huizenblokken. Die straat was enkele jaren geleden nog berucht om de prostitutie en de donkere, zwaar betraliede cafés. De hele straat was afgebroken, op het schoolgebouw uit 1894 na. Ook dat was een bordeel geweest. De leslokalen waren in peeskamers opgedeeld. Nu het gebouw een nieuwe bestemming had gekregen was de perverse ombouw ongedaan gemaakt.

In haar middelbareschooltijd was ze weleens, snel, door deze straat gefietst, gebiologeerd door de meestal donkere vrouwen die zich hier te koop aanboden, soms bedeesd, schaamtevol, soms ostentatief. In die paar laatste jaren van de school – ontregelende jaren – had ze vaak dezelfde droom gedroomd: zij stond, helemaal ontkleed, achter een glazen deur en een stoet van kijkende en glurende mannen trok aan haar voorbij. Ze trokken niet alleen voorbij, maar kwamen terug, gingen een voor een over haar heen. Zij was onverzadigbaar. Clara hoefde op dit moment nauwelijks moeite te doen om zich die droom, helder, *en détail*, te herinneren. Die herinnering trok een andere naar boven. De gymleraar Habich. Aan hem kon ze, ook nu nog, slechts lage beelden ophangen. Daaraan had ze toen ook haar toenemende afkeer gescherpt en had zich zo los van hem kunnen maken. Zij had zichzelf 'gered'. Clara herinnerde zich ook de Club in de Zoutmanstraat waar ze gewerkt had, na schooltijd, de purperen ambiance die er heerste. Je had daar zitbanken tegen de spiegelwanden met onwaarschijnlijk zachte, mauve kussens waarvan de weerschijn alles zacht maakte. Het was heel precies in die tijd dat het gemakkelijker was om met iemand naar bed te gaan om wie je niets of heel weinig gaf, dan met iemand van wie je hield. Er waren in die Club zware gordijnen van rood velours die door hete lucht in beweging werden gebracht, als fladderden ze in echte hete wind. Er waren ook namaakpalmbomen in borders met geel zand.

Tot aan de ontmoeting met Oscar Sprenger geloofde ze niet meer aan de liefde als magie, als aan een mysterieus avontuur dat verdiende er het beste van jezelf aan te geven, het helderste in je, ook het donkerste, het demonische. Dat geloof, dacht ze, was ze voor altijd kwijtgeraakt. Ze had het teruggevonden en het was haar onmiddellijk weer afgenomen.

In de hal van de school trof ze affiches van zijn optreden, overmorgen in de voormalige gymzaal. De schuine, zwarte band over de affiche gaf aan dat de avond was uitverkocht.

Ze bleef bij de lange tafel met folders staan. Naast lezingen en taalcursussen werden ook lessen in meditatietechnieken gegeven. De eerste brochure die ze ter hand nam was een uitgave van de spiritistische vereniging Harmonia. Ze legde hem onmiddellijk terug. Jaren na dat eerste bericht van haar ex-man was een tweede gekomen, verzonden uit de Filippijnen. Hij woonde daar tijdelijk in de binnenlanden om genezing voor zijn maagkanker te vinden bij een witte sjamaan. Hij had alle vertrouwen in deze man, die uitging van geestelijke krachten. De kanker was al grotendeels uit zijn lichaam verdwenen. Een derde brief vertelde over zijn volledige genezing. Hij hield lezingen, over de hele wereld. In Nederland zou hij optreden in de Coehoornzaal in Arnhem, op uitnodiging van Harmonia. Hij had voor haar een invitatie bijgesloten. Nog geen week later kreeg ze een overlijdensbericht. De vrouw met wie hij hertrouwd was, wist dat hij nu bij Aukje in hetzelfde 'Healing Center' verkeerde. Er kwamen dagelijks berichten door. Het ging heel goed met hen.

Clara liep de hoofdgang in. Er was een druk geloop rondom haar. Er was veel belangstelling voor alle cursussen. Ze ving flarden van een gesprek op.

'Het mooie weer houdt maar aan.'

'Ja, wie had dat gedacht.'

'Jij volgt een cursus "reiki"?'

'Ja, die overtreft alle verwachtingen. Ik ben rustiger geworden, heb meer greep op mezelf gekregen.'

Clara volgde de borden 'gymzaal'. Hier en daar waren op muren nog de afdrukken te zien van een kruisbeeld.

De deur van de gymzaal stond open. Over de vloer was een groen zeil uitgerold. Tegen de wanden met klimrekken stonden stoelen opgestapeld tot halverwege. De rijen in de zaal moesten nog worden opgesteld. Op het toneel, ter zijde, tegen het donkerrode, van onderen uitgescheurde gordijn, zag Clara een lessenaar. Via een trapje van enkele treden beklom ze het toneel. Nu besefte ze dat ze de deur van de zaal niet achter zich gesloten had, liep het trapje weer af, haastte zich de zaal door en sloot de deur.

Weer terug op het podium kwamen slechts rustige, gedempte geluiden tot haar. Clara raakte even de lessenaar en het gordijn aan, ontdekte achter het gordijn een decorstuk dat een boekwinkel moest voorstellen, en een deur die niet op slot zat. Ze kwam via een smalle, donkere passage in de brede gang waarin ze zojuist had gelopen om de gymzaal te bereiken. Nu wist ze hoe ze ongemerkt het podium kon op komen en het weer kon verlaten. Via deze uitgang verliet ze de zaal waar Oscar Sprenger zou lezen.

# 11

Clara had zich op de bank geïnstalleerd, een blocnote op schoot, bezig met de zoveelste versie van een brief. Hij moest korter, pittiger. Clara nam een slokje thee. Hoeveel slokjes had ze al niet genomen? Dat kopje leek wel een eindeloze bron.

Iemand passeerde vlak langs haar raam. Haar blik werd naar de straat getrokken. Ze keek de weg af die zich uitstrekte tot het kruispunt van Edison en Ampère, keek met een vreemd afgrijzen terug op alle tijd die ze aan dat curieuze schoonhouden van de straat gegeven had. Daar zou ze nooit meer aan toegeven. Ze zag de oneindige vlakte boven de platte daken, wreef zich in haar ogen, omdat haar ooghoeken jeukten. Ze wilde dat de brief al geschreven was, legde de blocnote opzij, peilde haar inertie en nervositeit.

Ze herlas een van de eerste versies hardop, maar ze had geen stem. Ze las de brief mompelend.

*Beste Oscar,*

*Waarschijnlijk door een misverstand hebben we elkaar niet getroffen. 'Ik ben hier omdat je Clara bent.' Dat zijn jouw woorden, uitgesproken in de voorkamer van mijn huis. Ik ben die woorden nooit vergeten. Ik denk ook dat ik me aan hen heb vastgeklampt. Ik stel een nieuwe datum voor. Volgende week, zelfde tijd en plaats.*

Conciezer kon niet. Alles stond erin.

Ze was er tevreden over. Hoe moest ze de brief afsluiten?

Met: Liefs, Clara? Hartelijks, Clara? Lieve groet? Ze koos voor het eerste.

Wat wilde Clara? Wat hoopte zij? Want het was zeker dat zij hoopte. Waartoe moest deze brief leiden?

De nacht schoot maar niet op. De envelop met brief lag op de glazen salontafel. Ze las een boek. Geen slaap. Dronk thee met druppels Valdispert. De slaap kwam niet. Ze las hoofdstukken uit *Clara*. De nacht maakte gek. Een auto reed de straat in. De lichtbanen van de koplampen drongen een moment als een vlammend mes door de overgordijnen.

's Ochtends vroeg trok ze de gordijnen open. Licht stroomde naar binnen.

Het Haagse licht, doorzichtig onder invloed van de zee, dat je nergens anders zo ziet. Op de stoep... Maar zag ze het goed? Ze kon haar ogen niet geloven. Midden op het trottoir, vlak voor haar raam, bloeide een hemelsblauwe papaver. Betoverd keek ze toe. Betoverend dat blauw. Een bijna leeg blauw. Een bijna totaal verschoten blauw. Bijna onherkenbaar als blauw.

Niet te lang kijken. Clara. Wend je ogen af. Sluit je ogen voor het wonder. Nee, ik wend mijn ogen niet af, ik sluit ze niet. Ik ben gek van blijdschap. Ik knijp in mijn arm. Een trillende straal zonlicht valt over de tafel. Mijn blik was een moment zo zwaar, zo versluierd. Ik ben alweer terug in de werkelijkheid, met een blik nog nazinderend van verwondering.

## 12

Voor de laatste keer controleerde Clara of de envelop met brief wel in haar handtas zat. Ze opende de voordeur, spiedde de straat af, trok snel de deur achter zich dicht. Er stond een harde wind in de Buys Ballot en in de nabije, onzichtbare straten.

Bij de tramhalte vroeg ze zich toch in gemoede af of ze de brief wel in haar tas had gedaan. Zonder brief kon ze, eenmaal bij de voormalige school aangekomen, onverrichter zake naar huis teruggaan. Ze deed haar tas open, zag de brief, voelde er even aan, liet haar vingers over de brief gaan.

De tram arriveerde en Clara stapte in. Er waren weinig passagiers. Ze had alle gelegenheid de tas te openen en de brief in de hand te nemen. Ze voelde of de brief in de envelop zat. Had ze de goede versie in de envelop gedaan? De envelop was niet dichtgeplakt. Ze haalde de brief eruit, vouwde hem open. Het was niet de laatste kladversie. Het was de juiste brief. Ze had niet anders verwacht, maar je weet nooit. Ze deed hem terug en stopte de envelop met brief weg.

Daarna controleerde ze of ze het doosje punaises had meegenomen. Het doosje met punaises zat in de tas.

De tram zwenkte met veel geraas van ijzer op ijzer de Zoutmanstraat in.

Ze wierp een korte blik op de winkels en cafés, tastte opnieuw in haar tas, vond het doosje niet direct, haalde eerst de envelop eruit, vond toen het doosje. Ze bewoog het heen en weer, hoorde de punaises. Het was een nieuw doosje dat ze voor deze gelegenheid had gekocht. Ze bewoog het opnieuw, hoorde de punaises. Het zouden punaises met groene en rode knoppen zijn. Ze ging straks de rode gebruiken. Die zouden het meest opvallen. Of toch de groene? Ze had er twee nodig. Of vier. Twee was voldoende. Vier stond netter. Ze kon twee groene en twee rode nemen. Of een groene en een rode. Ze zou zo wel zien. Nee, ze koos voor vier. De brief zou des te meer opvallen. Ze opende het doosje. Het klopte. De koperen punaises hadden groene en rode knoppen. Ze schudde er wat uit over haar hand.

Tegen zessen wilde ze bij de school aankomen. Niet veel eerder, niet veel later. Het was nu halfvijf. Om de tijd te rekken bleef ze tot aan het Centraal Station in deze tram zitten. Daar kon ze in alle rust de tram naar Hollands Spoor nemen. Vandaar kon ze binnen vijf minuten in de Poeldijksestraat zijn.

Tegenover Hollands Spoor dronk ze in Topkapi een espresso. Ze haalde de brief tevoorschijn, herlas hem, vouwde hem weer in vieren, streek hem glad met een zo plat mogelijke hand. Daarna haalde ze het doosje punaises tevoorschijn, bewoog het heen en weer. Ze deed het in het zijvak van haar handtas. Ze zou niet hoeven zoeken. De brief deed ze terug in haar tas, in het middelste vak. Ze wist nog niet of ze hem zou dichtplakken. Ze besloot hem dicht te plakken. Een ander had niets met de inhoud te maken.

Ze haalde de envelop met brief tevoorschijn, haalde haar tong over de lijmranden, plakte hem dicht. De brief deed ze nu in het voorste grote vak. De kans bestond dat ze weinig tijd zou hebben. De opeenvolgende handelingen die ze zou moeten verrichten had ze in haar hoofd geprent. Er kon weinig of niets misgaan.

Ze nam een laatste kleine slok van de koffie, die haar heerlijk smaakte. Het was leeg en stil in dit Turkse koffiehuis. Ook de glazen vitrine was leeg. Er waren alleen rechthoekige, blikken schalen, omslingerd met smalle ranken kunstgras. Op het blik was hier en daar een bloedvlek zichtbaar van vers lams- of schapenvlees. Ze vroeg om nog een koffie.

Ze wierp een blik op de drukte buiten voor de stationsingang, overzag al haar komst in het schoolgebouw. Een lichte twijfel bekroop haar. Ze keek op de vloer onder de tafel. Het moest ook niet erger worden. Natuurlijk had ze de brief niet naast de envelop gestopt. Ze was niet helemaal van lotje getikt! Geen twijfel mogelijk. De brief zat in de envelop en de envelop zag ze zitten in het voorste vak. Om het te controleren kon ze de envelop niet stukscheuren. Dan had ze wel meer zekerheid, maar geen envelop.

Ze haalde de envelop uit het voorste vak, hield hem tegen het licht. Ze zag niets. Je kon niets zien, daar was de envelop te ondoorzichtig voor. Met haar vingers kon ze de contouren voelen. Hij zat erin. Dat stond zo vast als een huis.

# 13

In de hal van de oude lagere school was het minder druk op dit moment. Clara volgde de gangen naar de gymzaal. De rijen stoelen op het groene beschermzeil stonden zo opgesteld dat er een breed middenpad was. Hierover liep ze recht op het toneel af. De lessenaar stond nu op de voorgrond, tussen twee palmen in kuipen.

Op het toneel keek ze achter de gordijnen, overzag de zaal, waarvan ze de deur had dichtgetrokken. Ze haalde de envelop en de punaises uit haar tas. Ze zette hem met vier punaises vast op het schuine blad, zo hoog mogelijk tegen het smalle, platte vlak. De brief kon Oscar Sprenger niet ontgaan. Op de envelop schreef ze slechts:

*van C.*

Hij zou onmiddellijk begrijpen van wie de brief afkomstig was.

Clara trok zich terug achter de gordijnen, onzichtbaar voor wie onverwacht de gymzaal binnen kwam. Ze zou het liefst zo lang mogelijk in de buurt van de brief blijven. Het publiek was vanaf halfacht welkom in de zaal. In de tijd daarvoor zouden technici geluid en licht willen testen. Ze kon niet zo lang meer blijven. Ze nam een zeker risico door die zo kostbare brief daar zo alleen achter te laten. Ze had bijna met de brief te doen. Hij lag er zo weerloos. Ze kon zich ook niet voorstellen dat hij niet op de bestemde plek zou terechtkomen. Mensen die een literaire avond organiseren zijn beschaafd. Ze hoefde zich geen zorgen te maken.

Clara bleef zo lang mogelijk. Ze stelde zich voor dat de schrijver op de lessenaar toeliep, verrast de brief zag, die hij direct losmaakte en opende. Van Oscar was bekend dat hij bij lezingen pas kort voor het begin aankwam en zo de organisatie altijd nerveus maakte. Het comité van ontvangst zou hem van de brief, opmerkelijk tentoongesteld, zeker op de hoogte stellen.

Het was ook zeker dat in de zaal onderdrukt gegniffeld zou worden. Een liefdesbrief, natuurlijk.

Buiten wist ze niet zo gauw welke kant ze op zou gaan. In deze wijk kwam ze nooit. Via de korte Fannius Scholtenstraat kwam ze weer op het Oranjeplein. Aan de rand van de omheinde speelweide ging ze op de bank zitten vanwaar ze zicht had op de ingang van de school.

Tegen halfacht ontstond een rij bij de ingang. Ze kon niet stil blijven zitten, naderde de school via de Fannius Scholtenstraat, maar ze durfde de Hoefkade niet over te steken.

Ze stelde zich voor dat uit de richting van het Rijswijkseplein een auto kwam die stopte, hoek Hoefkade-Fannius Scholten, vlak voor haar.

Een autoraampje ging open. Iemand boog zich naar haar toe.

'Hé, Clara! Lieve Claar. Ik had zo gehoopt dat je er zou zijn. Ik heb de organisatie gevraagd jou namens mij een vrijkaartje te sturen. Heb je dat wel ontvangen? Jij bent mijn gast vanavond. Heerlijk, na al die tijd, je te zien. Je bent niet veranderd. Stap in. Ik geloof dat we het verkeer hinderen. Er is een parkeerplaats voor mij gereserveerd. Ik had je natuurlijk thuis moeten ophalen, maar ik wist dat je er zou zijn.' Zij stapte in. Hij was voorkomend, een en al glimlach. Oprecht blij. Dat voelde je. 'Claar, de avond duurt tot tien uur. Tien uur precies stop ik. Geen seconde langer. Nee, geen nazit met de organisatie. In de buurt van het station zijn eethuisjes. Vannacht blijf ik in de stad. We hebben de tijd voor ons.'

# 14

Het was zeker dat hij de brief in handen kreeg. Die haast absolute zekerheid was tegelijk de grootste onzekerheid. Die had ze zichzelf opgelegd. Dat besefte ze heel goed.

Oscar loopt het toneel op, ziet de brief. Je ziet aan zijn gezicht dat hij direct weet van wie de brief afkomstig is. Hij opent de envelop, leest de brief. Een glimlach verschijnt. Het publiek kijkt toe. Hij zal hem zeker niet hardop voorlezen, maar de brief is een handig bruggetje om bij de roman te komen. Van deze schrijver is bekend dat hij, in essentiële zin, niet op zijn boeken ingaat. Hij vertelt liever wat anekdotes om de tekst heen. Dus vertelt hij, zonder namen te noemen, de ontmoeting met Clara in de Surinamestraat.

Clara wist zich geen raad, verwijderde zich van het schoolgebouw, haastte zich via de Hoefkade naar station Hollands Spoor, waar ze, uitgeput, de tram naar huis nam.

Of was het waarschijnlijker dat hij de brief direct in zijn binnenzak wegstak en voor later in de auto bewaarde? Dit was een privéaangelegenheid. Hij zou hem lezen als hij alleen was, niet terwijl een zaal toekeek. Met die brief had het publiek niets te maken. Hij zou, nog voor hij de stad uit reed, haar nummer hebben gezien. Het was heel goed mogelijk dat in de loop van de avond de telefoon ging.

Clara neemt op. Het is Oscar. Schikt het nog als hij kort langskomt? Haar hart staat even stil. Het is ook mogelijk dat hij, als toen, onverwacht voor haar deur staat. De mogelijkheden stapelen zich op. Zeker is dat hij zal reageren. Met de auto is hij vanaf de Poeldijksestraat binnen een kwartier in de Buys Ballot.

De bel van de voordeur gaat. Ze loopt de hal in, ziet door het kleine ruitje al de kleur van de jas die ze herkent. Hij is het. Dat moet hem zijn. Niemand belt zo laat nog aan. Mag ik binnenkomen? Gaat het goed met je? Zie dat je iets magerder bent geworden. Dat staat je goed. Je zult nog steeds heel boos op me zijn om die gemiste afspraak van alweer zo lang geleden. Ja, je moet werkelijk heel boos zijn. Je hebt je natuurlijk afgevraagd: die man moet toch beseffen dat ik daar voor niets zit te wachten? Wachten kan zo lang duren. Je was er toch niet te lang van tevoren? Ikzelf ben iemand die altijd bang is te laat te komen. Daarom ben ik altijd ver voor de afgesproken tijd aanwezig. Ik hoop dat jij niet zo'n type bent, en wat minder neurotisch in het leven staat.

# 15

Geen telefoon. Geen bel van de voordeur die avond.

De volgende dag, in de loop van de ochtend, zette Clara water op in de keuken, was daarna via de gang teruggelopen naar de kamer, maar voor ze de kamer bereikte, hoorde ze boven een geluid dat ze niet thuis kon brengen. Ze luisterde onder aan de trap.

Ze liep aarzelend de trap op, bleef halverwege staan, keek door de spijlen naar Aukjes kamer, waar het moeilijk te definiëren gerucht vandaan kwam. Het klonk scherp en smartelijk. Ze liep omzichtig de trap verder op, luisterde. Je zou zeggen het schrille sjirpen van een krekel.

Op dat moment begreep Clara wat ze hoorde. Ze herinnerde zich dat ze bij het boodschappen doen er ooit een speelgoedje bij had gekregen. Het was een rechthoekig, smal, rood doosje, met één zijde van transparant papier. Daarachter zat een krekel van gouddraad. Het ding zou sjirpen als de zon erop viel. Het had nooit geluid voortgebracht. Misschien was het al stuk geweest toen ze het kreeg.

Clara opende de deur van Aukjes kamer. Het doosje lag op de tafel met ander speelgoed. Het kon bij het schoonmaken zijn verplaatst en nu zo liggen dat ze het juiste zonsignaal opving.

De krekel sjirpte, doordringend, hoog. Ze nam het doosje in de hand. Het karton was door en door warm. De krekel had vonkende bolle oogjes. Van het gouddraad kwam een onbarmhartige glans af. Zijn vliesdunne, gazen vleugeltjes trilden.

Het sjirpen hield op. Er viel geen zonlicht meer op. Ze zette het terug op tafel. Het sjirpen begon na enkele seconden opwarming weer. Een wolk trok voor de zon. Het sjirpen stopte. Het sjirpen begon weer.

Op dat moment ontstond enige drukte in haar hoofd.

'Lief kind...'

'Nee, mama, nu even niet. Ik ben met andere dingen bezig. Het is allemaal al zo moeilijk.'

'Lief kind, ik zie dat al die jaren na ons je nergens gebracht hebben. Toch hebben we je een goede opleiding laten volgen. In ons huis werd muziek gemaakt, over literatuur gesproken. Ik heb zo veel voorgelezen. Ik heb de krijsende stem van Baba Jaga nagedaan. Ik viel soms in slaap van al het voorlezen. En het wandkleed dat ik voor je gemaakt heb, met alle poppen, in reliëf.'

Clara deinsde terug. De stem liet zich niet meer horen. De krekel begon te sjirpen.

'Onaardig, lelijk, weerzinwekkend ding!' Ze smeet het tegen de grond, vertrapte het. Het kraakte onder haar voetzool. Ze bleef het venijnig, woest, vertrappen. Riep: 'Bah, bah, bah. Walgelijk, wreedaardig ding. In dat piepkleine lijkkistje. Bah en nog eens bah...!'

Ze gooide de deur van de kamer dicht. Beneden liep ze de tuin in, kwam terug in het huis. Ze wist niet waar ze het zoeken moest. Weer boven heeft ze de rommel opgeruimd, een blik op het veelkleurige wandkleed, op het bed met de poppen en knuffelbeesten geworpen en de kamer van haar dochter afgesloten. Het dekbed was al beneden in de voorkamer. Ze bracht die dag ook nog twee kussens van haar slaapkamer naar de voorkamer en wat ze de komende tijd nog nodig zou hebben. Op de overloop heeft ze om zich heen gekeken. Menselijkerwijs zou ze hier niet meer komen. Clara, vanaf die dag, installeerde zich definitief in de voorkamer.

Op een dag, dacht ze, zal ik mij zo klein mogelijk oprollen. Dan nog even wachten en het zal voorbij zijn.

Het was zomer. De hitte van de hemel waarde rond door de straat.

# 16

Alleen voor de hoogstnodige boodschappen verliet ze haar huis. Clara sloot zich op, zat op de bank, liep onrustig door de kamers, wierp een vluchtige blik op de achtertuin, die opnieuw een prooi was geworden van onkruid en de alles overwoekerende ranken van de Oost-Indische kers. De smalle paadjes van fijngeklopte rode steen, rond het middenperk, waren onzichtbaar.

Ze had zich een eigen manier van lopen aangemeten, traag, mechanisch. De pas van een gevangene. Passen die je niet veel verder brengen.

Het werd donker. Clara had de indruk dat het donker viel als een bijl. In en rond het huis was het zo stil dat ze elke voetstap langs het raam wel moest horen. Ook de geringste tik of klop op het raam.

Ze leefde nog slechts voor dat zachte tikken of kloppen. Wie is daar? Ik ben het. Wacht, ik doe de deur open. Nee, niet aanbellen. Van de bel schrok ze. Ze was bijna altijd in de voorkamer. Ze zou opendoen, hoe laat hij ook kwam.

Ze heeft op sommige avonden het idee dat iemand zich onder het raam van haar erker aan het installeren is, minutieus zijn komst voorbereidt. Ze meent een nagel over het glas of het hout van de deur te horen. Deur en raam worden heet als een lichaam. De nerven in het teakhout zwellen. Ze houdt, via het smalle zijraam, haar stoep in de gaten. Ze meent de adem van iemand te horen, het vluchtig strijken van een hand langs het raam, en haast zich om te kijken.

Niemand. Op enige afstand, richting het kruispunt, ziet ze wel, als een Chinese schim, het silhouet van een voorbijganger, wachtend om te kunnen oversteken naar de Edisonstraat.

Ze heeft zijn naam nooit meer uitgesproken. Ze drong hem terug als hij op haar lippen kwam, gebiedend. Soms vervormde die naam zich, in de hardnekkigheid waarmee hij wilde terugkeren. Een onbewust complot smeedde zich om haar heen, dat zich bediende van elk mogelijk bedrog, elke mogelijke verrassing of dubbelzinnigheid. Vaak beefde ze van het hoofd tot de voeten, legde dan beide handen, in elkaar gevouwen, op haar voorhoofd.

Soms verwarde ze zijn naam met die van anderen. Tegen de ochtend sliep ze in, de lamp nog aan. Niemand kon zeggen wanneer het weer beter zou gaan met haar.

Ook in de voorkamer werd nauwelijks nog iets opgeruimd. Een groot deel van de dag bleven de suitedeuren naar de huiskamer gesloten. Ze kwam niet meer in de serre en in de tuin.

Oscars blik op haar, in dit vertrek, toen hij haar de omslag van zijn boek gaf, droeg ze nog steeds bij zich, leefde als een fysiek persoon in haar. Zou na Clara's dood haar hart worden opengesneden, de artsen zouden ontsteld zijn over het wonder: haar hartspieren vormden zijn naam.

Op een nacht liet Clara het zonnescherm voor de erker neer om zich nog meer van de wereld af te scheiden. Bij het licht van de straatlantaarn was te zien dat in het rood-witte linnen (de tinten van de strandtenten in Kijkduin) geen plek was, niet aangetast door het weer of roest. Ze had het lang niet gebruikt. De overgordijnen trok ze 's morgens nog slechts open op een kier.

Zo kreeg het fraaiste huis in de Buys Ballotstraat het geblindeerde van een verwaarloosd huis, het uiterlijk van een woning die nog slechts fluisterend door het leven gaat.

# 17

Een zachte tik tegen het zijraam.

'Clara?'

Dan moest het middernacht zijn. Dagelijks, klokslag twaalf, op de grens van de nieuwe dag, meldde Jeanne zich. De buurvrouw had op deze controle gestaan. Clara had er eerst niets van willen weten. Jeanne had gedreigd met de GGD en nog andere diensten.

'Ja, ik ben hier. Alles is goed. Je hoeft je geen zorgen te maken.'

'Zal ik nog boodschappen voor je doen?'

'Er is genoeg eten in huis.' Ze at nauwelijks.

'Heb je echt geen hulp nodig?'

'Nee, het gaat goed.'

'Welterusten, Clara.'

'Welterusten.'

Clara ging door met haar werk. Alle bladzijden van de roman heeft ze met een schaartje uit het boek gepeuterd en op een stapel rechts van haar gelegd. Elke bladzij werd zorgvuldig versnipperd, in de kleinst mogelijke snippers. Links naast haar lagen bergjes kleine dode vulkaantjes. Ze zou hiervoor nog de hele nacht nodig hebben.

Om precies zeven uur 's morgens zou Jeanne weer tegen het zijraam tikken. Dan zou de roman versnipperd zijn. Ze zou alle kleine hoopjes met haar handen bij elkaar vegen, met haar handen in die grote hoop rondwoelen, ze over de hele bank verspreiden.

'Clara, goedemorgen. Heb je goed geslapen?'

'Dank je. Het gaat goed.'

Vanaf de uiterste hoek van de bank kon ze door de kier in het gordijn, net onder het zonnescherm langs, de woestenij van de opeenvolgende platte daken van de Edisonstraat zien.

Je kon niet zeggen dat ze nog op iemand wachtte. Toch, in de loop van de dag, vooral tegen de schemering, als de wind loom door de straat woei, meende ze soms dat uit die kleine, minieme geruchten zich toch iets losmaakte wat schril afstak, wat voor haar bedoeld was: een auto in een straat verderop die schielijk afremde, die stopte. Dan kwam het steeds vaker voor dat ze haar scherpe nagels in haar wangen zette en over haar gezicht kraste. Ze voelde geen pijn. Het was nauwelijks haar gezicht.

Clara herinnerde zich flarden van de therapie.

'Je wilt niets zijn.' Ze was boos geworden.

'Ik wil vrij zijn. Verlost van... In mij is iets. Ik krijg er geen vat op.'

# 18

Een zekere, onduidelijke tijd was voorbijgegaan. Op verre afstand gonsde geluid dat ze niet thuis kon brengen. Was dat de tijd die verstreek? Of het nachtverkeer op de Laan van Meerdervoort? Tegen de achtergrond van dat geluid fladderden beelden, die zich als een vlinder neerzetten, verdwenen, terugkwamen, hardnekkig. Een speelbal op de deining van minuscule golfjes.

Een doos waaruit linten staken. Wie won, mocht aan een lint trekken. Er zat een surprise aan vast. Mijn verjaarsfeest. Mama was boos dat ik geen enkel spelletje won. Een veertje blazen over een strakgetrokken tafellaken. Geblinddoekt kaartjes van een bepaalde vorm bij elkaar zoeken, een toren van lucifers bouwen op een flessenhals, muziek maken met half gevulde glazen. Wekenlang heeft mama aan de voorbereiding gewerkt. Er waren te veel spelletjes. Nog een spel. Het laatste dan. Allen in een kring. Mama's nerveuze, tegelijk berustende stem, legde uit. Het eerste meisje zegt: één aarzelende ooievaar. Het tweede voegt eraan toe: twee bevende beren. Het derde: één aarzelende ooievaar, twee bevende beren, drie stekende muggen. Dan begint het spel. Ik ben de vierde, maar ik let steeds op mama, zie hoe ze haar best doet, en ik kan niets bedenken. Ik moet uitvallen. Ten slotte is het feestje voorbij. Alle kinderen zijn naar huis. Mama zit tussen alle rommel op de bank en mompelt met het hoofd schuddend dat ze er niets aan vond, aan het hele feest niet. 'Al die vervelende kinderen die alles winnen.' Clara troost haar. 'Mam, ik heb het juist heel leuk gevonden.'

Het is zeker dat zij die avond, bij het naar bed gaan, hartstochtelijk heeft geprobeerd in volle zuiverhuid te bidden. Ze weet ook nog dat ze die keer onder het bidden overvallen werd door een diepe, allesomvattende angst, alsof ze, op haar kamer, in het donker, stootte op een voorwerp dat zij niet kende. Zo snel ze kon kwam ze toen uit haar knielende houding overeind, rende de overloop over, de trap af, haar moeder roepend, trof haar in de huiskamer op de brede bank, stopte haar hoofd weg in mama's schoot, voelde wel de angst nog, maar kalmeerde.

'Dat verbeten bidden, en die andere vorm... snijden,' had Charlotte gezegd. 'Beide zijn een middel tot. Je wilt de buitenwereld iets duidelijk maken.'

Clara had haar schouders opgehaald. 'Als jij dat zegt...'

'Jij kijkt je aan in de spiegel en je gelooft dat je niet bent wat je ziet. Je zou het ook zo kunnen zeggen: niets-zijn is jouw ideaal.'

Ze had zich toen heel erg boos gemaakt. Ze had geschreeuwd. 'Je begrijpt er niets van. Ik wil vrij zijn. Vrij van wie of wat dan ook. Ik wil alleen van mezelf afhankelijk zijn.'

Dat was niet gelukt.

Wat had die Charlotte van de therapie, met het steile haar, nog meer gezegd?

'Ik zie het zo. Je sluit je bij voorbaat uit. Dat is in jou. Soms, even, verover je je een plaats. Je schept je min of meer een paradijs en je laat je eruit verdrijven. Er zit een "touch of catastrophe" in jou. En pijn. Je bent met pijn verweven. Ook puurheid. Veel puurheid. Maar in jou verkrampt iets, gaat iets op slot, lijkt het. Je blokt iets waar je bang voor bent. We gaan proberen dat mechanisme te doorbreken. In jou zit genoeg vitaliteit.'

Clara spitste de oren. De telefoon?

Die was al zo lang niet meer overgegaan.

Ze nam op. 'Ja...?'

'Ben jij het, Claartje? O kind, ik ben het. Je moeder. Vertel me hoe het gaat. Wees wel eerlijk. Ik wilde je zeggen: ik hoor nooit meer iets van je. Je belt niet. Een belletje kan er toch wel vanaf? Ik ben zo alleen.'

'Mama, val me niet meer lastig. Beloof je me dat? Hoor je me?'

'Kindje, wat val je nou toch tegen me uit! Ik wilde alleen maar weten of het een beetje gaat. Ik wil je helemaal niet lastigvallen. Heb ik ooit een hinderpaal willen zijn?'

Clara hing snel op. Het was maar goed dat haar moeder niet alles wist.

Clara zag zichzelf in die kleine ruimte van de voorkamer, met de ondiepe uitbouw van de erker. Ze zag het dekbed op de bank, de kleren op de stoel, op de grond. Ze dacht aan zichzelf als aan een dode.

Ze gaapte. Het binnenste van de mond vulde zich met het licht van de dag. Clara tikte tegen het glas van de suitedeuren. Ze tikte er weer tegen.

Ze bestaan, dacht ze.

Een steek in haar buik. Het was een gemeen, venijnig samenknijpen. Haar buik die haar dochter had gedragen. Ze had het koud en alles om haar heen was paars. Ze had geen idee waar dat paars vandaan kwam. Weer die kramp. Alsof de weeën kwamen opzetten.

Een zekere tijd was voorbijgegaan. In haar hoofd kwam onduidelijk gefluister op. Het klonk ernstig, metalig. Tegen die achtergrond hoorde ze Aukjes heldere stem.

'Ik wil ook een keer met papa alleen naar de stad.'

'Zonder mij?' vroeg Clara, direct verongelijkt.

'Ja, ik wil alleen met papa.' Ze was heel resoluut.

Ze had het meisje bij haar schouders gepakt en speels,

maar nogal ruw tegen zich aangedrukt. Ze had geprobeerd zich los te maken. Clara had haar nog steviger vastgehouden. Aukje schopte tegen haar benen, wilde zich uit alle macht losrukken. Ze was heel boos op mama. Clara had haar losgelaten. Het kind was zo op Edwin gesteld. Het was papa voor en na. Ze mocht geen jaloezie tonen. Ze was hevig jaloers.

Dit gesprek had lang voor die bewuste nacht in de Hollandse Club plaatsgevonden. Ze waren altijd met z'n drieën op zaterdagmiddag naar de markt blijven gaan.

Clara had hen de laatste keer nooit moeten laten vertrekken. Je zag het aan de okergele wolken, de vuile, gestreepte lucht. Iets stond te gebeuren. Het stond aan de hemel geschreven. Toen ze met z'n tweeën de poort uit reden, had ze ondanks de opkomende migraine hen achterna kunnen rijden, een taxi kunnen nemen. Ze wist de route die ze altijd namen. Op de markt kende ze de kramen die ze zouden bezoeken. Ze wist ook in welk restaurant ze altijd iets gingen eten. Dat had ze moeten doen. Zij, altijd zo hyperactief, was verlamd aan het jammeren geslagen. Waarom was ze hen niet achternagegaan? Dan had ze hen op de markt getroffen. Ze zou op hen toegekomen zijn. En dan? Ze zouden gedaan hebben of zij er niet was, haar de rug toegekeerd hebben. Alleen zou ze weer terug naar huis zijn gegaan. Ze had niets kunnen verhinderen.

# 19

Ze zette de tanden in haar arm en beet door.

Het was die dag dat ze moeite had om op de bank te komen. Haar enkels en knieën waren gezwollen. Op sommige plekken van haar armen en benen was de huid zo dun geworden dat je erdoorheen kon kijken.

Ze trok het dekbed van de bank, spreidde het uit op de grond, tegen de suitedeuren. Vanuit dat liggende perspectief had ze steeds vaker de diffuse indruk – wanneer ze via de smalle kier naar buiten keek – dat ze bezig was de afgrond in te glijden, zoals in een boze droom ineens de trap ophoudt.

Soms articuleerden haar lippen zwijgend getallen, zoals je telt om in slaap te komen. Door de verdoving waarin ze was terechtgekomen – of waarin ze was gevlucht – besefte ze niet altijd dát ze telde.

Ze kroop door de halfduistere kamer, slechts door een kleine wandlamp met groen-rode perkamenten kap verlicht, om het gordijn helemaal dicht te trekken, iets van eten of drinken te vinden, de sluiting van de suitedeuren te controleren, de komst van de buurvrouw af te wachten.

Ze sleepte zich voort. Net als de tijd. Op zoek naar iets, rondploeterend, door een zee van rommel, kleren, papier, wadend, 's nachts onder de maanspatten. Schim die bewoog in een haast sprookjesachtige belichting. Sterren die verzonken in de nevel boven de daken van de Edisonstraat, als vlak boven een waterspiegel. Ze vielen tot stof uiteen.

Haar trekken werden scherper, het haar viel uit. Haar blik, als ze onder de mensen zou zijn, zou schrik aanjagen, zou schril afsteken, was niet passend meer.

Weer terug op haar dekbed, achter de bank, bespiedde ze in die haast onverdraaglijk stille kamer de geluiden van buiten. De vijand was anoniem en overal. Met een week plofje viel een huis-aan-huisblad in de hal. Iemand zei vlak voor haar raam: 'De sterrenhemel is vanavond zo mooi.' In gedachten zag ze het bijbehorende gebaar, de blik omhoog en kon een gevoel van heimwee niet onderdrukken. Ze had vanmiddag horen zeggen: 'Tot morgen.' Tot morgen was voor haar, verduisterd door de strijd die in het heden gevoerd moest worden, slechts een vage, wazige, verre notie.

Zojuist, achter zich kijkend, zag ze aan de huiskamertafel het silhouet van haar vader, met de rug naar Clara toe. Hij droeg zijn plastic mouwbeschermers. Het vreemde was dat hij, ondanks de stapel correctiewerk, in opperbeste stemming verkeerde, want hij stak een sigaret op. Met een aansteker waaruit een hoge, blauwe vlam omhoogschoot die de sigaret half verbrandde en naar benzine rook. Hij rookte zelden. Dat schijnsel had Clara zojuist overduidelijk gezien. Nu zag ze dat hij overeind kwam en met de ijzeren haak de vlizotrap naar beneden trok. De haak hing hij terug aan de koperen spijker op de overloop, naast de deur van zijn studeerkamer. Papa was altijd zo precies en weloverwogen.

# 20

Ze had geen zin om van houding te veranderen, maar zou haar hoofd graag iets willen verplaatsen. Ze kon er maar niet achter komen wat het harde ding was dat haar hinderde. De vloer? Er was daarbij ook nog het aanhoudend zachte schrijnen. Bij de geringste beweging trok een pijnscheut door de hals naar de nek en schouder. Richtte ze haar hoofd op, dan zou die pijn alleen maar groter worden. Je ligt zelden precies zoals je wilt.

Een van de hoofdkussens zou op de bank moeten liggen. Daar kon ze onmogelijk bij komen. Het andere kussen moest ergens vlak bij haar zijn. Ze had geen idee waar.

Dode, zielloze tijd verstreek.

Met het schaartje waarmee ze de roman verknipt had, in haar hand geklemd, probeerde ze, via de voorkamerdeur naar de gang, het toilet te bereiken. De schaar hield ze bij zich als een kostbaar kleinood, liet hem geen moment los, zou hem in de chaos van de voorkamer nooit meer kunnen terugvinden. In de gang was de duisternis volkomen. Ze kon zich niet goed oriënteren, raakte in paniek. Halverwege heeft ze haar behoefte gedaan en is met veel moeite op haar oude plek in de voorkamer teruggekeerd.

De tijd. De tijd. Die leek zonder haar te verstrijken. Die betekende helemaal niets meer. Die had zich neergezet in dit vertrek als donker drab in een fles wijn.

Een golfje bloed uit haar hals voelde ze in fijne stroompjes over haar arm stromen. Ze had het niet koud, maar ze rilde zo. Op dat rillen en beven was geen vat te krijgen.

Buiten was de vredige nacht. De wind had de wolken van

de voornacht verjaagd. Je zag de sterren boven de daken. De maan schitterde als een witte zon. Het was zo'n nacht van boven een vrolijk buurtfeest.

Vlak voor of vlak na dat verjaarsfeestje lag mama ziek op bed. Ze had het benauwd en ze transpireerde hevig. Papa, in zijn studeerkamer ernaast, corrigeerde of was met het weken van zijn postzegels bezig. Clara redderde om het bed, was bezorgd om mama, had met haar te doen, was ook een beetje misselijk van de geur die zich van mama's lichaam losmaakte, van haar bed.

'Toen ik jou moest krijgen...' begon ze met een klagende stem.

Nee, mama, daar nu niet over beginnen, had Clara gedacht.

'... vroeg ik hem de dokter te bellen. Hij vond het niet nodig. Ik verloor bloed. Het scheelde niet veel, Claar, of ik was doodgebloed. Papa wilde mij dood.'

Clara deinsde terug.

De zon viel door het bovenraam, sloeg Clara in het gezicht alsof ze haar een slag wilde toebrengen.

# 21

Ze vouwde haar linkerhand om de rechter, waarin het nagelschaartje geklemd zat. Clara wilde bidden. Er moet toch Iemand zijn? In 's hemelsnaam. Iemand. God, de grote Afwezige. Of de Verborgene die te zoeken valt? Ze zou zo graag willen geloven dat geen mus van het dak viel zonder Zijn toedoen. Wat staat mij te wachten?

Je ging dood en je werd opgevangen door een liefhebbende vader. Dat zou ze willen geloven. Je zou je geborgen weten. Zich geborgen weten. Daar was ze een leven lang naar op zoek geweest.

Ik hou rekening met een mogelijk Niets. Die vlam van papa's aansteker die ik daarnet (wanneer?) zag. Zo'n klein schijnsel zou ik willen om een hoekje waarheid te laten oplichten: *God, is dat misschien de eenzaamheid van de mens?*

Hoe je voor te bereiden? Zich voorbereiden op het lijden is al onmogelijk. Je went er nooit aan. Een tijd lang heb ik ontkend dat mijn leven zou eindigen. Dat was een mooi geloof. Het gaf vastigheid en coherentie. Ik dacht: de dood is voor de anderen.

Wat staat mij te wachten?

Zojuist heb ik, om de tijd te doden, een kleine inventaris gemaakt van de geluiden buiten: de tram die tinkelend, met een flauwe bocht, vanaf de Laan van Meerdervoort de Fahrenheitstraat in zwenkt, de voetstappen van de naderende buurvrouw, de klok van de Hervormde Bethelkapel, in de Thomas Schwenckestraat, heel zwak hoorbaar.

Ik kan wel al die geluiden inventariseren. Is het niet beter aan mijn ziel te denken?

Wat kan ik verwachten?

Een mistige afgrond? Hoop ik op een overleven? Kom ik op een schemerige, met hoge muren omringde binnenplaats of in een maanlandschap met diepe gleuven? Is er iemand die je bij de hand neemt? Is er een schemerachtig oppikpark, verlicht door zwakke schijnsels, waar alle doden, zonder benul van tijd en plaats, ronddolen? Is er een ruimte waar ik Aukje tegenkom? Komt zij me tegemoet en neemt zij me bij de hand? Is er een stralend Jeruzalem? Een nieuwe aarde?

Achter de zekerheid van dit bestaan in deze rommelige, smerige, stinkende kamer is er de onzekerheid van het nietbestaan.

Ze bewoog. Weer een kleine golf bloed.

Ze voelde het over haar rug lopen, in haar oksel. Ze ging zichzelf vergeten, likte zweet en bloed van haar lippen. Haar oogleden trokken. Had ze heel jong al vermoed, volslagen alleen aan de eettafel, dat ze geen toekomst had? Heeft toen iemand op haar hart staan dansen? Heeft toen iemand op haar hart getrapt? Zou je kunnen zeggen dat ze voorvoelde dat er geen oude vrouw in haar stak?

Haar voeten, haar benen verkleumden van de kou, verstijfden, werden gevoelloos.

Wanhopige mensen ademen nauwelijks, luisteren naar niemand, leven in hoeken en gaten, en op de grond. Daar voelen zij zich nog het best thuis. Wanhopige mensen mijden het licht, zijn bleek, gaan gebogen, zijn onvindbaar. Ze leven op de toppen van hun kunnen. Hun leven is strikt, grauw, koud. Clara dacht aan zichzelf als aan een stuk aangespoeld wrakhout. Haar hart kromp ineen. Een bloedend stuk wrakhout.

# 22

Stemmen. Die afschuwelijke stemmen. Ze spande zich in om ze te ontwijken.

'Ja, mam, wat is er?'

Mama zat op de brede bank in de huiskamer, met mooie lapjes stof op haar schoot uitgespreid, en huilde.

'Mama, zeg dan, wat is er?'

'Niets, kindje, iets met papa.'

In haar hand houdt Clara dat gemene schaartje. Het kan even rafeliger, gemener wonden veroorzaken dan het kartelmesje dat ergens onder de rommel in de diepe schemer van de kamer moet liggen. Het ding doet uit zichzelf niets. Ligt simpel inert in haar hand. Ik beslis. Ik heb daarnet ook beslist. Ik heb me in de hals gestoken. Niets kan me tegenhouden. Ik moest, helemaal alleen, deze nacht, beslissen. Ik heb opnieuw daar gestoken. Niets heeft me tegengehouden. Ik ben overal gaan krassen en kerven. Overal verschijnen weer donkerrode bloemen.

'Kindje, ik zou je...'

'Mama, voor de laatste keer, ophouden!'

Tijd ging voorbij.

Ik weet niet wat er is gebeurd. Ik heb misschien gedroomd. Hoor ik mama weer?

'Verleden, verdwijn. Alsjeblieft. Verdwijn uit mijn ogen. Uit mijn hoofd. Ik zou mijn verleden willen veranderen. Spijt hebben, zegt men, is een poging om het verleden dragelijk te maken.'

Waar moest ze spijt van hebben? Wat had ze verkeerd gedaan? Ze had verwachtingen gehad. Je mocht toch hopen?

Ze had in haar leven gekozen. Ja? Voor een huwelijk. Was dat wel een echte keuze geweest? Was dat niet meer als een soort kiezen voor een paar nieuwe schoenen, een leuke zomerjurk? Och, je lette op details, kleur, vorm, dessin. Je zult nooit weten, Oscar, hoe weinig ik in deze laatste momenten aan je gedacht heb. Des te beter, je zou mijn ogenschijnlijke onverschilligheid niet begrijpen. Wat begrijp jij eigenlijk wel? Jij, de schrijver.

Ze kroop in elkaar, wilde klein zijn, wilde dat haar dood zo klein mogelijk was. Ze had net overgegeven en voelde zich opgelucht. Voor haar gevoel was ze weer buiten bewustzijn geweest.

Hoe lang?

Ze had werkelijk geen idee.

Ze huilde. Niet om haar eigen dood.

Ze huilde omdat ze niet genoeg van zichzelf had kunnen houden. Was dat een afdoende verklaring? Klonk dat overtuigend? Wat kon het anders zijn?

'Clara.'

Het licht dat in de voorkamer viel was bleek.

De overbuurvrouw tikte zacht tegen het smalle zijraam van de erker.

'Clara!' Ze riep wat luider.

Jeanne legde haar oor tegen de koele ruit, tikte nog een keer, luisterde, noemde nog één keer Clara's naam, zacht, meer voor zichzelf, want ze wist dat ze geen antwoord zou krijgen.

Dat huis aan de Haagse Buys Ballotstraat was stil, doods, als leeggehaald. Misschien sliep daar iemand voor altijd.

L'absence est le plus grand de tous les maux.

JEAN DE LA FONTAINE